हिन्द पॉकेट बुक्स

एक अनजान औरत का ख़त

स्टीफ़ेन ज़्विग प्रख्यात ऑस्ट्रियाई उपन्यासकार, नाटककार, पत्रकार और जीवनी लेखक थे। अपने साहित्यिक कॅरियर की ऊंचाई पर, 1920 और 1930 के दशक में, वह दुनिया के सबसे लोकप्रिय लेखकों में से एक थे। उनकी पुस्तकें आज सारी दुनिया में अनुवादित होकर पाठकों के मध्य हैं और अब वे किसी देश की सीमा से परे सारी दुनिया के लेखक माने जाते हैं।

एक अनजान औरत का ख़त

इस पुस्तक में विश्वविख्यात उपन्यास ए लेटर *फ्रॉम एन अननोन वूमेन* के हिन्दी रूपान्तर एक *अनजान औरत का ख़त* के साथ दो अन्य बहुचर्चित कथा रचनाएं संकलित की गई हैं।

स्टीफ़ेन ज़्विग

हिन्द पॉकेट बुक्स
पेंगुइन रैंडम हाउस इम्प्रिंट

हिन्द पॉकेट बुक्स

यूएसए | कैनेडा | यूके | आयरलैंड | ऑस्ट्रेलिया
न्यू ज़ीलैंड | भारत | साउथ अफ्रीका | चीन | सिंगापुर

हिन्द पॉकेट बुक्स, पेंगुइन रैंडम हाउस ग्रुप ऑफ़ कम्पनीज़ का हिस्सा है,
जिसका पता global.penguinrandomhouse.com पर मिलेगा

पेंगुइन रैंडम हाउस इंडिया प्रा. लि.,
चौथी मंजिल, कैपिटल टावर -1, एम जी रोड,
गुड़गांव 122 002, हरियाणा, भारत

पेंगुइन
रैंडम हाउस
इंडिया

प्रथम संस्करण हिन्द पॉकेट बुक्स द्वारा 1993 में प्रकाशित
यह संस्करण हिन्द पॉकेट बुक्स में पेंगुइन रैंडम हाउस द्वारा 2022 में प्रकाशित

10 9 8 7 6 5 4 3 2

ISBN 9789353492595

मुद्रकः रेप्रो इंडिया लिमिटेड

www.penguin.co.in

FSC www.fsc.org MIX Paper from responsible sources FSC® C047271

This is a legitimate digitally printed version of the book and therefore might not have certain extra finishing on the cover.

परिचय

बहुत पढ़े जाने वाले स्टीफ़ेन ज़्विग जर्मन साहित्य के सम्मानित लेखक हुए। उन्होंने उपन्यास और कहानियों के अतिरिक्त अन्य विधाओं में भी महत्वपूर्ण कार्य किए। उन्हीं को अंतत: आत्महत्या करनी पड़ी। उन पर अत्यधिक दबाव थे। साहित्यिक मानस भी उद्वेलित रहता। मनोविज्ञान की एक धारा मस्तिष्क में चलती थी, दूसरी कथा-कहानियों में। ज़्विग का साहित्य कर्म बहुत गहराई के साथ फ्रायड के मनोविज्ञान से प्रभावित था। गंभीर उधेड़-बुन थीं, उलझनें थीं। अंतत: तय कर लिया संसार को त्यागने का···

···और वह सन् था 1942 तथा स्थान था पेट्रोपोलिस। ब्राज़ील में रियो डी जेनेरियो के बिल्कुल नज़दीक। जहाँ स्टीफ़ेन ज़्विग ने अपना अंत कर लिया।

वह 1881 में वियेना में जन्मे यहूदी जाति के वंशज थे।

फिर शिक्षा-काल आया। प्रारंभिक शिक्षा के बाद पहुंचे विश्वविद्यालय की दहलीज़ पर। बर्लिन और वियेना विश्वविद्यालयों में पढ़े। उसके बाद

विस्तृत यात्राओं के लिए निकल पड़े। सन् 1914–18 के युद्ध को लेकर वह बहुत विचलित हुए। उन्हें भयानक विध्वंस और महाविनाश दिखाई पड़ रहा था। उनके मन-मस्तिष्क में बेहद उथल-पुथल थी। उन्होंने युद्ध विरोधी दृष्टिकोण को विकसित किया। शान्ति की महती आकांक्षा उनके भीतर पनपी और वह ज़्यूरिख के लिए चल दिए, ताकि वह अच्छे ढंग से अपने युद्ध विरोधी विचारों को अभिव्यक्त करने में सक्षम हो सकें। युद्ध के बीच वह मुख्य रूप से सेल्ज़बर्ग में ही रहे। सन् 1938 में इंग्लैंड प्रवास किया। थोड़े समय न्यूयार्क में रहने के बाद ब्राज़ील आगए और स्थायी रूप से वहीं रहने लगे।

बहुत कम आयु में ही उन्होंने लिखना शुरू कर दिया था। ब्राज़ील में बसने तक ज़्विग ने ढेर सारा लिखा, जो छप भी गया।

ज़्विग का आरंभिक लेखन 'नियो-रोमांटिक' श्रेणी में आता है। कविताओं के दो संग्रह उदाहरण के लिए काफ़ी होंगे। 'सिलबर्न सैतन' (1901) तथा 'दाई फ्रूहेन करान्ज़े' (1906) के विषय में इसका स्पष्ट उल्लेख मिलता है।

'एर्सटस एर्लेबनिस' (1911), 'अमोक' (1922), 'वरवाइरंग' (1927) सभी कहानी संग्रह, इनके अतिरिक्त 'अगस्त' (1920) और 'स्खाखनोवेल' (1942) के अध्ययन से यह साफ़ हो जाता है कि वह मनुष्य के मनोजगत के तंत्र-जाल को अपनी रंचनाओं में उकेर रहे हैं और यह सिगमंड फ्रायड ने उन्हें बहुत अधिक गहराई के साथ दिया। सचमुच वह आंतरिक भावनाओं के कुशल चितेरे थे।

मनोजगत के उलझावों का वर्णन इस सीमा तक जटिल होता कि उसे शतरंज के खेल की उपमा देना आसान था। यहूदी जाति के एक बुद्धिजीवी द्वारा इस प्रकार का मनोवैज्ञानिक ह्रास समझ से बाहर था। यह 'गेस्टापो' के लिए भी पूछताछ की स्थिति थी।

उन्होंने नाटक भी लिखे। इनमें 'टेरीटेस' (1907), 'दास हाउस आम मीर' (1912) और 'जेरेमियास' (1917) प्रमुख हैं। ज़्विग के नाटक भी मनुष्य के अंतरलोक का चित्रण करने में सक्षम थे। ज़्विग ने एक

नाटक का अनुवाद भी किया। यह था बेन जॉनसन का 'वोलपोन' (1926)। मंच पर इस नाटक का प्रदर्शन बहुत सफलता के साथ चलता रहा।

ज़्विग को लगा की उसका बोध कवियों और कलाकारों पर जीवनीपरक निबंध लिखने में अधिक अनुकूल और सक्षम है। उसे आंतरिक संघर्ष बुरी तरह मथ रहे थे। उसने उन पर क़ाबू पाया, अपने को एकाग्र किया और सृजन प्रक्रिया में जुट गया। 'द्री मीस्तर' (1920) बालज़ाक, डिकेन्स और दॉस्ताएव्स्की पर एक सुगठित अध्ययन है। 'द्र काम्फ मित देम दामॉन' (1925) का विषय भी तीन हस्तियां हैं और ये हैं होल्डरलिन, क्लीस्ट और नीत्शे। कासानोवा, स्टेंढाल और टॉल्सटॉय पर निबंध 'द्री दिखतर इहरेस लेबेनस' (1928) में सम्मिलित किए गए हैं।

वह विस्तृत जीवनीपरक अध्ययन लिखने में भी माहिर थे। तभी 'रोम्यांरोलां' (1921), 'जे. फ़ौख' (1929), 'मेरी एन्तोनिए' (1932), 'मारिया स्टूअर्ट' (1935) और 'त्रीअम्फ अंद वेजिक दस इरासमस वॉन रॉतरदम' (1935) लिख पाए। 'स्खाखनोवेल' उनका श्रेष्ठ सृजन हुआ। जीवनीपरक अध्ययन इसके समकक्ष ठहरता है।

उनकी कविताएं 'दी गेसा मेलतन गेदिख्ते' (1924) में और लघुतम जीवनीपरक निबंध 'बाउमिस्तर दर वेल्त' (1936) में संकलित हैं।

'ऐतिहासिक लघु-चित्रों' में थोड़ी नई शिल्प विधि का सृजन किया। 'स्तेर्नस्तनदेन दर मेन्सखेहीत' (1927) ही वह पुस्तक थी। यह 1936 में विस्तारित की गई तथा ज़्विग के मरणोपरांत 1943 में एक बार फिर छपी। मारिया एन्तोनिए और मेरी स्टुअर्ट पर जीवन गाथाएं प्रशंसनीय हैं। 'दी वेल्स वॉन गेस्तर्न' (1942) आत्म-कथात्मक है।

स्टीफ़ेन ज़्विग जर्मन भाषा-साहित्य के महान् साहित्यकार थे। 'एक अनजान औरत का ख़त' (A Letter from an unknown Woman) उनका दुनियाभर में चर्चित उपन्यास है। यह एक ऐसी लड़की से औरत होती हुई नारी की अद्‌भुत, अलौकिक कहानी है, जो

प्रेम के चरम पर पहुंच गई, किन्तु उसका प्रेमी यह कभी नहीं जान सका। दूसरा लघु उपनयास है 'शतरंज'। इसमें ज़ेन्तोविक तथा डॉ. बी. हैं। दोनों के चरित्र विशिष्ट हैं। शतरंज के इर्द-गिर्द घूमती इसकी कहानी मानव मन की अनेक गुत्थियों का रहस्य खोलती है। तीसरा लघु उपन्यास भी बेहद मार्मिक एवं मानवीय संवेदना का बेहतर उदाहरण है। एक अध्यापक है, एक पत्नी है, एक शिष्य और तीनों के बीच में जो सम्बंध हैं, उनके चलते कहानी मनोविज्ञान के नये धरातल को छूती हैं।

स्टीफ़ेन ज़्विग के साहित्य को जर्मन समाज ने तो सम्मान के साथ पढ़ा ही, बल्कि उनकी कृतियां अनेक देशों की भाषाओं में अनूदित होती रहीं।

□

कथा-क्रम

एक अनजान औरत का ख़त

प्रसिद्ध उपन्यासकार 'र' कुछ दिनों का अवकाश बिताने पहाड़ों पर गया हुआ था। उस दिन सुबह वह वियना वापस लौटा, स्टेशन पर उसने अखबार खरीदा और जब उसने अखबार की तारीख पर नज़र डाली, तो उसे याद आया कि आज उसका जन्मदिन है—

'इकतालीस!'

बिजली की चमक की तरह यह विचार उसके मस्तिष्क में कौंध गया। इस अनुभूति से उसे न कोई प्रसन्नता हुई और न दुःख ही हुआ। उसने टैक्सी बुलाई और रास्ते में अखबार पढ़ता रहा।

घर पहुंचने पर उसके नौकर ने बताया कि उसकी अनुपस्थिति के दिनों में पीछे से टेलीफोन के कुछ संवादों के अलावा कई-एक मिलने-जुलनेवाले भी आए थे।

चिड़ियों का एक पुलिन्दा उसकी प्रतीक्षा कर रहा था। इन पत्रों पर उसने एक उचटती नज़र डाली। कुछेक पत्र उसने खोले भी, क्योंकि उन पत्रों के भेजनेवालों में उसकी खास दिलचस्पी थी। इन्हीं पत्रों में एक बड़ा-सा पैकेट भी था, जिसपर नितान्त अपरिचित और अजीब लिखावट में पता लिखा हुआ था। इसे उसने फिलहाल एक ओर रख दिया। आरामकुर्सी पर बैठ कर बहुत इत्मीनान से उसने सुबह की चाय पी, अखबार पूरा किया और कुछ अन्य विज्ञप्तियां पढ़ीं। तब सिगार सुलगाकर वह बचे हुए अन्तिम पत्र की ओर मुड़ा।

इसे एक साधारण किस्म के ख़त की अपेक्षा पूरी पाण्डुलिपि कहना अधिक उचित होगा। इस पाण्डुलिपि में किसी महिला-लिखावट में जल्दी-जल्दी लिखे हुए कई दर्जन पृष्ठ थे। अनायास ही उसने लिफाफे को पुनः गौर से देखा कि शायद साथ में कोई पत्र भी हो, लेकिन ऐसा कहीं कुछ भी नहीं था, न कहीं कोई हस्ताक्षर था और न लिफाफे पर या पाण्डुलिपि में कहीं भेजने वाले का पता ही था।

ज्योंही उसने पाण्डुलिपि को पढ़ना शुरू किया सबसे पहली प्रतिक्रिया हुई 'आश्चर्य!'

शीर्ष भाग के प्रथम शब्द थे— 'तुमको, जिसने मुझे कभी नहीं जाना।'

उसे बड़ी उलझन हुई। क्या यह उसीको सम्बोधित करके लिखा गया था, या किसी काल्पनिक व्यक्ति को? सहसा उसकी उत्सुकता जाग उठी और उसने पढ़ना शुरू किया—

मेरा बच्चा कल मर गया। इस नन्ही, दुर्बल जान के लिए मैं पिछले तीन दिन और तीन रातों से लगातार मृत्यु से लड़ रही थी। लगातार चालीस घंटों तक, जबकि इन्फ्लुएंजा का बुखार उसकी जलती हुई कमज़ोर देह को झंझोड़े डाल रहा था, मैं उसके बिस्तर के पास बैठी रही हूं। उसके माथे पर ठंडे पानी की पट्टियां बदलती रही— दिन और रात, रात और दिन। उसकी बेचैन नन्ही हथेलियां मैंने अपने हाथों में दबाए रखीं।

तीसरे दिन की शाम मेरी ताकत ने जवाब दे दिया। मेरे अनजाने में ही मेरी आंखें मुंद गई और यही कोई तीन या चार घंटों के लिए ही मैं उस कड़े स्टूल पर सोई होऊंगी, इसी बीच मृत्यु उसे ले गई। वह लेटा हुआ है, मेरा लाड़ला बच्चा, अपनी छोटी-सी संकरी खटिया पर, ठीक उसी तरह जिस तरह कि वह मरने के पूर्व लेटा हुआ था। केवल उसकी आंखें बन्द हो गई है, उसकी बुद्धिमत्तापूर्ण श्यामल आंखें और उसके दोनों हाथ उसकी छाती पर परस्पर गुंथ गए हैं। उसकी खाट के चारों कोनों पर चार मोमबत्तियां जल रही हैं। मैं उसकी ओर देखने की हिम्मत नहीं कर पाती और न मुझमें यहां से हिलने का ही साहस है, क्योंकि जब मोमबत्तियों की लौ कांपती है, तो उसके चेहरे और बन्द होंठों पर छायाएं एक दूसरी का पीछा करती हैं। लगता है उसके चेहरे के अवयवों में हरकत हो रही है और मैं करीब-करीब यह सोच उठती हूं कि वह अभी मरा नहीं है कि वह अभी जाग उठेगा और अपनी स्पष्ट आवाज़ में कुछ बहुत ही प्यारी, कुछ बहुत ही दुलारी बात कहेगा, लेकिन मैं जानती हूं कि वह मर चुका है। मैं उसके चेहरे की ओर फिर नहीं देखूंगी, क्योंकि इसका परिणाम होगा, एक बार फिर आशा करना और एक बार फिर निराश होना। मैं जनती हूं कि मेरा बच्चा कल मर गया था। अब इस दुनिया में मेरा कहने को तुम्हीं एक रह गए हो। तुम, जो मुझे जानते तक नहीं; तुम, जो इस सबसे बेपरवाह मज़े से अपने जीवन का उपयोग कर रहे हो, इन्सानों और वस्तुओं से खिलवाड़ कर रहे हो। महज़ तुम, जिसने मुझे कभी नहीं जाना और जिसको प्यार करना मैंने कभी बन्द नहीं किया।

मैंने पांचवीं मोमबत्ती जला ली है, और टेबल के पास बैठी हुई तुम्हें यह पत्र लिख रही हूं। बिना किसी के सामने अपने मन की बात कहे मैं अपने मृत बच्चे के पास रह नहीं सकती और इस भयावह क्षण अगर यह सब मैं तुमसे न कहूं, तो और किससे कहूं! तुमसे, जो सदा-सर्वदा मेरा सर्वस्व रहा है और आज भी है! शायद मैं तुम्हारे सामने स्वयं को स्पष्ट करने में बहुत सफल नहीं हो सकूंगी। शायद तुम मुझे पूरी तरह नहीं समझ सकोगे। मेरा सिर फटा जा रहा है, मेरी कनपटियां कांप रही हैं, मेरा अंग-अंग टूट रहा है। मेरा खयाल है कि मुझे ज़रूर तेज़ बुखार है। इस हिस्से में इन्फ्लुएंजा का प्रकोप है और शायद मैं भी उसी की चपेट में आ गई हूं। मुझे बिल्कुल दुःख नहीं होगा अगर मैं भी अपने बच्चे के पास पहुंच जाऊं। थोड़ी-थोड़ी देर

में मेरी आंखों के आगे अंधेरा छा जाता है और शायद मैं यह ख़त भी पूरा न कर सकूं, लेकिन इस बार, इस पहली और आखिरी बार, तुमसे अपने मन की बात कहने के लिए मैं अपने शरीर की समूची ताकत खर्च कर दूंगी, तुमसे, मेरे प्राणों के प्यारे, तुमसे, जिसने मुझे कभी जाना तक नहीं।

केवल तुमसे ही मैं इसलिए बात करना चाहती हूं, ताकि पहली बार तुम्हें सब कुछ बता सकूं। मैं अपने समूचे जीवन के बारे में तुम्हें बताना चाहती हूं उस जीवन के बारे में जो सदा-सर्वदा तुम्हारा रहा है, फिर भी जिसके बारे में तुमने आज तक कभी कुछ नहीं जाना है, लेकिन तुम मेरी मृत्यु के बाद ही मेरे जीवन के इस रहस्य को जान पाओगे जब तुमसे जवाब-तलब करने के लिए कोई नहीं रहेगा। तुम इसे महज़ तभी जान पाओगे, अगर यह दैत्य, जो इस समय मेरी देह के अंग-अंग को ठंड और गर्मी से झंझोड़े डाल रहा है, अन्ततः मेरी इस देह का अन्त कर दे। अगर मैं अभी और ज़िन्दा रही, तो इस ख़त की चिन्दी-चिन्दी कर दूंगी और उसी तरह खामोश रहूंगी, जिस तरह कि आज तक रही हूं। अगर तुम कभी इस ख़त को अपने हाथों में पाओ, तो समझ लेना कि एक मृत औरत अपने जीवन की कथा तुमसे कह रही है, एक ऐसे जीवन की कथा, जो अपने अस्तित्व के प्रथम चेतन क्षण से लेकर इस अन्तिम पूर्वत: चेतन क्षण तक तुम्हारा ही रहा है। तुम्हें मेरे शब्दों से भय खाने की कोई ज़रूरत नहीं। एक मृत औरत कुछ नहीं चाहती: न प्रेम, न सहानुभूति और न सान्त्वना ही। मैं तुमसे महज़ एक ही चीज़ की मांग करती हूं, वह यह कि अपनी आन्तरिक पीड़ा के वशीभूत हो मैं जो कुछ तुमसे कहने जा रही हूं, उस पर तुम पूर्ण विश्वास करोगे, क्योंकि मैं तुमसे और किसी भी चीज़ की मांग नहीं करती। एक मां अपने इकलौते बेटे की मृत्यु-शय्या की बगल में बैठकर झूठ नहीं बोलेगी।

मैं अपना समूचा जीवन उघाड़कर तुम्हारे सामने रखने जा रही हूं, वह जीवन, जो वस्तुतः उसी दिन से प्रारम्भ होता है, जिस दिन मैंने तुम्हें पहली बार देखा था। उस दिन के पूर्व का जो कुछ मुझे याद है वह धुंधला और अंधकारमय और उलझन-भरा है, एक ऐसे तहखाने की स्मृति के समान, जो धूल, सीलन और जालों से ढकी वस्तुओं और मनुष्यों से भरा हुआ हो— एक ऐसी जगह जिससे मेरे हृदय का दूर का भी सम्बन्ध नहीं था।

जब तुम मेरे जीवन में आए, मैं तेरह वर्ष की थी और उसी घर में रहती थी, जिसमें आज तुम रहते हो, ठीक उसी घर में, जिसमें बैठे हुए तुम आज मेरा यह पत्र पढ़ रहे हो, यह पत्र जो मेरे जीवन की अन्तिम सांस है। मैं उसी तल्ले में रहती थी, जिसमें आज तुम रहते हो। हमारे फ्लैट का दरवाज़ा तुम्हारे फ्लैट के दरवाज़े के ठीक सामने था। तुम निश्चय ही हम लोगों को भूल चुके होगे। उस मुनीम एकाउंटेंट की दरिद्र शोकसूचक वस्त्रोंवाली विधवा और उसकी दुबली-पतली मरियल-सी लड़की को तुम काफ़ी पहले ही भूल चुके होगे। हम सदा ही इतने शान्त रहे थे— जर्जरित भद्रता के प्रतिनिधि नमूने जैसे! यह नामुमकिन ही है कि तुमने कभी हमारा नाम भी सुना हो, क्योंकि हमारे दरवाज़े पर हमारे नाम की तख्ती ही नहीं थी और न कोई हमसे मिलने ही आता था। इसके अलावा, यह बात है भी तो कितने अधिक दिनों पहले

की— पूरे पन्द्रह या सोलह वर्ष पहले की। असंभव ही है कि तुम्हें कुछ याद होगा, लेकिन मुझे, कितनी उत्कट हार्दिकता से मुझे हर सूक्ष्म से सूक्ष्म बात भी याद है, गोया वह सब बस तुरन्त अभी घटी है।

कुछ उसी तरह मुझे वह दिन, वह क्षण याद है, जब मैंने पहली बार तुम्हारे बारे में सुना था, पहली बार तुम्हें देखा था। भला ऐसा हो भी क्यों नहीं, वही तो क्षण था, जब मेरे लिए सही अर्थों में जीवन का प्रारंभ हुआ था। ज़रा धीरज रखो! मैं आदि से अन्त तक सब तुम्हें कह सुनाती हूं। ज़रा-सी देर के लिए उकता मत जाओ, क्योंकि मैं जीवन-भर तुम्हें प्यार करते-करते भी नहीं उकताई हूं।

तुम्हारे आने के पूर्व जो लोग तुम्हारे फ्लैट में रहते थे, वे भयंकर किस्म के इन्सान थे, सदा झगड़ते रहने वाले। हालांकि वे स्वयं बेहद दरिद्र थे, फिर भी वे हमारी दरिद्रता को भी नफरत करते थे, क्योंकि हम उन लोगों से कोई राह-रस्म नहीं रखते थे। पुरुष शराबी था और अपनी पत्नी को पीटता रहता था। अक्सर हम लोग रात के सन्नाटे में कुर्सियों के फेके जाने और प्लेटों के टूटने का शोर सुनकर जाग उठते थे। एक बार, जब उसने अपनी पत्नी को पीटते-पीटते लहूलुहान कर दिया, तो वह अपने बाल बिखराए दौड़कर बाहर निकल आई, पीछे-पीछे उसका शराबी पति उसे गालियां देता हुआ आया। आखिर सभी पड़ोसी किरायेदार सीढ़ियों पर इकट्ठे हो गए और उन्होंने पुलिस को बुलाने की धमकी दी। मेरी मां उन लोगों से दुआ-सलाम भी नहीं रखती थी। उसने तो मुझे भी उनके बच्चों के साथ खेलने से मना कर दिया था, जो इसके लिए मुझपर अपना गुस्सा निकालने का कोई भी मौका खाली नहीं जाने देते थे।

जब कभी वे लोग मुझे सड़क पर मिल जाते थे, तो बुरी-बुरी गालियां बकते थे। एक बार तो उन्होंने एक बर्फ का गोला इस ज़ोर से मेरी ओर फेंका कि मेरे माथे में खून निकल आया। मकान के सभी लोग उनसे नफरत करते थे और जब किसी कारणवश उन्हें यह मकान छोड़ना पड़ा, तो हम सभी लोगों ने चैन की सांस ली। मेरा खयाल है कि उस पुरुष को चोरी के इल्ज़ाम में गिरफ्तार कर लिया गया था। कुछ दिनों के लिए मुख्य दरवाज़े पर 'किराये के लिए खाली है' की तख्ती झूलती रही, फिर एक दिन वह तख्ती उतार दी गई और चौकीदार ने बताया कि यह फ्लैट एक लेखक द्वारा किराये पर लिया गया है, जो कुंआरा है और निश्चय ही शान्तिपूर्वक रहेगा। इस तरह मैंने पहली बार तुम्हारा नाम सुना।

कुछ दिनों बाद उसे फ्लैट की पूरी तरह से सफाई की गई, फिर चित्रकार और सज्जाकार आए। निश्चय ही, उन्होंने काफ़ी शोर-गुल मचाया, लेकिन मेरी मां खुश थी, इसलिए कि उसका कहना था कि अब आगे से हमारे पड़ोस की कुव्यवस्था की समाप्ति हो जाएगी। इन तैयारियों के बीच तुम कभी दिखाई नहीं दिए।

फ्लैट की सज्जा और फर्नीचर आदि की सारी व्यवस्था तुम्हारे नौकर की निगरानी में हुई। भूरे बालोंवाले और छोटे कद के तुम्हारे उस नौकर के सभी हाव-भाव इतने गंभीर थे, जिससे यह स्पष्ट था कि वह सुसंस्कृत परिवारों में रहने का आदी है। उसने हर कार्य की व्यवस्था

निहायत ही व्यावसायिक ढंग से की, जिससे हम सब बेहद प्रभावित हुए। शहर के बाहरी हिस्से के हमारे उन फ्लैटों में इस प्रकार का उच्चवर्गीय नौकर एक नितान्त नई वस्तु था। इसके अलावा वह सिर से पैर तक विनम्र था, लेकिन साथ ही मामूली नौकरों के साथ छिछोरों की तरह मिलने-जुलने वाला भी नहीं था। एकदम प्रारंभ से ही उसने मेरी मां से एक सम्मान योग्य महिला की तरह आदरपूर्वक व्यवहार किया। यहां तक कि मुझ नन्ही-मुन्नी के साथ भी उसका व्यवहार बराबर विनम्रता का होता था। जब कभी वह तुम्हारा नाम लेता था, तो कुछ इस ढंग से, जिससे स्पष्ट था कि तुम्हारे प्रति उसकी भावना बहुत कुछ एक अभिभावक जैसी है। इसी कारण उस भले बूढ़े जोन को मैं प्यार करने लगी थी, हालांकि साथ ही साथ मुझे उससे ईर्ष्या भी होती थी, क्योंकि बराबर तुम्हें देखने और तुम्हारी सेवा करने का विशेषाधिकार उसे ही प्राप्त था।

क्या तुम जानते हो कि ये छोटी-छोटी बातें मैं तुमसे क्यों कह रही हूं? मैं तुम्हें यह जतलाना चाहती हूं कि किस प्रकार एकदम प्रारंभ से ही, जबकि मैं एक संकोची और डरपोक बच्ची थी, तभी से तुम्हारा व्यक्तित्व कितनी शिद्दत से मेरे ऊपर छा गया था। तुम्हें सचमुच देखने से पहले ही मेरे मन ने तुम्हारे चेहरे के चारों ओर दिव्य प्रकाश का एक घेरा बना दिया था। समृद्धि, आश्चर्य और रहस्य के वातावरण ने तुम्हें चारों ओर से ढक रखा था। जिन लोगों का जीवन संकीर्ण घेरे में सीमित होता है, वे स्वभावतः नवीनता के लोभी होते हैं।

शहर के बाहर इस छोटे-से मकान के हम सब बाशिन्दे अधीरता से तुम्हारे आगमन की प्रतीक्षा कर रहे थे। एक दिन शाम को स्कूल से घर लौटने पर मैंने घर के सामने फर्नीचर से लदी हुई गाड़ी देखी, तो स्वयं मेरी उत्सुकता चरम सीमा पर पहुंच गई। अधिकांश भारी-भारी चीज़ें तो ऊपर पहुंचाई जा चुकी थीं और इस समय मज़दूर लोग छोटी चीज़ें ऊपर ले जाने में लगे थे। मैं दरवाज़े के पास खड़ी होकर देखने लगी और मन ही मन प्रशंसा करने लगी, क्योंकि जिस तरह की चीज़ों को देखने-सुनने की मैं अब तक अभ्यस्त थी, तुम्हारी हर वस्तु उनसे कितनी अधिक भिन्न थी! तुम्हारी वस्तुओं में भारतीय खिलौने थे, इतालवी शिल्प की प्रतिमाएं थीं और बहुत बड़े-बड़े चमकदार रंगों के चित्र थे।

सबसे अन्त में नम्बर आया किताबों का, इतनी प्यारी-प्यारी किताबें और इतनी अधिक कि मैं सोच भी नहीं सकती थी कि इतनी अधिक किताबें हो भी सकती हैं। दरवाज़े के पास उनका ढेर लगा हुआ था। तुम्हारा नौकर उनके पास खड़ा था और बहुत सावधनी से उन्हें एक-एक कर पोंछ रहा था। ढेर ज्यों-ज्यों बढ़ता जा रहा था, त्यों-त्यों मैं अधिक मोह में डूबी-सी खड़ी उन्हें देखती जाती थी। तुम्हारे नौकर ने मुझे झिड़का नहीं, लेकिन साथ ही उसने मुझे कोई प्रोत्साहन भी नहीं दिया, इसलिए उनमें से किसी को छूने का मुझे साहस नहीं हुआ, हालांकि उन मुलायम चमड़े की जिल्दवाली पुस्तकों को एक बार छूकर देखने की मेरी कितनी तीव्र इच्छा हो रही थी! कुछ के शीर्षकों की ओर मैंने चुपके-से डरते-डरते देखा, उनमें से बहुत-सी फ्रांसीसी और अंग्रेज़ी भाषाओं में थीं और कुछ ऐसी भाषाओं में थीं, जिनका मैं एक भी शब्द

नहीं जानती थी। घंटों वहां खड़े-खड़े उनकी ओर ताकते रहना मुझे बहुत अच्छा लगता, लेकिन मेरी मां ने मुझे पुकार लिया और मुझे अनिच्छा से भीतर जाना पड़ा।

उस समूची शाम मैं केवल तुम्हारे ही बारे में सोचती रही, हालांकि उस समय तक मैंने तुम्हें देखा भी नहीं था। मेरे पास केवल एक दर्जन सस्ती किताबें थीं, जिनपर जर्जर गत्ते की जिन्हें चढ़ी थीं। मैं उन्हें दुनिया की और किसी भी वस्तु से अधिक चाहती थी और उन्हें बार-बार पढ़ती रहती थी। अब मुझे यह सोच-सोचकर आश्चर्य हो रहा था कि वह व्यक्ति कैसा होगा, जिसके पास इतनी अधिक पुस्तकें हैं, जिसने इतना अधिक पढ़ा है, जो इतनी अधिक भाषाएं जानता है, जो धनी है और साथ-साथ इतना विद्वान भी ! इतनी अधिक किताबों के विचार-मात्र ने मेरे भीतर एक ठोस किस्म का आदर उत्पन्न कर दिया। मैंने मन ही मन तुम्हारा काल्पनिक चित्र खींचने की कोशिश की— तुम ज़रूर काफ़ी बुज़ुर्ग होगे, आंखों पर चश्मा होगा और लम्बी, श्वेत दाढ़ी होगी, जैसीकि हमारे स्कूल के भूगोल के अध्यापक की है, लेकिन तुम ज़रूर उससे अधिक दयालु, देखने में अधिक भले और स्वभाव में अधिक सहृदय होगे। नहीं जानती, मुझे इस बात का क्यों इतना विश्वास था कि तुम सुन्दर हो, क्योंकि मेरी कल्पना में तुम साथ ही साथ बुज़ुर्ग भी ज़रूर थे। उसी रात, पहली बार मैंने तुम्हारा स्वप्न देखा।

अगले दिन तुम आ गए। यद्यपि मैं तुम्हारी प्रतीक्षा में ही थी, फिर भी मैं तुम्हारे चेहरे की एक झलक नहीं पा सकी। मेरी असफलता ने मेरी उत्सुकता को और अधिक बढ़ा दिया। आखिरकार कहीं तीसरे दिन जाकर मैं तुम्हें देख पाई। मुझे यह देखकर कितना अधिक आश्चर्य हुआ था कि मेरी शिशु-सुलभ कल्पना के बुज़ुर्ग से तुम एकदम भिन्न थे। एक चश्माधारी, भले स्वभाव के वयोवृद्ध की प्रतीक्षा मुझे थी और तुम ठीक वैसे ही थे, जैसे कि आज दिखते हो, क्योंकि तुम उन कुछ व्यक्तियों में से हो जिन पर समय का कोई असर नहीं होता। हल्के भूरे रंग के ट्वीड का बहुत सुन्दर सूट तुमने पहन रखा था और शैशव-सुलभ सहजता से तुम एक साथ में दो-दो सीढ़ियां फलांगते, दौड़ते हुए से, ऊपर चढ़ गए। यह शैशव-सुलभ सहजता तुम्हारे हर कार्य में झलकती रही है। टोपी तुम्हारे हाथ में थी, इसलिए कुछ भी नहीं बोल पाने के अचरज में तुम्हारे तेजवान और जीवन से भरपूर चेहरे और युवा केशों को देख सकती थी। तुम्हारी खूबसूरत इकहरी और सुथरी देह को देखकर मुझे निश्चित रूप से एक धक्का-सा लगा।

कितने अचरज की बात है कि इस प्रथम क्षण में ही मैं तुम्हारे व्यक्तित्व की उस विशेषता को सहज ही पहचान गई थी, जो मेरे और अन्य सभी के लिए सदा एक आश्चर्य की वस्तु रहा ! मैंने पहचान लिया कि तुम्हारे भीतर एक साथ दो व्यक्तित्व निवास करते हैं: एक ओर तुम खेल-कूद और साहसिक कार्यों में दिलचस्पी रखने वाले एक उत्साही और मुक्त हृदय के युवक हो और दूसरी ओर अपनी कला में, बहुपठित और अति सुसंस्कृत, गम्भीर और दायित्व के प्रति सदा सचेत रहने वाले व्यक्ति हो। तुम्हारी जिस विशेषता को तुम्हारे हर परिचित व्यक्ति ने धीरे-धीरे महसूस किया, उसी को मैंने उस प्रथम क्षण में ही जान लिया था कि तुम दो तरह के

जीवन जीते हो। इन दोनों में से एक का पता तो सभी को था— यह वह जीवन था जो सारी दुनिया के सामने स्पष्ट था, दूसरा जीवन दुनिया की निगाहों से छिपा हुआ था और उसका पूर्ण रुप से केवल तुम्हें ही पता था। मैं, तेरह वर्ष की एक लड़की, तुम्हारे आकर्षण के जादू के दायरे में आते ही, तुम्हारे अस्तित्व के इस रहस्य को, तुम्हारे द्वैत जीवन के इस अलगाव को, पहली ही दृष्टि में पहचान गई थी।

क्या तुम अब महसूस कर सकते हो कि उन दिनों तुम मुझे यानी एक बच्ची को, कितने बड़े आश्चर्य, कैसी एक गूढ़ और मोहक पहेली-से लगे थे! मेरे सामने एक ऐसा व्यक्ति था, जिसके बारे में सभी बड़ा आदर का भाव रखते थे, इसलिए कि वह किताबें लिखता था और इस लम्बी-चौड़ी दुनिया में सब जगह प्रसिद्ध था। अचानक उसने स्वयं को मेरे सामने एक पच्चीस वर्ष के प्रसन्न और हंसमुख नवयुवक के रूप में प्रकट कर दिया था। शायद यह बताने की ज़रूरत नहीं कि उसके बाद मेरे सीमित संसार में, केवल तुम्हीं थे, जिसमें मेरी दिलचस्पी रह गई थी। एक तेरह वर्ष की लड़की के लिए अपेक्षित एकाग्रता से मेरा जीवन तुम्हारे जीवन के चारों ओर चक्कर काटने लगा। मैं छिप-छिपकर तुम्हें देखती, तुम्हारी आदतों को देखती, तुमसे मिलने आने वाले लोगों को देखती और इन सबसे तुम्हारे व्यक्तित्व में मेरी दिलक्स्पी घटने के बजाय बढ़ती ही गई, क्योंकि तुम्हारे व्यक्तित्व का दोहरापन तुम्हारे मुलाकातियों की अऩेकता में भी व्यक्त होता। उनमें से कुछ युवक होते थे, तुम्हारे हमजोली, लापरवाही से कपड़े पहने हुए ऐसे छात्र जिनके साथ तुम खूब कहकहे लगाते थे और आनन्द मनाते थे। तुम्हारे मुलाकातियों में कुछ महिलाएं भी होती थीं, जो मोटरों में बैठकर आती थीं। एक बार ओपेरा का निर्देशक, वह महान व्यक्ति, जिसको इसके पूर्व मैंने केवल दूर से स्टेज पर ही देखा था, तुमसे मिलने आया। कुछ लड़कियां भी होती थीं, नवयौवनाएं जो अभी तक स्कूलों में शिक्षा प्राप्त कर रही थीं, वे बहुत सकुचाती-सिमटती दरवाज़े में चुपके-से प्रवेश किया करती थीं। तुम्हारे मुलाकातियों में औरतों की संख्या बहुत होती थी। मैंने इस पर कभी गौर नहीं किया, उस सुबह भी नहीं, जब स्कूल जाते समय मैंने तुम्हारे फ्लैट में से एक पर्दानशीन महिला को निकलते देखा। मैं तब कुल तेरह वर्ष की ही तो थी और अपनी उस अपरिपक्व अक्स्था में मैंने लेश मात्र भी यह महसूस नहीं किया कि जिस गहरी उत्सुकता से मैं तुम्हारे हर कार्य पर आंख रखती हूं उसका आशय यह था कि दरअसल तुम्हारे प्रति मेरा प्रेम शुरू हो गया था।

लेकिन मुझे वह दिन और क्षण भी याद है, जब मैंने सचेत रूप से अपना सम्पूर्ण हृदय तुम्हारे चरणों पर निछावर कर दिया था। मैं अपनी एक सहपाठिन के साथ घूमकर लौटी थी और हम दोनों दरवाज़े के पास खड़ी बातें कर रही थीं। एक कार आई। तुम कूदकर बाहर निकले, अपने उसी अधीर-चुस्त ढंग से, जिसने सदा मुझ पर जादू का सा प्रभाव छोड़ा है, फिर तुम भीतर जाने को बढ़े। एक आन्तरिक प्रेरणा के वशीभूत हो मैंने आगे बढ़कर तुम्हारे लिए दराज़ावा खोल दिया, इससे मैं तुम्हारे रास्ते में आ गई और करीब-करीब टकरा से गए। तुमने मेरी ओर एक हार्दिक दोस्ताना और छा जाने वाली दृष्टि से देखा, करीब-करीब दुलार

करनेवाली दृष्टि से। तुम मेरी ओर देखकर कोमलता से, हां, कोमलता ही वह शब्द है, मुस्कराए और मृदुता से, नहीं, अपनत्व से तुमने कहा, "बहुत-बहुत धन्यवाद !"

बस, यही है पूरी घटना, लेकिन इस क्षण से, इसी क्षण से, जब तुमने इतनी कोमलता से, इतनी कोमलता से मेरी ओर देखा था, मैं तुम्हारी हो गई। बाद में, लेकिन अधिक समय बाद नहीं, मुझे पता लगाना था कि जिन महिलाओं के भी तुम सम्पर्क में आते थे, उन सभी की ओर तुम इसी तरह देखने के अभ्यस्त थे। यह एक दुलारने वाली और लुभाने वाली दृष्टि थी, एक ही साथ छा जाने वाली और निरावरण कर देने वाली, एक जन्मजात जादूगर की दृष्टि। काउण्टरों पर सामान बेचने वाली हर लड़की की तरफ, जिससे तुम कुछ खरीदते थे और हर नौकरानी की तरफ, जो तुम्हारे लिए दरवाज़ा खोलती थी, तुम अनायास ही इसी दृष्टि से देखने के आदी थे। यह बात नहीं है कि उन सब औरतों को अपने अधिकार में करने के लिए तुम सचेत रूप से इच्छुक रहते थे, लेकिन 'सेक्स' की ओर तुम्हारी प्रवृत्ति ही कुछ ऐसी थी कि जब कभी तुम्हारी आखें किसी औरत-मात्र की ओर उठती थीं, तो तुम्हारे अनजाने ही उनमें आर्द्रता और उष्णता आ जाती थी। मात्र तेरह वर्ष की अवस्था में, मुझे इसका कोई ज्ञान नहीं था। मुझे तब महसूस हुआ था, गोया मेरी समूची देह में आग की एक लहर दौड़ गई हो। मैंने विश्वास कर लिया था कि यह कोमलता मेरे लिए थी, मात्र मेरे लिए। इस एक क्षण में ही मुझ अर्ध-विकसित लड़की में एक औरत ने जन्म ले लिया, उस औरत ने जो आने वाले समूचे भविष्य के लिए तुम्हारी होने वाली थी।

"यह कौन था ?" मेरी सहेली ने पूछा।

शुरू में, मैं कुछ उत्तर नहीं दे सकी। तुम्हारे नाम का उच्चारण मुझे असम्भव-सा लगा। वह अचानक ही मेरे लिए पवित्र बन गया था, मेरा रहस्य बन गया था।

"अरे, है कोई जो इसी मकान में रहता है।" मैंने हड़बड़ाते हुए कहा।

"तब फिर, उसने तुम्हारी ओर देखा, तो तुम लाज से इस कदर छुई-मुई क्यों हो गई थीं ?" एक जिज्ञासु बच्चे की सी दुर्भावना से मेरी सहपाठिन ने पूछा।

मुझे महसूस हुआ कि वह मेरा मज़ाक उड़ा रही थी और मेरे राज़ तक पहुंचना चाह रही थी, इस अनुभूति ने मेरे गालों को लाज से और भी अधिक गुलाबी बना दिया। मैं जान-बूझकर अपनी सहेली के प्रति अशिष्ट हो उठी, "तुम एकदम मूर्ख हो !" मैंने गुस्से से कहा।

इच्छा हो रही थी, उसका गला घोंट दूं। वह मेरा उपहास उड़ाती-सी हंसती रही थी, यहां तक कि निष्फल गुस्से से मेरी आंखों में आंसू छलछला आए। मैंने उसे दरवाज़े के पास छोड़ा और दौड़कर सीढ़ियां चढ़ गई।

तब से मैं तुम्हें प्यार करती रही हूं। मुझे अच्छी तरह मालूम है कि तुम औरतों से यह सुनने के अभ्यस्त हो कि वे तुम्हें प्यार करती हैं, लेकिन मेरा यह निश्चित विश्वास है कि जिस भक्ति से, एक कुत्ते की सी स्वामिभक्ति से, एक दासी की सी दीनता से मैंने तुम्हें प्यार किया है और अब भी करती हूं, उस तरह किसी भी अन्य औरत ने तुम्हें प्यार नहीं किया होगा। प्रतिदान में

कुछ न पाने की आशा वाले एक बच्ची के प्यार की बराबरी दुनिया की और कोई भी चीज़ नहीं कर सकती। यह प्यार आशारहित और उपकारी होता है, यह धैर्यवान और तीव्रतम होता है, यह कुछ ऐसा होता है, जिसकी समानता पूर्ण युवा औरत का लालची प्यार कभी नहीं कर सकता।

एकाकी बच्चों के अलावा इस तरह का प्यार और कोई नहीं कर सकता। दूसरी औरतें अपनी भावनाओं को अपनी साथिनों में बांटती फिरती हैं, अपने मन की बात दूसरों से कहती फिरती हैं। उन्होंने प्यार के बारे में इतना कुछ सुना और पढ़ा है और जानती हैं कि एक बार सभी प्यार करती हैं। इसलिए वे एक खिलौने की तरह इससे खेलती हैं, और इस तरह इसके बारे में शेखी बघारती हैं जिस तरह कोई नौसिखिया लड़का अपनी जिन्दगी की प्रथम सिगरेट के बारे में करता है, लेकिन मेरा कोई भी राज़दार नहीं था, जिससे मैं अपने मन की बात कह सकती। न मुझे शिक्षा मिली थी और न चेतावनी ही। मैं अनुभवहीन थी और साथ ही सहज विश्वासी भी। अपने भाग्य से मिलने के लिए मैं दौड़कर आगे बढ़ी। जो कुछ मेरे भीतर उमड़ता था, जो कुछ मेरे साथ घटता था, मुझे सब तुम्हारे ही ऊपर केन्द्रित लगता था, तुम्हारे उस रूप पर जो मेरी कल्पना ने तुम्हें दिया था।

मेरे बापू बहुत पहले मर चुके थे। मेरी मां और कुछ भी नहीं सोच सकती थी, सिवाय अपनी कठिनाइयों के, इन कठिनाइयों के कि अपनी नगण्य-सी पेंशन द्वारा हमारी घरेलू आवश्यकताओं की किस तरह पूर्ति करे, इसलिए एक बढ़ती उम्र की लड़की की दुनिया से वह नितान्त दूर थी। मेरी सहपाठिनें अर्ध-संस्कृत और अर्ध-बदचलन थीं। मेरे लिए जो चीज़ महानतम और पवित्रतम थी, उसे वे लोग खिलवाड़ की वस्तु समझती थीं, इसलिए वे भी मेरा राज़ जानने की हकदार नहीं थीं। परिणाम यह हुआ कि मेरे भीतर जो कुछ घुमड़ रहा था, वह सब जो मेरी हमउम्र लड़कियों में साधारणत: कई दिशाओं में बिखर जाता, वह सब मात्र तुम्हारे ऊपर केन्द्रीभूत हो गया। तुम मेरे लिए 'वह' बन गए। समझ नहीं पाती कि कौन-सी उपमा मेरी भावनाओं को ठीक से व्यक्त कर सकती है? तुम मेरे लिए मेरी समूची जिन्दगी ही बन गए। जो कुछ तुमसे सम्बन्धित था, उसके सिवाय मेरे लिए किसी भी वस्तु का अस्तित्व नहीं रहा। मेरे लिए किसी भी वस्तु का कोई अर्थ नहीं था, जब तक कि वह किसी न किसी रूप में तुमसे सम्बन्धित नहीं थी। तुमने मेरे लिए हर बात को बदल दिया था।

अब तक मैं स्कूल में बहुत मामूली किस्म की अनजान-सी लड़की थी। अब सहसा ही मेरा नाम प्रथम आने लगा। मैं रात-रात-भर जागकर किताबों पर किताबें पढ़ने लगी, क्योंकि मैं जानती थी कि तुम्हें किताबों से प्यार है। मेरी मां को अचरज हुआ जब मैं पियानो सीखने के पीछे हाथ धोकर पड़ गई, क्योंकि मेरा खयाल था कि तुम्हें संगीत का शौक है। मैं अपने वस्त्रों को संवारकर पहनने लगी, महज़ इसलिए कि तुम्हारी आंखों को वे साफ-सुथरे लगें। मेरे स्कूल की पुरानी पड़ गई पोशाक में एक चौकोर पैबन्द लगा हुआ था, जिससे मुझे बेहद मानसिक यंत्रणा होती थी (यह पोशाक मेरी मां की फ्राक में से काटकर सीली गई थी।) मुझे

भय था कि कहीं तुम इसे न देख लो और मुझसे नफरत करने लगो, इसलिए ज़ीने पर चढ़ते-उतरते समय मैं उस पैबन्द को अपने हाथ के बस्ते से छिपा लिया करती थी। भय के मारे मेरी ज़ान निकली आती थी कि कहीं तुम उसे देख न लो। कितनी बड़ी मूर्ख थी मैं! तुमने शायद ही कभी दोबारा मेरी ओर नज़र उठाकर देखा हो।

फिर भी मेरे दिन तुम्हारे लिए प्रतीक्षा करने और तुम्हें छिपकर देखने में व्यतीत होने लगे। हमारे दरवाज़े में एक दरार थी। उसमें से तुम्हारे फ्लैट के दरवाज़े की झलक देखी जा सकती थी। मेरे ऊपर हंसो मत, प्रिय! उस जासूसी छेद के पास मैंने जितने घंटे बिताए हैं, उनके लिए मुझे आज भी किसी प्रकार की शर्म महसूस नहीं होती। हाल बर्फ-सा ठंडा रहता था और मुझे भय था कि कहीं मेरी मां को शक न हो जाए। मगर जो हो, उस छेद में झांकते हुए मैं लम्बी दोपहरें और शामें बिता देती थी, महीनों और वर्षों तक मैंने इस तरह किया है। मेरे हाथ में किताब रहती थी और वायलिन के तार की तरह मैं खिंची हुई रहती थी और तुम्हारी निकटता के स्पर्श की कल्पना-मात्र से झनझना उठती थी। मैं सदा-सर्वदा तुम्हारे निकट रहती थी और सदा-सर्वदा सतर्क रहती थी, लेकिन तुम्हें इसका कोई ज्ञान नहीं था, ठीक उसी तरह जिस तरह कि तुम्हारी जेब में रखी हुई घड़ी के मुख्य स्प्रिंग की सतर्कता से तुम अनभिज्ञ रहते हो, वह स्प्रिंग जो पूरी स्वामिभक्ति से तुम्हारे लिए घण्टों का हिसाब रखता है, जो अपनी अश्रव्य टिक-टिक द्वारा सदा तुम्हारे कदमों के साथ छाया की तरह लगा रहता और लाखों-लाखों क्षणों तक महज़ उस एक क्षण की प्रतीक्षा करता रहता, जब तुम एक उड़ती-सी, भागती-सी नज़र उसपर डाल लोगे। मैं तुम्हारे बारे में तुम्हारी आदतों के बारे में सब कुछ जानती थी। जो टाइयां तुम बांधा करते थे उनको भी। मैं तुम्हारे सब सूटों को भी जानती थी।

जल्दी ही मैं तुम्हारे नियमित मुलाकातियों को भी पहचानने लगी। उनके बारे में मैंने अपनी पसन्द और नापसन्द भी बना ली। तेरह से लेकर सोलह वर्ष तक की आयु का मेरा प्रत्येक क्षण तुम्हारा रहा है। कितनी-कितनी बेवकूफियां मैंने नहीं कीं? दरवाज़े के जिस हैंडिल को तुम स्पर्श करते थे उसको मैंने चूमा, सिगरेट का जो अन्तिम हिस्सा तुमने फेंका, वह मैंने उठा लिया, वह मेरे लिए पवित्र धरोहर था, क्योंकि तुम्हारे होंठों ने उसका स्पर्श किया था। शामों और रात को किसी न किसी बहाने सैकड़ों-हज़ारों बार मैं सड़क पर महज़ यह देखने के लिए दौड़ जाती कि तुम्हारे किस कमरे की बत्ती जल रही है, ताकि तुम्हारी अदृश्य उपस्थिति को मुझे अधिक सही ज्ञान हो सके। जिन हफ्तों तुम बाहर गए हुए होते थे (जब मैं जोन को तुम्हारा सूटकेस नीचे ले जाते हुए देखती थी, तो मेरा हृदय करीब-करीब धड़कना बन्द कर देता था), तो जीवन का मेरे लिए कोई अर्थ नहीं रहता था। जलबिन मछली की तरह जीवन से उकताई हुई, होशोहवास खोई हुई मैं इधर-उधर घूमती रहती और समझ नहीं पाती थी कि क्या करूं? साथ ही मुझे बहुत सतर्क रहना पड़ता था कि कहीं आंसुओं से डबडबाई मेरी आंखें देखकर मां को मेरी हताश स्थिति का पता न लग जाए।

मैं जानती हूं कि मैं यहां जो कुछ लिख रही हूं वह अजीबोगरीब बेवकूफियों का ही एक इतिहास है। मुझे दरअसल इनके लिए लज्जित होना चाहिए, लेकिन मैं लज्जित नहीं हूं,

क्योंकि वस्तुत: मेरा प्यार जितना पावन और तीव्र उस समय था, उतना और कभी नहीं रहा। मैं घण्टों और दिनों तक तुम्हें यह बताती रह सकती हूं कि मैं किस तरह तुम्हारे साथ रही हूं, हालांकि तुम मुझे पहचानते तक नहीं थे। हां, यह सच है कि तुम मुझे पहचानते तक नहीं थे, क्योकि अगर कभी मैं तुम्हें ज़ीने पर मिल भी जाती थी और देखती थी कि इस बार सामने से गुज़रे बिना बचाव नहीं हो सकता, तो मैं गर्दन नीची कर जल्दी-जल्दी सीढ़ियां चढ़ या उतर जाती थी। तुम्हारी दृष्टि से भयभीत-सी मैं इस तरह जल्दी करती थी, जैसे कोई व्यक्ति आग से बचने के लिए पानी में कूद पड़ता है, घण्टों और दिनों तक लगातार बोलती हुई मैं तुम्हें उन वर्षों की याद दिला सकती हूं, जिन्हें तुम काफ़ी पहले भूल चुके हो तुम्हारे जीवन की समूची बीती घटनाओं को दुहरा सकती हूं, लेकिन इन सबके विस्तार में जाकर मैं तुम्हें उकताऊंगी नहीं। उन दिनों की केवल एक घटना और तुमसे कहूंगी, जो मेरे बचपन की सर्वाधिक शानदार अनुभूति है। तुम इसका उपहास मत उड़ाना, क्योकि तुम्हें भले ही यह नगण्य-सी लगे, मेरे लिए तो असीम अनन्त महत्त्व की थी।

ज़रूर यह इतवार का दिन रहा होगा। तुम बाहर गए हुए थे, और तुम्हारा नौकर भारी गलीचों को पीटकर उनकी गर्द झाड़ चुका था और अब उन्हें फ्लैट के खुले दरवाज़े से खींचकर भीतर ले जा रहा था। वे उसकी शक्ति से अधिक भारी पड़ रहे थे। मैंने हिम्मत करके पूछा कि अगर मैं भी उसकी सहायता करूं, तो क्या उसे आपत्ति होगी? उसे आश्चर्य ज़रूर हुआ, लेकिन उसने आपत्ति नहीं की। क्या तुम कभी समझ सकते हो कि किस आतंक से, कितनी पावन श्रद्धा से, मैंने तुम्हारे निवास-स्थान के भीतर कदम रखा था, तुम्हारे संसार को देखा था। उस अध्ययन-मेज़ को देखा था, जिसके पास बैठकर तुम लिखने के अभ्यस्त थे (उसपर एक नीले पारदर्शी फूलदान में कुछ फूल सजे थे); उन चित्रों को, उन किताबों को देखा था? मैंने महज़ एक छिपी नज़र ही उनपर डाली थी, हालांकि मुझे विश्वास है कि अगर मैंने उन सबको अधिक अच्छी तरह देखने देने के लिए जोन से पूछा होता, तो वह अस्वीकार नहीं करता, लेकिन उस समूचे माहौल को अपने भीतर समो लेने के लिए एक छिपी नज़र ही मेरे लिए काफ़ी थी। इस तरह मैंने तुम्हारे बारे में सोते-जागते देखे जाने वाले अपने अनन्त स्वप्नों के लिए नई खुराक प्राप्त कर ली।

यह लघु क्षण मेरे बचपन का सर्वाधिक सुखद क्षण था। मैं इसके बारे में विशेष रूप से तुम्हें इसलिए बताना चाहती थी कि तुम, जो मुझे नहीं जानते, कम से कम इतना महसूस कर सको कि मेरा जीवन किस तरह तुम्हारे चारों तरफ चक्कर काटता रहा है। मैं तुमसे इस क्षण के बारे में बताना चाहती थी। उस भयावनी घड़ी के बारे में भी, जो इसके बाद जल्दी ही आई थी। जैसाकि मैंने अभी स्पष्ट किया, मेरे विचारों के तुम्हारे प्रति केन्द्रीभूत होने से मुझे और सभी बातों के सम्बन्ध में लापरवाह और भुलक्कड़ बना दिया था। मैंने अपनी मां की गतिविधियों और हमारे घर आनेवाले मुलाकातियों की ओर ध्यान देना एकदम बन्द कर दिया था। मैंने इसपर भी गौर नहीं किया था कि प्रौढ़ वय के एक सज्जन, जो इन्सब्रुक में व्यापार करते थे और

मेरी मां के दूर के रिश्तेदार थे, अक्सर हमारे यहां आते थे और काफ़ी देर तक ठहरते थे। मुझे इसकी खुशी थी कि वे मां को अक्सर थियेटर ले जाते थे, क्योंकि इस तरह मुझे अकेले रहने का मौका मिल जाता था और मैं बिना किसी बाधा के तुम्हारे खयालों में खोई रह सकती थी, बिना किसी बाधा के छिप-छिपकर तुम्हें देख सकती थी,जो मेरा प्रमुख, मेरा एकमात्र आनन्द था।

लेकिन एक दिन मां ने कुछ औपचारिक ढंग से मुझे बुलाया और कहा कि एक गंभीर विषय के सम्बन्ध में वह मुझसे बात करना चाहती है। मेरा चेहरा ज़र्द पड़ गया। लगा कि दिल की धड़कन बढ़ गई है। क्या मां को शक हो गया था? क्या मैंने अनजाने ही किसी न किसी रूप में अपना राज़ प्रगट कर दिया था? मेरा सबसे पहला विचार तुम्हारी ओर गया, अपने राज़ की ओर गया, उसकी ओर, जिसके सहारे मेरे जीवन की डोर बंधी थी, लेकिन मेरी मां स्वयं ही काफ़ी परेशान-सी थी। इस तरह से तो उसने मुझे पहले कभी नहीं चूमा था। आज उसने काफ़ी दूलार से मुझे कई बार चूमा, सोफे पर मुझे अपने निकट खींच लिया और झिझकते हुए, बल्कि कुछ शर्माते हुए कहना शुरू किया कि उसके उन प्रौढ़ रिश्तेदार ने, जो विघुर थे उससे शादी का प्रस्ताव किया था और उसने मुख्यत: मेरे ही हित के लिए इस प्रस्ताव को स्वीकार करने का निश्चय किया है। चिन्ता के मारे मेरे दिल की धड़कन बेहद बढ़ गई, तुमसे दूर होने की चिन्ता के मारे!

"पर हम लोग रहेंगे तो यहीं न?" मैंने हकलाते हुए पूछा।

"नहीं, हम लोग इन्सब्रुक चले जाएंगे, जहां फर्दिनान्द का बहुत सुन्दर बंगला है।"

"मैंने इससे अधिक नहीं सुना। मेरी आंखों के सामने की हर वस्तु धुंधली पड़ गई। बाद में मैंने जाना कि मैं बेहोश हो गई थी। मैंने अपनी मुट्ठियां कसकर भींच ली थीं और शीशे के ढेले की तरह गिर पड़ी थी।

इसके बाद के कुछ दिनों में जो कुछ हुआ वह सब मैं तुम्हें बता नहीं सकती किस तरह मैंने, एक निर्बल बच्ची ने, बलशाली बुज़ुर्गों के विरूद्ध निष्फल विद्रोह किया। अब भी, जब मैं उसकी बात सोचती हूं, तो मेरा हाथ कांपने लगा है और मैं ठीक से लिख नहीं पा रही हूं। मैं अपना असली राज़ प्रकट नहीं कर सकती थी, इसलिए उन्हें मेरा विरोध दुर्भावना-भरी ज़िद जैसा लगा। इसके बाद किसी ने मुझे कुछ नहीं बताया। सभी इन्तज़ाम मेरे पीछे से किए गए। जो घण्टे मैं स्कूल में बिताती थी, मेरे पीछे से उनका पूरा उपयोग किया गया। हर शाम जब मैं घर लौटती, तो पाती कि एक न एक वस्तु और बेच दी गई या हटा दी गई। मुझे अपना जीवन टुकड़े-टुकड़े होकर बिखरता-सा लगता था। आखिर एक दिन मैं रात्रि-भोजन के समय घर लौटी तो फर्नीचर हटाने वाले फ्लैट को खाली कर चुके थे। खाली कमरों में पैक किए हुए कुछ सन्दुक रखे थे मेरे तथा मां के लिए कैम्पों में उपयोग की जाने वाली दो खाटें रखी थीं। हमें वहां केवल एक रात और सोना था उसके बाद इन्सब्रुक चले जाना था।

इस अन्तिम दिन सहसा ही मैंने निश्चय कर लिया कि मैं तुमसे दूर रहकर जीवित नहीं रह सकती। मेरे लिए तो तुम्हीं समूचे संसार थे। यह कहना कठिन है कि मैं उस समय क्या सोच

रही थी या उस हताश स्थिति में कुछ सोचने लायक थी भी या नहीं। मां घर से बाहर गई हुई थी। अपनी स्कूल की जिस पोशाक में मैं बैठी हुई थी, उसी में उठी और तुम्हारे फ्लैट के दरवाज़े के पास गई, लेकिन क्या यह कहना ठीक है कि मैं स्वयं गई? अपने कड़े पड़े हुए अवयवों और कांपते हुए घुटनों से, मानो चुम्बक से आकर्षित-सी, मैं तुम्हारे दरवाज़े की ओर खिंची चली गई। मेरे मन में था कि मैं स्वयं को तुम्हारे पैरों पर डाल दूंगी और तुमसे प्रार्थना करूंगी कि मुझे एक नौकरानी के रूप में, एक दासी के रूप में, अपने पास रख लो। मुझे भय है कि कुल पन्द्रह वर्ष की लड़की की इस मोह-भरी मूढ़ता पर तुम हंसोगे, लेकिन तुम हंस नहीं पाओगे अगर यह महसूस कर सको कि उस ठंडे ज़ीने पर भय और आशंका से जड़वत्-सी मैं किस तरह खड़ी थी और एक अदम्य ताकत मुझे आगे की ओर खींच रही थी; किस तरह मेरी इच्छाशक्ति के विरोध के बावजूद मेरी बांह घण्टी बजाने के लिए स्वयं ही ऊंची उठ रही थी। मुझे लगा कि अनन्त भयावने क्षणों तक यह संघर्ष चला और तब मैंने घण्टी बजाई। घण्टी की पतली तेज़ आवाज़ अभी तक मेरे कानों में गूंज रही है। इसके बाद कुछ देर खामोशी रही, जिस बीच मेरे हृदय ने करीब-करीब धड़कना बन्द कर दिया और रक्त का संचार रुक-सा गया, जब कि मेरे कान तुम्हारी पदचाप सुनने के लिए पूर्ण सतर्क थे।

मगर तुम नहीं आए। कोई नहीं आया। तुम उस शाम कहीं बाहर गए हुए होगे, जोन भी बाहर गया हुआ होगा। घण्टी की मृत अनुगूंज मेरे कानों में बज रही थी। मैं दबे पैरों वापस अपने खाली घर में लौट आई और थकी हुई सी एक कालीन पर गिर पड़ी। इन कुछ डगों ने ही मुझे इस कदर थका डाला था, मानो मैं कई घण्टों से गहरी बर्फ के भीतर से पैर धंसा-धंसाकर चलती रही होऊं। फिर भी इस थकान के बावजूद, इसके पहले कि वे मुझे ले जाएं, तुमसे मिलने, बात करने का मेरा निश्चय अब भी वैसा ही दृढ़ था। यकीन मानो, मेरे मन में किसी भी तरह की यौन-आकांक्षाएं नहीं थीं। मैं उस समय तक इन सबसे अनजान थी, इसलिए कि मैंने तब तक तुम्हारे सिवाय और किसी चीज़ के बारे में कभी सोचा ही नहीं था। मेरी एकमात्र इच्छा तुम्हें सहज़ एक बार और देखने की थी, तुम्हारे पैरों से लिपट जाने की थी।

वह सारी भयावनी रात मैंने तुम्हारी प्रतीक्षा करते हुए गुज़ार दी। ज्योंही मेरी मां सोने गई, मैं चुपके से हाल में खिसक आई और तुम्हारे लौटने की प्रतीक्षा करने लगी। यह जनवरी की निहायत ठंडी रात थी। मैं थकी हुई थी, मेरा अंग-अंग दुख रहा था। हमारे फ्लैट में अब एक कुर्सी तक नहीं बची थी, जिस पर मैं बैठ सकती, इसलिए मैं फर्श पर ही लेट गई। दरवाज़े के नीचे से आनेवाली ठंडी हवा मेरी देह में सुई-सी चुभ रही थी। बिना कोई कपड़ा ओढ़े महज़ अपनी पतली पोशाक में मैं वहां लेटी हुई थी। मैं गर्म होना चाहतीं भी नहीं थी, क्योंकि मुझे भय था कि कहीं मुझे नींद आ जाए और मैं तुम्हारे पैरों की आवाज़ न सुन सकूं। उस डरावने अन्धकार में ठंड इतनी तेज़ थी कि मेरी देह ऐंठ-ऐंठ जाती थी, बार-बार मुझे खड़ा होना पड़ता था। मगर मैं प्रतीक्षा करती रही, प्रतीक्षा करती रही, तुम्हारे लिए प्रतीक्षा करती रही, इस तरह गोया मैं अपने भाग्य की प्रतीक्षा कर रही होऊं।

आखिरकार (ज़रूर उस समय रात के दो या तीन बजे होंगे) मैंने घर का नीचे वाला दरवाज़ा खुलने की आवाज़ सुनी, फिर ज़ीने पर पदचाप सुनाई दी। ठंड की भावना एकदम अदृश्य हो गई।

मेरी समूची देह में उष्णता की एक लहर-सी दौड़ गई। मैंने आहिस्ता से अपना दरवाज़ा खोला, इसलिए कि मैं दौड़कर बाहर निकलूं और स्वयं को तुम्हारे पैरों पर डाल दूं... मैं नहीं कह सकती कि अपनी उस उन्माद की दशा में मैंने क्या कर डाला होता। पदचाप और निकट आ गई। बत्ती की कांपती रोशनी दिखाई दी। अपने कांपते हाथों से दरवाज़े का हैंडिल पकड़े मैं खड़ी थी। क्या ज़ीने पर तुम्हीं ऊपर आ रहे थे?

हां, तुम्हीं थे, प्रिय! लेकिन तुम अकेले नहीं थे। मैंने एक मृदु हंसी की आवाज़ सुनी, रेशमी वस्त्र की सरसराहट सुनी और फिर दबे स्वरों में तुम्हारी आवाज़ सुनी। तुम्हारे साथ एक औरत थी।

मैं तुम्हें बता नहीं सकती कि वह शेष रात मैंने किस तरह बिताई। दूसरे दिन सुबह आठ बजे वे मुझे अपने साथ इन्सब्रुक ले गए। मेरे अन्दर विरोध करने की शक्ति ही नहीं बची थी।

मेरा बच्चा पिछली रात मर गया। अगर सचमुच मुझे अभी और अधिक जीवित रहना पड़ा, तो मैं एक बार फिर नितान्त एकाकी रह जाऊंगी। कल काले वस्त्र पहने हुए, विचित्र और भोंडे चेहरे वाले अनजान लोग आएंगे मेरे इकलौते बच्चे की देह के लिए वे अपने साथ ताबूत लाएंगे। शायद मित्र और रिश्तेदार भी आएंगे, साथ में फूलों की माला लिए हुए, लेकिन ताबूत पर भला फूलों की उपयोगिता ही क्या है? वे तरह-तरह के शब्दों और वाक्यों द्वारा मुझे सान्त्वना देने की कोशिश करेंगे। शब्द, शब्द, शब्द! शब्द भला क्या सहायता कर सकते हैं? मैं तो केवल इतना जानती हूं कि मैं पुन: एकाकी रह जाऊंगी। लोगों की भीड़ में अकेले रहने से अधिक कष्टदायी और दूसरी कोई बात नहीं हो सकती।

अपनी सोलह वर्ष की उम्र से अठारह वर्ष की उम्र तक का समय मैंने अपने ही लोगों के बीच किस तरह एक कैदी और बहिष्कृत के रूप में बिताया था, इन्सब्रुक के अपने उन दो वर्षों के निवास में मुझे खूब अच्छी तरह अनुभव हो गया था। मेरे सौतेले पिता शान्त प्रकृति के अल्पभाषी व्यक्ति थे और मुझपर कृपालु थे। मेरी मां मेरी सारी इच्छाओं को पूरा करने के लिए सदा तत्पर रहती थी, गोया मेरे प्रति किए गए किसी अवांछित अन्याय का प्रतिकार करना चाहती हो। मेरे हमउम्र मेरे साथ मित्रता बढ़ाकर स्वयं को कृतार्थ समझते, लेकिन उनकी ओर से दोस्ती के लिए बढ़ाए गए हर कदम का मैं गुस्से से तनी हुई भौंह द्वारा उत्तर देती थी। मैं सुखी होना ही नहीं चाहती थी, तुमसे दूर रहकर मैं सुखी और सन्तुष्ट होना ही नहीं चाहती थी, इसलिए मैंने आत्मपीड़न और एकाकीपन के अंधियारे संसार में स्वयं को कैद कर लिया। जो नई और बढ़िया पोशाकें वे मेरे लिए खरीदकर लाते थे, मैं उन्हें पहनती ही नहीं थी। पार्टियों और थियेटरों में जाने से मैं इनकार कर देती थी। आनन्दप्रद उत्सवों या सैरसपाटों में मैं कभी कोई भाग नहीं लेती थी। मैं मुश्किल से ही कभी घर से बाहर निकलती थी। क्या तुम विश्वास करोगे अगर मैं कहूं कि उस छोटे-से कस्बे की मुश्किल से आधा दर्जन सड़कों को मैं जानती थी, जहां मैंने पूरे दो वर्ष बिताए थे। शोक मनाने में ही मेरी प्रसन्नता थी। मैंने समाज का और हर आनन्द का बहिष्कार कर दिया।

इस तरह तुम्हें न देख पाने से होने वाली पीड़ा में यह वृद्धि कर मुझे एक अजब किस्म का अह्लादभरा नशा-सा होता था। मैं केवल तुम्हारे लिए जीवित रहने की अपनी इच्छा के बीच और किसी भी चीज़ को लाकर अपना ध्यान किसी और तरफ नहीं लगाने देती थी। घंटा-प्रतिघंटा, दिन-प्रतिदिन घर में एकाकी बैठी हुई मैं और कुछ नहीं करती थी, महज़ तुम्हारे बारे में सोचती रहती थी, तुमसे सम्बन्धित अपनी छोटी-छोटी स्मृतियों को बिना किसी व्यवधान के अपने मन में दोहराती रहती थी। तुम्हारी हर गति और तुम्हारी प्रतीक्षा में बिताए हर क्षण को फिर से सजीव करती रहती थी। अपने दिमाग के रंगमंच पर उन छोटी-छोटी घटनाओं की बार-बार रिहर्सल करती रहती थी। जिस दिन से तुम मेरे जीवन में आए, अपने बचपन के उन वर्षों की सूक्ष्म से सूक्ष्मतर बातों को मैंने इतनी-इतनी बार दोहराया है कि वे मेरी याददाश्त पर अंकित हो गई हैं, कुछ इस तरह कि कब के बीत चुके उन वर्षों के हर क्षण को मैं आज भी इतने विस्तार से बता सकती हूं गोया वह सब कल की ही बात हो।

इस प्रकार मेरा जीवन उस समय पूर्णत: तुम्हारे प्रति ही केन्द्रित था। मैंने तुम्हारी सभी पुस्तकें खरीद लीं। अगर कभी तुम्हारा नाम किसी अखबार में प्रकाशित होता, तो वह दिन मेरे लिए उत्सव का होता था। क्या तुम विश्वास करोगे, अगर मैं तुमसे यह कहूं कि मैंने तुम्हारी किताबों को इतनी बार पढ़ा है कि मुझे वे ज़बानी याद हैं। अगर कोई रात में अचानक मुझे जगाए और तुम्हारी किसी भी पुस्तक का कोई वाक्य उद्धृत करे, तो मैं आज तेरह वर्ष बाद भी बिना क्षण-भर रुके उस वाक्य के आगे के अंश को ज़बानी सुना सकती हूं। तुम्हारा हर शब्द मेरे लिए वेद-वाक्य था। मेरे लिए इस दुनिया का अस्तित्व भी महज़ तुम्हारे ही सम्बन्ध को लेकर था।

वियना के अखबारों में मैं थियेटरों और रात्रिकालीन नृत्य-समारोहों की खबरें पढ़ा करती थी और सोचा करती थी कि इनमें से किसमें तुम्हारी रुचि सबसे अधिक हो सकती है। जब रात ढल आती थी, तो मैं अपनी कल्पना में तुम्हारे साथ जाती थी और स्वयं से कहती थी, 'अब वह हॉल में प्रवेश कर रहा है, अब वह अपनी सीट पर बैठ रहा है।' हज़ारों-हज़ारों बार मैं इसी तरह के खयालों में डूबा-उताराया करती थी, महज़ इसलिए कि मैंने तुम्हें एक बार एक नृत्यसमारोह में देखा था।

मुझे ये बातें तुम्हें क्यों सुनानी चाहिए? एक परित्यक्ता बच्ची की दुखद निराशा-भरी कथा को तुम्हें क्यों सुना रही हूं? यह सब तुम्हें क्यों सुनाती हूं, तुम्हें, जिसने मेरे दुःख या मेरी श्रद्धा के बारे में कभी स्वप्न में भी कुछ नहीं जाना? लेकिन क्या मैं तब तक एक बच्ची ही रही थी? मैं सत्रह वर्ष की हो चुकी थी, अठारह की हो रही थी। सड़क पर चलते युवक पलट-पलटकर मेरी ओर देखते थे, लेकिन उन पर मुझे केवल क्रोध ही आता था। तुम्हारे सिवाय और किसी से प्यार करना, तुम्हारे सिवाय और किसी से प्यार करने का खयाल तक में लाना मेरे लिए असम्भव था, इसलिए किसी दूसरे का मेरी ओर महज़ स्नेह की दृष्टि तक डालना मुझे अपराध-सा लगता था। तुम्हारे लिए मेरा प्यार तब भी उतना ही तीव्र था, लेकिन ज्यों-ज्यों मेरी उम्र बढ़ती जा रही थी, देह में यौवन आता जा रहा था और इन्द्रियां जगती जा रही थीं, त्यों-त्यों इस प्यार की प्रवृति में भी परिवर्तन होता जा रहा था। यह अधिक ऐन्द्रिय, अधिक स्थूल यानी यह

एक युवा औरत का प्यार बनता जा रहा था। एक मासूम बच्ची के विचारों से जो कुछ छिपा हुआ था, उस लड़की के विचारों से जिसने तुम्हारे दरवाज़े की घंटी बजाई थी, वही अब मेरी एकमात्र तमन्ना थी। मैं तुम्हारे आगे आत्मसमर्पण करना चाहती थी।

मेरे सहयोगियों का खयाल था कि मैं संकोची और भीरु किस्म की लड़की हूं, लेकिन मेरे सामने एक निश्चित उद्देश्य था। मेरा समूचा ध्यान केवल एक लक्ष्य की ओर उन्मुख था, वियना वापस लौटना, तुम्हारे पास वापस लौटना। मैंने अपने लक्ष्य तक पहुंचने के लिए सफलतापूर्वक संघर्ष किया, हालांकि दूसरों को यह अनुचित और मूर्खतापूर्ण लगता था। मेरे सौतेले पिता की आर्थिक स्थिति अच्छी थी। वे मुझे अपनी सगी बेटी की तरह मानते भी थे, फिर भी मैंने स्वयं अपने पैरों पर खड़े होने की ज़िद की। आखिरकार उन्हें राजी कर ही लिया। उन्होंने वियना के अपने एक रिश्तेदार वस्त्र-निर्माता की दुकान में मुझे कार्य करने की इजाज़त दे दी।

क्या तुमसे यह बताने की ज़रूरत है कि जब आखिरकार मैंने स्वयं को वियना में पाया तो पतझड़ की उस धुंध-भरी शाम को मेरे कदम सबसे पहले मुझे किस ओर ले गए? मैंने अपना सन्दूक स्टेशन पर क्लाक-रूम में ही छोड़ा और फुर्ती से ट्राम की ओर बढ़ी। किस कदर धीमी चाल से चल रही थी ट्राम! हर ठहराव पर मेरी खीज अधिक बढ़ जाती थी। अन्त में मैं घर के पास पहुंची। जब मैंने तुम्हारी खिड़की में बत्ती का प्रकाश देखा, तो खुशी से मेरा हृदय उछल पड़ा। जो कस्बा मेरे लिए इतना अजनबी, इतना रूखा था वही सहसा सजीव हो उठा। मैं स्वयं एक बार पुनः जीवित हो उठी, इसलिए कि अब मैं तुम्हारे निकट थी, तुम जो अनन्त काल से मेरे स्वप्न रहे थे। अब जबकि तुम्हारे और ऊपर उठी हुई मेरी आंखों के बीच केवल शीशे का एक पतली चमकदार व्यवधान था, तो मैं सहज ही इस तथ्य को नज़रअन्दाज़ कर सकती थी कि दरअसल मैं इस समय भी तुम्हारे दिमाग से उतनी ही दूर थी, जितनी कि सात समंदर पार होने पर होती। मेरे लिए यही काफ़ी था कि अब मैं तुम्हारी खिड़की की ओर देखती रह सकती थी। वह तुम्हारा निवास-स्थान था, वहां प्रकाश था, तुम वहां थे, वही मेरा संसार था। पिछले दो वर्षों से लगातार मैं इस क्षण के सपने देखती रही थी और अब वह क्षण सचमुच आ गया था। उस बादलों से छाई समूची उष्ण शाम मैं तुम्हारी खिड़की के सामने खड़ी रही, उस समय तक खड़ी रही, जब तक कि बत्ती गुल नहीं हो गई। उसके बाद ही मैंने अपने ठहरने के स्थान की खोज-खबर ली।

शाम-प्रति-शाम मैं उस स्थल पर पहुंच जाती।

रोज़ शाम के छः बजे तक मैं काम करती। काम काफ़ी परिश्रम का था, फिर भी मुझे पसन्द था, इसलिए कि शो-रूम की गहमागहमी और भाग-दौड़ में मैं कुछ समय के लिए अपने हृदय की बेचैनी को भूल जाती थी। ज्योंही दुकान के फाटक बन्द होते, मैं अपने उस प्रिय स्थल की ओर दौड़ पड़ती थी। केवल तुम्हें एक बार और देखना, केवल तुमसे एक बार मुलाकात करना, बस, यही मेरी एकमात्र तमन्ना थी। महज़ दूर से ही तुम्हारे रूप को अपनी आंखों द्वारा मैं पी जाना चाहती थी।

आखिरकार एक हफ्ते बाद मैं तुमसे मिली। वह मूलाकात थी भी बड़ी आश्चर्यजनक। मैं खड़ी-खड़ी तुम्हारी खिड़की की ओर देख रही थी कि तुम सहसा सड़क पार करके इधर आए।

एक लघु क्षण में मैं पुनः वही बच्ची बन गई, तेरह वर्ष की लड़की बन गई। मेरे गाल लाज से गुलाब बन गए। हालांकि तुम्हारी आंखों से आंखें मिलाने के लिए मैं आकुल-व्याकुल थी, लेकिन उस क्षण सहसा मैंने अपना सिर नीचे झुका लिया और इस तरह फुर्ती से तुम्हारे बगल से निकल गई, मानो कोई मेरा पीछा कर रहा हों। यूं एक स्कूली छात्रा की तरह भाग आने की बात सोचकर बाद में मुझे बड़ी लाज लगी, क्योंकि अब मैं जानती थी कि वस्तुतः क्या चाहती थी। मैं तुमसे मिलना चाहती थी मैं चाहती थी कि इन इतने सारे उकता देनेवाले वर्षों के बाद अब तो तुम मुझे पहचानो, मेरी ओर देखो, मुझे प्यार करो।

काफ़ी लम्बे अरसे तक तुमने मेरी ओर गौर नहीं किया, हालांकि तुम्हारे घर के बाहर उस स्थल पर मैं हर रात खड़ी रहती थी, उस समय भी, जबकि बर्फ गिरती रहती और वियना के जाड़े की ठंडी तेज़ हवा बहती रहती। कभी-कभी तो बिना किसी फल के मैं घण्टों प्रतीक्षा करती रहती। अक्सर अन्त में तुम अपने मित्रों के साथ घर से बाहर चले जाते। दो बार मैंने तुम्हें एक औरत के साथ देखा। एक अनजान औरत के साथ बांह में बांह डाले तुम्हें चलते देखकर मुझे सहसा जिस आन्तरिक पीड़ा की अनुभूति हुई थी, उससे मेरे सामने यह तथ्य स्पष्ट हो उठा कि मेरे भीतर की औरत भी जाग्रत हो उठी है और तुम्हारे प्रति मेरी भावना ने अब कुछ नया और भिन्न रूप ले लिया है। इससे मुझे कोई आश्चर्य नहीं हुआ, क्योंकि मैं बचपन से ही जानती थी कि इस तरह के कितने ही मुलाकाती तुम्हारे घर आते थे, लेकिन हां, अब इस दृश्य को देखकर मुझे एक निश्चित किस्म का शारीरिक कष्ट होता। किसी अन्य औरत के साथ तुम्हारे शारीरिक सम्बन्धों का यह खुला प्रदर्शन देखकर अब मुझे दुश्मनी और आकांक्षा की एक मिली-जुली अनुभूति होती। अपने यौवन-सुलभ अहंकार से प्रेरित होकर (वह अहंकार, जिससे मैं आज तक भी शायद स्वतंत्र नहीं हो पाई हूं) एक दिन मैं शाम को उस स्थल पर नहीं गई, लेकिन आत्मत्याग और प्रतिशोध की वह खाली सूनी शाम कैसी भयानक साबित हुई थी! अगली रात मैं सदा की तरह दीनता से तुम्हारी उसी खिड़की के सामने फिर खड़ी थी, तुम्हारी ढंकी-छिपी ज़िन्दगी के सामने उसी तरह प्रतीक्षा करते हुए, जिस तरह कि मैं सदा-सदा से करती आई थी।

आखिर वह क्षण आ ही गया, जब तुमने मेरी ओर गौर किया। मैंने दूर से तुम्हें आते हुए देखा, और अपनी समूची शक्ति को एकत्र करके स्वयं को तुम्हारे रास्ते से हट जाने से रोका। संयोग की ही बात है, एक लदी हुई ठेलागाड़ी ने पूरी सड़क को रोक लिय था, इसलिए तुम्हें मेरे काफ़ी नज़दीक से होकर गुज़रना पड़ा। अनायास ही तुम्हारी आंखें मेरी ओर उठीं, हालांकि तुम्हारी ही ओर एकटक ताकती मेरी दृष्टि की ओर शायद ही तुम्हारा ध्यान गया हो, फिर भी तत्काल तुम्हारे चेहरे पर वह भाव आ गया, जिसको कि तुम औरतों की ओर देखते समय सदा ले आने के आदी रहे हो। बिजली के धक्के की तरह उसकी स्मृति मेरे भीतर दौड़ गई, वह दुलराने वाली और मोहक दृष्टि, एक ही साथ छा जाने वाली और निरावरण कर देने वाली वही दृष्टि, जिसके द्वारा वर्षों पूर्व तुमने एक लड़की को एक औरत और प्रेमिका में बदल दिया था।

पूरे एक या दो क्षण तक तुम्हारी आंखें इसी तरह मेरे ऊपर टिकी रहीं, उस अवधि के बीच मैं भी अपनी आंखें उधर से नहीं हटा सकी और फिर तुम जा चुके थे।

मेरा हृदय इतने ज़ोर से धड़क रहा था कि मुझे अपनी चाल घीमी करनी पड़ी और जब अदम्य कुतूहल से प्रेरित होकर मैं देखने के लिए मुड़ी, तो पाया कि तुम भी खड़े हुए मेरी ओर देख रहे थे। तुम्हारे मुख पर झलकती जिज्ञासा और अजनबीपन के भाव को देखकर मुझे विश्वास हो गया कि तुमने मुझे पहचाना नहीं है। तुमने मुझे तब या बाद में कभी नहीं पहचाना। मैं अपनी निराशा का वर्णन किन शब्दों में करूं? अनेक भावी निराशाओं की श्रृंखला की यह प्रथम कड़ी थी, जो सदा-सर्वदा मेरा भाग्य रहा है, उसकी यह पहली कटु अनुभूति थी, तुमने मुझे कभी, कभी नहीं पहचाना। मुझे अचीन्हे ही मर जाना होगा। ओह, मैं अपनी निराशा को किस तरह तुम्हें समझाऊं? इन्सब्रुक के अपने प्रवास की अवधि में मैं सदा-सर्वदा तुम्हारे ही बारे में सोचती रही थी। मेरे मन में सदा हमारी वियना में होने वाली आगामी मुलाकात का विचार रहता था।

मेरी बेपर की कल्पनाएं मेरे मूड के अनुसार बदलती रहती थीं, नितान्त अजीबोगरीब संभावनाओं से लेकर बेहद आनन्ददायी स्थितियों तक की उड़ानें भरती थीं। इसके अलावा भी अन्य क्या-क्या संभावनाएं हो सकती थीं, वे भी मैंने सोच डाली थीं। निराशा के क्षणों में मैंने यह भी सोच लिया था कि तुम मुझे दुतकारोगे, मुझसे नफरत करोगे, इसलिए कि मेरी औकात ही क्या थी, इसलिए कि मैं बहुत मामूली किस्म की लड़की थी, महत्वहीन थी। अकृपा, उदासीनता और ठंडेपन के हर संभाव्य रूप की कल्पना मैं कर चुकी थी, लेकिन अपनी निराशा के तीव्रतम क्षणों में भी, अपनी तुच्छता की अनुभूति के तीव्रतम क्षणों में भी मैंने सर्वाधिक अवांछनीय घृणा योग्य संभावना की कभी कल्पना नहीं की थी कि तुम्हें मेरे अस्तित्व तक का कभी ज्ञान नहीं हुआ था। मैं अब समझती हूं (तुम्हीं ने मुझे यह सिखा दिया है!) कि किसी भी पुरूष को एक लड़की या महिला का चेहरा असाधारण रूप से परिवर्तनशील प्रतीत होता है। कोई भी पुरूष एक महिला का चेहरा बहुत जल्दी भूल जाता है, क्योंकि आयु के साथ-साथ उसके चेहरे की छाया और प्रकाश में परिवर्तन होता रहता है, इसलिए भी कि भिन्न समय में भिन्न प्रकार की पोशाक उसके चेहरे को नितान्त भिन्न पीठिका दे देती है। ज्ञान की वृद्धि के साथ-साथ महिला में त्याग और समर्पण की मात्रा भी बढ़ती जाती है।

लेकिन मैं, जो तब तक भी एक निरी लड़की ही थी, तुम्हारी उस विस्मृति को समझने के योग्य नहीं थी। मैंने जिस क्षण से तुमें जाना था, तब से मेरा सम्पूर्ण मन-मस्तिष्क तुम्हारे ही विचारों से भरा रहता था और इसने मेरे भीतर यह भ्रम पैदा कर दिया था कि तुम भी अक्सर मेरे बारे में सोचते हो और मेरी प्रतीक्षा करते हो। अगर मैंने यह महसूस कर लिया होता कि तुम्हारे लिए मैं 'नहीं' के बराबर हूं, तुम्हारी याददाश्त के भण्डार में मेरा कोई भी स्थान नहीं है, तो फिर मुझे यह कैसे सहन होता कि मैं और अधिक जिए जाऊं? उस रात की तुम्हारी दृष्टि ने पहली बार मेरे सामने इस तथ्य को स्पष्ट कर दिया कि जहां तक तुम्हारा सम्बन्ध है,

तुम मुझसे और मेरी भावनाओं से नितान्त अपरिचित हो, तुम्हारे लिए तो मकड़ी के जाले जितना महीन तार भी कहीं नहीं है जो मेरे और तुम्हारे जीवन को मिलाता हो। इस अनुभूति ने प्रथम बार मुझे वस्तुस्थिति की गहराई में नीचे तक डुबो दिया, पहली बार मुझे अपनी बर्बाद तकदीर की सूचना दी।

तुमने मुझे नहीं चीन्हा। दो दिन बाद हम पुनः रास्ते में मिले और तुमने मेल-जोल बढ़ाने वाली दृष्टि से मेरी ओर देखा, लेकिन ऐसा तुमने उस लड़की को पहचान कर नहीं किया था, जो तुम्हें इतने लम्बे समय से प्यार करती आई थी और जिसके भीतर तुम्हीं ने औरत को जाग्रत किया था, बल्कि यह तुमने इसलिए किया था कि अठारह वर्ष की युवती का यह प्यारा चेहरा तुम्हारी स्मृति में था, जिसको तुमने ठीक इसी जगह आज से दो दिन पहले देखा था। तुम्हारे चेहरे का भाव मित्रतापूर्ण आश्चर्य का था और तुम्हारे होंठों पर एक मुस्कान थिरक रही थी। पहले की तरह तुम मेरे पास से गुज़र गए और पहले की ही तरह शीघ्र ही तुम्हारी चल भी धीमी पड़ गई। मैं कांप रही थी, मैं खुशी के मारे कांप रही थी, मैं चाह रही थी कि तुम मुझसे बात करो। मैंने महसूस किया कि तुम्हारे लिए मैं प्रथम बार अजीब हो उठी थी। मैंने भी चाल धीमी कर दी और इस बार तुमसे बच निकलने की कोशिश नहीं की।

सहसा मैंने अपने पीछे तुम्हारे पैरों की आवाज़ सुनी। बिना पीछे मुड़े ही मैं जान गई थी कि मैं जल्दी ही तुम्हारी आवाज़ सुनने वाली हूं, जो तुम सीधे मुझे सम्बोधित करके कहोगे। इस आशा ने करीब-करीब मुझे जड़ कर दिया था और मेरा हृदय-इतने जोरों से धड़क रहा था कि मुझसे एक भी कदम आगे नहीं बढ़ा गया। तुम मेरी बगल में आ गए। तुमने तपाक से मेरा अभिनन्दन किया, मानो हम बहुत पुराने परिचित हों, हालांकि तुम दरअसल मुझे बिलकुल नहीं जानते थे, हालांकि तुमने मेरी ज़िन्दगी के बारे में कभी कुछ नहीं जाना था। तुम्हारा व्यवहार इतना सादा और आकर्षक था कि मैं बिना किसी झिझक के तुम्हें उत्तर दे सकी थी। हम सड़क पर कुछ दूर साथ-साथ चले और तुमने मुझसे पूछा कि क्या हम लोग अपना शाम का भोजन एकसाथ कर सकते हैं। मैंने तत्काल मान लिया। क्या था ऐसा, जो मैं तुम्हें नहीं दे सकती थी?

हमने एक छोटे-से रेस्तरां में भोजन किया। तुम्हें अब याद भी नहीं होगा कि यह कहा था। तुम्हारे लिए यह अनेक में से एक रहा होगा, क्योंकि मैं थी ही क्या? सैकड़ों में से एक रोमांचक अनुभव-मात्र, अनन्त श्रृंखला की महज़ एक कड़ी। उस शाम ऐसा हुआ ही क्या था जो तुम मुझे याद रखते? मैं 'नहीं' के बराबर बोली थी, क्योंकि तुम्हें अपने निकट पाकर और अपने से बात करते देखकर मैं इतनी अधिक खुश थी! प्रश्नों पर या मूर्खतापूर्ण शब्दों में मैं एक भी क्षण नष्ट करना नहीं चाहती थी। उस एक घण्टे की संगति के लिए मैं कभी भी तुम्हारी उत्तृणीं नहीं हो सकूंगी। जिस तरह कि शालीन कुशलता से तुमने व्यवहार किया था, उसे मैं कभी नहीं भुला सकूंगी। तुमने किसी किस्म की कोई अनुचित उत्सुकता नहीं दिखलाई, न मुझे स्पर्श करने की कोई उतावली की। उस प्रथम क्षण से ही तुमने जैसा अपनत्व प्रदर्शित किया था,

उसके कारण तो अगर वर्षों पूर्व ही मेरा सम्पूर्ण तुम्हारा नहीं बन चुका होता, तो भी उस प्रथम क्षण ही तुम आसानी से मुझे जीत सकते थे। क्या मैं तुम्हें कभी यह महसूस करा सकती हूं कि अपनी पांच वर्षों की साधना को यूं पूर्णता से सफल होते देखना मेरे लिए कितना महत्त्व रखता था?

देर हो रही थी, इसलिए हम रेस्तरां से बाहर आए। दरवाज़े के पास तुमने मुझसे पूछा कि मुझे जाने की जल्दी है, या मैं अभी कुछ देर और ठहर सकती हूं। मैं भला तुमसे कैसे छिपा सकती थी कि मैं सदा-सर्वदा से तुम्हारी थी। मैंने उत्तर दिया कि मेरे पास समय की कोई कमी नहीं। क्षणिक झिझक के बाद तुमने पूछा कि तुमसे कुछ बातें करने के लिए क्या मैं तुम्हारे कमरे में चल सकूंगी?

"मुझे बेहद प्रसन्नता होगी," मैंने तत्काल उत्तर दिया और इस प्रकार अपनी आन्तरिक भावनाओं को स्पष्ट अभिव्यक्ति दे दी।

मेरी इस तत्काल स्वीकृति से तुम्हें होने वाला आश्चर्य मुझसे छिपा नहीं रहा। मुझे इसका निश्चय नहीं है कि तुम्हारी आश्चर्य की भावना खीज की अभिव्यक्ति थी या प्रसन्नता की, लेकिन यह स्पष्ट था कि तुम्हें आश्चर्य हुआ था। हां, आज तुम्हारी उस हैरत का कारण मैं समझती हूं। आज मैं जानती हूं कि एक औरत किसी पुरुष के सामने समर्पण करने के लिए चाहे जितनी लालायित क्यों न हो, उसके लिए स्वाभाविक यही है कि यह प्रकट में अनिच्छा ज़ाहिर करे, भय या वितृष्णा दिखाए। वादों और झूठी कसमों और आग्रहों और भावुक प्रार्थनाओं के बाद उसे मजबूरी से स्वीकृति ज़ाहिर करनी चाहिए। मैं जानती हूं कि केवल पेशेवर वेश्याएं ही इस तरह के निमंत्रण का जवाब यूं पूर्णतः स्पष्ट स्वीकृति से देने की अभ्यस्त होती हैं, वेश्याएं अथवा सीधी-सादी अविकसित उम्र की लड़कियां। तुम भला कैसे जान सकते थे कि मेरे सम्बन्ध में वह स्पष्ट स्वीकृति मेरी चिर-आकांक्षा की ही अभिव्यक्ति थी, हज़ार से भी अधिक दिन और रातों से मैं जिस अभिलाषा को दबाए हुए थी, यह उसी का स्पष्ट उफान था?

बहरहाल, मेरे व्यवहार ने तुम्हारा ध्यान आकर्षित किया, मेरे प्रति तुम्हारी दिलचस्पी बढ़ गई। जब हम साथ-साथ सड़क पर चल रहे थे, तो मैंने महसूस किया कि हम लोगों की बातचीत के दौरान तुम किसी न किसी रूप में मुझे टटोलने की कोशिश करते रहे थे। मानवीय भावनाओं के तुम्हारे गहरे अनुभव ने तुम्हें तत्काल बता दिया कि यहां कुछ असाधारण बात थी। तुम्हें महसूस करा दिया था कि यह खूबसूरत सन्तोषी लड़की अपने भीतर कोई राज़ छिपाए है, तुम्हारा कुतूहल जाग उठा था। तुम्हारे कुशल-प्रश्नों से स्पष्ट हो गया कि तुम उस राज़ का भेद पाने के लिए प्रयत्न कर रहे थे, लेकिन मेरे उत्तर टालमटोल की नीति से परिचालित थे। अपने राज़ को तुम्हारे सामने प्रकट करने के बजाय बेवकूफ कहलाना भी मुझे अधिक पसन्द था।

हम ऊपर तुम्हारे फ्लैट में गए। मुझे यह कहने के लिए क्षमा करना, मेरे प्रिय, कि तुम यह समझ ही नहीं सकते कि तुम्हारे साथ उन सीढ़ियों पर चढ़ने का मेरे लिए क्या महत्त्व और क्या अर्थ था, मैं किस तरह बावली जैसी थी, उत्पीड़िता थी, प्रसन्नता के मारे किस तरह मेरी सांस

रुकी जा रही थी! अब भी मैं उस बात को सोचती हूं, तो अपने आंसुओं को रोक नहीं पाती, लेकिन अब तो मेरी आंखों में आंसू बचे ही कहां हैं!

उस घर की हर चीज़ मेरे प्यार की भावना से आप्लावित थी, हर चीज़ मेरे बचपन और उसकी तमन्नाओं की प्रतीक थी। वह सामने दरवाज़ा था, जिसके पीछे खड़ी होकर हज़ारों बार मैंने तुम्हारे आगमन की प्रतीक्षा की। वे ज़ीने की सीढ़ियां हैं, जिनपर मैं तुम्हारी पदचाप सुनती थी और जहां मैंने पहली बार तुम्हें देखा था। वह दरवाज़े की दरार है जिसके भीतर से मैं तुम्हें आते-जाते हुए देखा करती थी। वह दरवाज़े की देहली है, जिस पर मैं एक बार घुटनों के बल झुक गई थी। ताले में चाबी के लगाने की आवाज़ भी वही थी, जिसने सदा मेरे लिए सिगनल का काम किया था। मेरा बचपन और उसकी आकांक्षाएं इन कुछ ही गज़ों के संकीर्ण स्थान में सोई पड़ी थीं। यहां मेरा समूचा जीवन था और एक भारी तूफान की तरह वह मेरे चारों ओर उमड़-घुमड़ रहा था, क्योंकि वह सब आज सफल होने वाला था, मैं तुम्हारे साथ जा रही थी, मैं तुम्हारे साथ, तुम्हारे, यानी, हमारे घर में जा रही थी। सोची (जिस तरह मैं इसे कह रही हूं, वह सामान्य, बल्कि तुच्छ-सा लगता है, लेकिन मुझे अच्छे शब्द ज्ञात ही नहीं हैं) कि इसके पूर्व तक तुम्हारे इस दरवाज़े तक ही मेरे यथार्थ का संसार था, वह रोज़मर्रा का नीरस संसार, जो मेरे जीवन का सर्वस्व था। इसी दरवाज़े के पास मेरे बचपन के जादू-भरे संसार का प्रारंभ हुआ था। मेरे लिए वही अलादीन का साम्राज्य था। ज़रा सोचो कि हज़ारों-हज़ारों बार इसी दरवाज़े पर अपनी जलती हुई आंखें गड़ाए मैं बैठी रही हूं। आज उसी दरवाज़े के भीतर से मैं प्रवेश कर रही थी। मेरा सिर घूम रहा था। यह महानतम क्षण मेरे लिए जितना महत्त्व रखता था, उसका तुम महज़ एक हलका-सा संकेत-भर पा सकोगे, उससे अधिक कुछ नहीं।

उस रात मैं तुम्हारे पास रही। तुमने स्वप्न में भी कल्पना नहीं की होगी कि तुम्हारे पहले मेरी देह को किसी पुरुष ने कभी छुआ या देखा तक नहीं था। तुम यह कल्पना कर भी कैसे सकते थे, जबकि मैंने तुम्हारे सामने कोई आपत्ति नहीं की थी, लाज-हया के हर जिह्न को दबा दिया था, इसलिए कि मुझे डर था कि कहीं मेरे प्यार का राज़ तुम पर प्रकट न हो जाए। यह पता लगने पर तुम निश्चित ही भयभीत हो उठते। तुम महज़ उसी की परवाह करते हो, जो आसानी से आता और चला जाता है, जो स्पर्श करने में हलका हो और अधिक विचार या चिन्तन की अपेक्षा न रखता हो। किसी दूसरे की तकदीर में स्वयं को उलझाए जाने का तुम्हें सदा भय रहा है। तुम अपने आपको समूची दुनिया में बिखेरना पसन्द करते हो, लेकिन किसी तरह का त्याग करना पसन्द नहीं करते। जब मैं कहती हूं कि मैंने तुम्हारे आगे एक कुमारी के रूप में समर्पण किया था, तो उसका गलत अर्थ न लगाना। मैं तुम्हारे विरूद्ध कोई अभियोग नहीं लगा रही हूं। तुमने मुझे फुसलाया नहीं, धोखा नहीं दिया, मेरे साथ बलात्कार नहीं किया। मैंने ही स्वयं को तुम्हारी बांहों में डाल दिया था। मैं स्वयं ही अपनी तकदीर से मिलने के लिए दौड़ पड़ी थी। उस रात की चरम आनन्दनुभूति के लिए मेरे मन में तुम्हारे प्रति कृतज्ञता के अलावा अन्य कोई भावना नहीं है।

जब मैंने अंधेरे में अपनी आंखें खोलीं और तुम्हें अपनी बगल में पाया, तो मुझे महसूस हुआ कि मैं साक्षात स्वर्ग में थी। मुझे अचरज इस बात का था कि सितारे मेरे ऊपर क्यों नहीं चमक रहे थे? उस रात तुम्हारे आगे समर्पण करने का, प्रिय, मुझे कभी पश्चात्ताप नहीं हुआ। जब तुम मेरे बगल में सोए हुए थे, मैं तुम्हारी सांसों की आवाज़ सुन रही थी, तुम्हारी देह को छूती थी और महसूस करती थी कि मैं तुम्हारे इतनी अधिक निकट हूं, तो अपने इस चरम आनन्द के लिए आंसू बहाने लगती।

मैं सुबह काफ़ी जल्दी ही वहां से चली आई। मुझे अपने काम पर जाना था। तुम्हारे नौकर के आने के पहले ही मैं वहां से चली जाना चाहती थी। जब मैं जाने के लिए तैयार थी, तो तुमने मुझे अपनी एक बांह के घेरे में ले लिया और बहुत अधिक समय तक मेरी ओर देखते रहे थे। क्या कोई धुंधली स्मृति तुम्हारे दिमाग में उभर रही थी, या इसका कारण महज़ इतना था कि मेरी चरम प्रसन्नता ने मुझे तुम्हारी निगाहों में खूबसूरत बना दिया था? तुमने होंठों पर मुझे चूमा और मैं जाने लगी।

तुमने पूछा, "क्या तुम अपने साथ कुछ फूल ले जाना पसन्द नहीं करोगी?"

तुम्हारी अध्ययन-मेज़ पर रखे हुए नीले पारदर्शी फूलदान में सफ़ेद गुलाब के चार फूल थे (अपने बचपन की उस छिपी हुई दृष्टि के कारण वह फूलदान मेरा बहुत पुराना परिचित था) तुमने वे चारों फूल मुझे दे दिए। कई दिनों तक मैं उन फूलों को चूमती रही थी।

हमने अगली शाम को फिर मिलने की बात कर ली थी। दूसरी बार की मुलाकात भी आश्चर्यजनक और चरम आनन्दपूर्ण थी। तुमने तीसरी रात भी मुझे दी। इसके बाद तुमने बताया कि तुम्हें थोड़े समय के लिए वियना से बाहर बुलाया गया है (ओह, तुम्हारी इन यात्राओं से मुझे सदा कितनी नफरत रही है!) और तुमने वादा किया कि ज्योंही तुम वापस आओगे, मुझे खबर दोगे। मैंने तुम्हें केवल डाकखाने के मार्फत को ही अपना पता दिया, अपना असली नाम तुम्हें नहीं बतलाया। मैंने अपने राज़ की सदा रक्षा की है। इस बार भी तुमने विदा के समय मुझे गुलाब दिए, विदा के समय।

दिन-प्रतिदिन पूरे दो महीनों तक मैं स्वयं से पूछती रही...लेकिन नहीं, अपनी आशा और निराशा की वेदना का वर्णन मैं तुम्हारे उसी रूप को प्यार करती हूं जैसे कि तुम हो, स्नेही और भुलक्कड़, उदार और बेवफा। मैं तुम्हारे उसी रूप को प्यार करती हूं, जैसे कि तुम सदा से रहे हो। दो महीने बीतने के काफ़ी पहले ही तुम लौट आए थे। तुम्हारी खिड़कियों में दिखने वाले प्रकाश से मुझे इसका पता लग गया था, लेकिन तुमने मुझे इसकी खबर नहीं दी। अपने इन अन्तिम क्षणों में मेरे पास तुम्हारे हाथ की लिखी हुई एक पंक्ति तक नहीं है। तुमसे मुझे एक पंक्ति तक भी लिखित रूप में नहीं मिली। तुमसे, जिसको कि मैंने अपना समूचा जीवन ही दे दिया था। मैं प्रतीक्षा करती रही, बेताबी से प्रतीक्षा करती रही। तुमने मुझे अपने पास नहीं बुलाया, एक शब्द तक मुझे नहीं लिखा, एक शब्द तक नहीं।

मेरा बेटा, जो कल मर गया, तुम्हारा भी बेटा था। वह तुम्हारा बेटा था, उन तीन रातों में से किसी एक रात का फल। मैं उस समय से लेकर उसके जन्म तक तुम्हारी थी, केवल तुम्हारी।

तुम्हारे स्पर्श से मैंने स्वयं को पवित्र महसूस किया था और तब किसी और व्यक्ति के दुलार करते हुए स्पर्श को स्वीकार करना मेरे लिए किसी भी तरह संभव नहीं था। वह हमारा बेटा था, प्रिय, मेरे पूर्ण सचेत प्यार और तुम्हारे लापरवाह, करीब-करीब अनजान में दिए हुए स्नेह का प्रतीक बच्चा था। हमारा बच्चा, हमारा बेटा, हमारा इकलौता बच्चा। शायद तुम आश्चर्य से चकित रह जाओगे, या शायद तुम्हें महज़ मामूली अचंभा-भर होगा। तुम आश्चर्य करोगे कि मैंने इस लड़के के बारे में तुम्हें कभी कुछ भी क्यों नहीं बतलाया और इन लम्बे वर्षों तक खामोश रहने के बाद मैं तुम्हें उसके बारे में अब क्यों बता रही हूं, जबकि वह चिरनिद्रा में सो गया है। मुझे सदा के लिए छोड़कर चला गया है और फिर कभी, कभी नहीं लौटेगा। मैं तुमसे कह भी कैसे सकती थी?

मैं एक अजनबी थी, एक ऐसी लड़की थी, जिसने वे तीन रातें तुम्हारे साथ गुज़ारने के लिए ज़रूरत से ज़्यादा उत्सुकता दिखलाई थी। तुमने कभी इस बात का विश्वास नहीं किया होता कि मैं, यानी संयोग से हो जाने वाली एक मुलाकात की अनामा संगिनी तुम्हारे प्रति वफादार थी, तुम जो स्वयं बेवफा थे। तुम उस लड़के को अपना मानकर कभी स्वीकार नहीं करते। अगर तुमने प्रकट में मेरे कथन का विश्वास कर भी लिया होता, तो भी तुम्हारे मन में तो कम से कम यह संदेह बना ही रहता कि मौका पाकर मैं अपने किसी दूसरे प्रेमी के बच्चे का पितृत्व तुम्हारे ऊपर लाद रही हूं, इसलिए कि तुम साधन-सम्पन्न हो। तुम सदा संदेहशील रहते। तुम्हारे और मेरे बीच सदा अविश्वास की एक छाया डोलती रहती। मुझसे यह सहन नहीं हो पाता।

इसके अतिरिक्त मैं तुम्हें जानती हूं। शायद मैं तुम्हें उससे भी अधिक जानती हूं, जितना कि तुम स्वयं अपने को जानते हो। तुम प्यार करते हो बेफिक्र रहने के लिए, हलके हृदय के लिए, पूर्णत: आराम के साथ। प्यार का तुम यही अर्थ समझते हो। स्वयं को सहसा एक पिता के रूप में पाकर तुमको बेहद कोफ्त हुई होती। अचानक ही एक बच्चे की तकदीर के लिए स्वयं को ज़िम्मेदार बनाए जाते देखकर तुम्हें बेहद खीज होती। आज़ादी की सांस ही तुम्हारे लिए जीवन की सांस है और तुम मुझे एक बंधन के रूप में महसूस करते। अपनी चेतन इच्छा के विरूद्ध, तुम भीतर ही भीतर मुझसे एक अवांछित बोझ की तरह नफरत करते, या संभव है कभी-कभी ही किसी एक घंटे के लिए या किसी एक लघु क्षण के लिए ही, तुमने मुझे एक बोझ के रूप में महसूस किया होता, मुझसे नफरत की होती, लेकिन मुझे इसका गर्व है कि मैं अपने जीवन-भर तुम्हारे लिए एक क्षण को भी चिन्ता का कारण नहीं बनना चाहती थी। तुम्हारे ऊपर स्वयं को बोझ बनाने की अपेक्षा मैं समूचा बोझ स्वयं अपने ऊपर लेना अधिक पसन्द करती। मैं उन अनेक औरतों में से एक बनना चाहती थी, जिनके तुम निकट-सम्पर्क में आए थे और जिनके बारे में तुम प्यार और कृतज्ञता के अलावा कभी भी और किसी रूप में नहीं सोचोगे। लेकिन वस्तुस्थिति यह है कि तुमने मेरे बारे में कभी किसी भी रूप में नहीं सोचा। तुम मुझे एकदम भूल ही गए थे।

मैं तुम्हें दोष नहीं दे रही हूं। यकीन करो, मैं शिकवा या शिकायत नहीं कर रही हूं। अगर कभी-कभी एक क्षण के लिए भी तुम्हें ऐसा लगे कि मेरी कलम वेदना-मिश्रित क्रोध में लिपटी

हुई है, तो तुम मुझे क्षमा कर दोगे। तुम्हें मुझे क्षमा करना ही होगा, क्योंकि मेरा बेटा, हमारा बेटा, कांपती हुई मोमबत्तियों के नीचे मृत लेटा है। मैंने ईश्वर के विरुद्ध गुस्से से अपनी मुट्ठियां कसी हैं और उसे हत्यारा तक कहा है, क्योंकि दुःख की अधिकता के कारण मैं अपने होश में नहीं रही हूं। उलाहने के लिए मुझे क्षमा कर देना।

मैं जानती हूं कि तुम्हारा हृदय दयालु है और सहायता करने के लिए तुम सदा प्रस्तुत रहते हो। महज़ एक शब्द पर ही तुम नितान्त अजनबी तक की सहायता कर देते हो, लेकिन तुम्हारी दयालुता विशेष किस्म की है, यह अथाह है कोई भी तुम्हारी दयालुता उतनी अधिक मात्रा में प्राप्त कर सकता है, जितनी कि वह दोनों हाथों से बटोर सके और फिर भी मुझे यह स्वीकार करना पड़ता है कि तुम्हारी दयालुता बहुत मंद गति से सक्रिय होती है। यह ज़रूरी है कि इसके लिए तुमसे मांग की जाए। तुम केवल उनकी सहायता करते हो, जो सहायता मांगने तुम्हारे पास आते हैं। तुम शर्म से, अपनी कमज़ोरी से सहायता करते हो। इसलिए नहीं करते कि सहायता करने में तुम्हें आनन्द मिलता है। मुझे स्पष्ट कहने दो कि सौभाग्य और समृद्धि की गोद में खेलने वाले तुम्हारे भाइयों की अपेक्षा तुम्हारे पीड़ित और अभावग्रस्त भाई तुम्हें अधिक प्रिय नहीं हैं। तो तुम्हारे जैसे व्यक्ति से, हालांकि तुम दूसरों से उदारतम हृदय रखते हो, कुछ भी मांगना कठिन ही नहीं, बहुत कठिन है।

एक बार, जब मैं महज़ छोटी-सी बच्ची थी, मैंने अपने दरवाज़े की दरार में से देखा था कि तुम्हारे फ्लैट की घंटी बजाने वाले एक याचक को तुमने किस तरह भीख दी थी। तुमने फुर्ती से और काफ़ी मात्रा में उसे कुछ दिया था और वह भी उसके कुछ मांगने से पूर्व ही, लेकिन तुम्हारे व्यवहार में एक विशेष किस्म की घबराहट और जल्दबाज़ी थी, मानो तुम्हारा मुख्य उद्देश्य उस याचक से शीघ्रातिशीघ्र छुटकारा पानी रहा हो। लगता था, उसकी आंखों से आंखें मिलाने में तुम्हें भय लग रहा था। भीख देने के इस भीरु और बेचैन तरीके को, कृतज्ञतासूचक धन्यवाद से बचने के इस अजीब ढंग को मैं कभी नहीं भुला सकी हूं। यही कारण है कि अपनी तकलीफ के समय भी मैंने सहायता के लिए तुम्हारी ओर कभी नहीं देखा। ओह मैं जानती हूं कि मेरा बच्चा तुम्हारा ही है, इसमें शक होने के बावजूद तुम मुझे वह सारी सहायता देते जितनी की मुझे ज़रूरत थी। मेरी सुख-सुविधा की तुम सारी व्यवस्था कर देते। मुझे धन भी दे देते, काफ़ी मात्रा में दे देते।

लेकिन यह सब तुम सदा ढकी हुई अधीरता से करते, परेशानी से पीछा छुड़ाने की एक छिपी हुई इच्छा से करते, बल्कि मुझे तो यह भी यकीन है कि तुमने मुझे यह सलाह दी होती कि इस भावी बच्चे से छुटकारा पा लूं। मुझे सबसे अधिक भय इसी बात का था, क्योंकि मैं जानती थी थी कि तुम्हारी बात टालने की शक्ति मुझमें नहीं थी, लेकिन बच्चा मेरा सर्वस्व था। इसलिए कि यह तुम्हारा था यह तुम्हारा ही पुनर्जन्म था, तुम्हारे समान सुखी और लापरवाह नहीं, जिसको मुझे अपने पास रखने की कभी उम्मीद नहीं थी, बल्कि यह तुम वे थे जो मुझे स्वयं मेरी देह में से प्राप्त हुए थे, मेरे ही रक्त और मांस के एक अंश थे, मेरे अपने जीवन के साथ नत्थी थे।

आखिरकार मैंने तुम्हें कसकर पकड़ लिया था। मैं तुम्हारे जीवन-स्पन्दन को अपनी धमनियों में प्रवाहित होते हुए महसूस कर सकती थी। मैं तुम्हें पाल सकती थी, तुम्हारा दुलार कर सकती थी, तुम्हें अपनी इच्छानुसार चाहे जितनी बार चूम सकती थी। यही कारण था कि जब मुझे पता लगा कि मेरे भीतर तुम्हारा बच्चा है तो मुझे बहुत अधिक खुशी हुई थी और यही कारण है कि मैंने तुमसे यह बात छिपाए रखी। अब तुम मुझसे बचकर भाग नहीं सकते थे। तुम मेरे थे।

लेकिन तुम्हें यह नहीं समझ लेना चाहिए कि बच्चे की प्रतीक्षा के महीने सचमुच उतने ही सुख से बीत गए थे, जैसी कि मैंने अपने प्रारंभिक हर्षोन्माद के क्षणों में कल्पना कर डाली थी। वे माह दुःख और चिन्ता से भरपूर थे, समाज की नीचता के प्रति नफरत से भरे थे। स्थितियां काफ़ी कष्टदायी होती गई। अन्त के महीनों में मैं अपने काम पर भी नहीं टिकी रह सकी, क्योंकि मुझे डर था कि मेरे सौतेले पिता के रिश्तेदारों को मेरी स्थिति का पता न लग जाए और वे मेरे घर इसकी खबर भेज दें। न मैं अपनी मां से ही आर्थिक सहायता मांगना चाहती थी, इसलिए दिन पूरे होने तक मैंने अपनी छोटी-मोटी चीज़ें बेचकर किसी तरह काम चलाने की व्यवस्था की। बच्चा होने के एक सप्ताह पूर्व मेरे पास गिनती के जो पैसे बचे थे, वे भी मेरी धोबिन ने चुरा लिए, इसलिए आखिरी समय मुझे प्रसूति-गृह की शरण लेनी पड़ी।

यह बच्चा, तुम्हारा बेटा, वहां पैदा हुआ था, दुर्गति के उस आवास में दरिद्र, बहिष्कृत और अनाथों के बीच में। वह भयानक जगह थी। वहां की हर वस्तु अजीब थी, अजनबी थी। हम सब एक दूसरे के लिए अजनबी थीं। सबके बीच में होते हुए भी हम सब वहां अकेली लेटी रहती थीं। एक दूसरी के प्रति घृणा की भावना से ग्रस्त, अपनी दरिद्रता और दुर्भाग्य की समानता की रिश्तेदारी के कारण ही हम सब एक साथ उस भीड़-भरे 'वार्ड' में ठूंस दी गई थीं, जहां क्लोरोफार्म और खून की सड़ांध थी, जो चीखों और कराहों से कंपायमान था।

इन वार्डों का मरीज़ अपनी सब तरह की व्यक्तिवादिता खो देता है, सिवाय उस एक नाम के जो अस्पताल के रजिस्टर और तालिका के शीर्ष पर लिखा रहता है। बिस्तर पर जो कुछ लेटा रहता है, वह तो महज़ कांपते हुए रक्त-मांस का एक लोथड़ा-भर होता है, अध्ययन का एक विषय-मात्र....।

ये सब बातें कहने के लिए मैं तुमसे क्षमा चाहती हूं। मैं इनके बारे में अब फिर कभी कुछ नहीं कहूंगी। ग्यारह वर्षों तक मैं मौन रही हूं। जल्दी ही सदा के लिए फिर मौन हो जाऊंगी। कम से कम एक बार ज़ोर से चीखकर मैं तुम्हें यह बता देना चाहती थी कि यह बच्चा मैंने कितने कष्टों से प्राप्त किया था, यह बच्चा जो मेरा एकमात्र सुख था और जो अब मृत लेटा है। उन भयावने क्षणों और घंटों को मैं भूल चुकी थी, उनको भूल चुकी थी इसकी मुस्कराहटों और किलकारियों में, भूल चुकी थी अपने सुख के आधिक्य में। अब जब कि वह मृत है, मेरा जीवन पुन: पीड़ा से भर उठा है और इस बार मुझे उस पीड़ा को अभिव्यक्ति देनी पड़ी है, लेकिन मैं तुम्हें दोष नहीं देती। मैं केवल भगवान को दोष देती हूं। उस भगवान को, जो इस तरह के निरुद्देश्य कष्ट का आलेखक है।

तुम्हारे विरुद्ध क्रोध को मैंने कभी अपने हृदय में स्थान नहीं दिया है। प्रसव के समय की दारुण पीड़ा के समय भी मैंने तुम्हारे विरुद्ध किसी तरह का असन्तोष अपने मन में महसूस नहीं किया था। जिन रातों में मैंने तुम्हारे प्यार के सुख का उपभोग किया था, उनका मुझे कभी पछतावा नहीं हुआ। तुम्हारे प्रति मेरा प्यार कभी कम नहीं हुआ। जिस क्षण तुम मेरे जीवन में आए थे, उस क्षण के प्रति मेरी कृतज्ञता कभी किसी भी समय कम नहीं हुई। अगर उस समय को फिर से भोगने के लिए मुझे नरक में भी रहना पड़े, तो नरक की समस्त यातनाओं के प्रति पूर्ण जानकारी रखते हुए भी मैं सहर्ष वहां रह लूंगी, केवल एक ही बार नहीं, अनेक-अनेक बार।

हमारा लाड़ला कल मर गया और तुमने उसे कभी जाना तक नहीं। उसका नन्हा, उज्ज्वल व्यक्तित्व किसी भी रूप में चलते-चलाते भी कभी तुम्हारे सम्पर्क में नहीं आया और न तुम्हारी आंखों ने ही कभी उसे निहारा। हमारे बेटे के जन्म के बाद काफ़ी अरसे तक मैंने स्वयं को तुमसे छिपाए रखा। तुमसे मिलने की मेरी चाह की तीव्रता भी पहले से कम हो गई थी। सचमुच मेरा विश्वास है कि अब मेरे प्यार में पहले जितनी तीव्रता नहीं रह गई। निश्चय ही तुम्हारे प्रति मेरा प्यार अब मुझे उतना कष्ट नहीं देता, इसलिए कि अब मेरे पास मेरा बेटा था। मैं तुम्हारे और उसके बीच बंटना नहीं चाहती थी, इसलिए मैंने स्वयं को तुम्हें नहीं दिया, तुम जो सुखी थे और मुझ से स्वतन्त्र थे, बल्कि मैंने स्वयं को अपने पुत्र को दे दिया, जिसको मेरी आवश्यकता थी, जिसका मुझे पालन करना था, जिसको मैं चूम सकती थी, दुलार कर सकती थी। मुझे लगता था कि तुम्हारे प्रति मेरी आकुल चाह बहुत कुछ पूर्ण हो चुकी है। तुम्हारे इस दूसरे रूप के जन्म से यह जो सचमुच मेरा अपना था, लगता था, दुर्भाग्य ने मेरा पीछा छोड़ दिया है। अब शायद ही कभी मेरी भावनाएं तुम्हारे निवास-स्थान की ओर जाती होंगी।

केवल एक बात, तुम्हारे जन्मदिन के अवसर पर मैंने सदा सफ़ेद गुलाब के फूलों का एक गुच्छा तुम्हें भेजा है, ठीक वैसे ही गुलाब, जैसे तुमने हमारे प्यार की पहली रात को मुझे दिए थे। इन पिछले दस या ग्यारह वर्षों के दौरान में क्या तुमने कभी स्वयं से यह प्रश्न पूछा है कि ये फूल तुम्हारे पास कौन भेजता रहा था? क्या एक लड़की को इसी तरह के गुलाब देने को स्मृति तुम्हारे मन में कभी नहीं उभरी? मैं नहीं जानती और न कभी जान ही पाऊंगी। मेरे लिए इतना ही काफ़ी था कि अंधकार के पार से मैं वे फूल तुम्हारे पास भेज देती थी। काफी था कि वर्ष में कम से कम एक बार मैं उस क्षण की स्मृति को अपने में पुन: ताज़ा कर लेती थी।

तुमने मेरे बच्चे को कभी नहीं जाना। उसे तुमसे छिपाकर रखने के लिए मैं आज अपने आपको ही दोष देती हूं, क्योंकि तुमने ज़रूर उसे प्यार किया होता। तुमने उसे उस समय कभी मुस्कराते हुए नहीं देखा है, जब वह नींद से जागकर पहली बार अपनी आंखें खोलता था, उसकी वे काली आंखें जो तुम्हारी ही आंखें थीं, वे आंखें, जिनसे वह हंसते हुए मेरी ओर और इस समूचे संसार की ओर देखता था। वह इतना उज्ज्वल, इतना प्यारा था! तुम्हारी समस्त चंचलता और गतिमान कल्पना उसमें भी थी, उस रूप में जिसमें कि ये विशेषताएं एक बच्चे

में हो सकती हैं। वह घंटों खिलौनों के साथ खेलकर बिता देता था, जिस तरह कि तुम जीवन के साथ खेलते हो। तब गंभीर होकर वह लम्बे समय तक अपनी किताबों में डूबा रहता था। वह तुम्हीं थे, वह तुम्हारा ही पुनर्जन्म था। खेल-कूद और अध्ययन का समन्वय, जो तुम्हारी अपनी स्पष्ट विशेषता है, उसमें भी स्पष्ट दिखाई देने लगा था, ज्यों-ज्यों उसकी समानता तुम जैसी बढ़ती जाती थी, मेरा प्यार भी उसके लिए उतना ही अधिक बढ़ता जाता था।

वह पढ़ने में तेज़ था, इतना अधिक कि फर्राटे से फ्रैंच बोल लेता था। उसकी प्रश्नोत्तर की कापियां कक्षा में सबसे अधिक साफ-सुथरी रहती थीं। कितना सजीला एक छोटा-सा पुरुष था वह! गर्मी के दिनों में जब मैं उसे गाड़ी में समुद्र-तट पर ले जाती थी, तो पास से गुज़रती महिलाएं रुककर उसके मुलायम केशों को थपथपाया करती थीं। सेम्मरिंग में जब वह बर्फ पर फिसलता था, तो लोग मुड़-मुड़कर उसकी ओर घूरा करते थे। वह इतनी खूबसूरत, इतना कोमल, इतना मोहक था!

पिछले साल जब वह कालेज गया, तो अठारहवीं शती में प्रचलित कालेज की पोशाक पहनने लगा था और अपनी कमर-पेटी में एक छोटी-सी कटार लगा लेता था। अब वही अपनी मृत्यु-शय्या पर लेटा हुआ है उसके होंठ ज़र्द हैं और उसकी बांहें सीने पर मुड़ी हुई हैं।

तुम्हें हैरत होती होगी कि मैं लड़के का इतने उच्च स्तर पर कैसे लालन-पालन कर सकी, मेरे लिए यह कैसे संभव हुआ कि सुखी और समृद्ध लोगों के सुखद और उज्ज्वल संसार में उसे प्रवेश करा सकी? मेरे प्रिय, मैं तुमसे अंधेरे के पार से बोल रही हूं। बिना किसी शर्म-हया के मैं तुमसे सब बताऊंगी। मुझसे घृणा मत करना। मैंने अपने आपको बेच दिया था। मैं एक बाज़ारू औरत या सामान्य वेश्या नहीं बनी, लेकिन मैंने स्वयं को बेच दिया। मेरे मित्र, मेरे प्रेमी धनी व्यक्ति थे। शुरू में मैंने उनकी तलाश की, लेकिन फिर जल्दी ही वे मेरी तलाश करने लगे, क्योंकि मैं एक खूबसूरत (क्या तुमने भी कभी इसपर ध्यान दिया था?) औरत थी। जिस-जिसको भी मैंने समर्पण किया, वह मेरे प्रति सदा वफादार रहा। वे सब मेरे कृतज्ञ प्रशंसक बन गए थे। वे सब मुझे प्यार करते थे। सिवाय तुम्हारे, सिवाय तुम्हारे, जिसको मैं स्वयं प्यार करती थी।

अब चूंकि मैंने तुम्हें सब कुछ बता दिया है, क्या तुम मुझसे नफरत करोगे? मुझे यकीन है कि तुम ऐसा नहीं करोगे। मैं जानती हूं कि तुम सब कुछ समझ जाओगे, समझ जाओगे कि मैंने जो कुछ किया, मात्र तुम्हारे लिए किया, तुम्हारे दूसरे रूप के लिए, तुम्हारे बच्चे के लिए किया। अस्पताल के अपने दिनों में गरीबी के भयानक अभिशापों का मुझे अच्छी तरह ज्ञान हो गया था। मैं जान गई थी कि गरीबों की दुनिया में जो जितने अधिक दलित हैं, वे सदा उतने ही अधिक सताए जाते हैं। मैं यह विचार तक सहन नहीं कर सकी कि तुम्हारा बेटा, तुम्हारा प्यारा बेटा, उस अंधेरे खंदक में, गली-कूचों की बुराइयों के बीच, गंदी बस्तियों की जहरीली हवा के बीच पलकर बड़ा हो। उसके कोमल होंठों को गंदी नालियों की भाषा नहीं सीखनी चाहिए। उसकी मुलायम श्वेत त्वचा गरीबों के कड़े और गंदे चिथड़ों से नहीं छिलनी चाहिए। तुम्हारे

बेटे को हर वस्तु का श्रेष्ठतम, संसार की सारी समृद्धि और सुख-सुविधाएं उपलब्ध होनी चाहिए। उसे ज़िन्दगी में तुम्हारे पदचिह्नों पर चलना चाहिए, उसी क्षेत्र में रहना चाहिए, जिसमें तुम रहे हो।

यही कारण है कि मैंने अपने आपको बेच दिया। यह मेरे लिए कोई त्याग नहीं था, क्योंकि परम्परा ने जिन्हें 'सम्मान' और 'असम्मान' की संज्ञा दी है, वे मेरे लिए अर्थहीन शब्द थे। एकमात्र तुम्हीं थे जिसका मेरी देह पर अधिकार हो सकता था और तुम मुझे प्यार नहीं करते थे, इसलिए उस देह का मैंने और क्या किया इससे क्या फर्क पड़ता था? मेरे साथियों के दुलार ने, यहां तक कि उनके अतिशय तीव्र प्यार ने भी मेरे मन की गहराइयों को कभी नहीं छुआ, हालांकि उनमें से कई ऐसे भी थे, जिनका मैं आदर करती थी और मेरे अपने भाग्य का विचार मुझे उनके प्रति सहानुभूतिशील बना देता था कि मैं उनके प्यार को उचित प्रतिदान नहीं दे रही हूं। वे सब मेरे ऊपर कृपालु थे। वे मेरा बेहद लाड़-दुलार करते थे और मेरी हर इच्छा पूरी करने को सदा प्रस्तुत रहते थे। वे मुझे हर तरह की मान-सम्मान देते थे।

उनमें से एक, जो एक पदवीधारी बुज़ुर्ग विधुर थे, ने तो तुम्हारे बच्चे का कॉलेज में नाम लिखवाने के लिए अपने समूचे प्रभाव का उपयोग किया था। वह व्यक्ति मुझे अपनी बेटी की तरह प्यार करता था। तीन-चार बार तो उसने मुझसे साग्रह अनुरोध किया कि मैं उससे शादी कर लूं। आज मैं एक काउण्टेस हो सकती थी, टीरोल के एक शानदार किले की मालकिन हो सकती थी। मैं समस्त चिन्ताओं से छुटकारा पा सकती थी, क्योंकि मेरे बच्चे को एक अत्यधिक स्नेही बाप मिल जाता और मुझे एक गम्भीर, समाज में प्रतिष्ठित और उदार-हृदय पति, लेकिन मैं बराबर अपनी अस्वीकृति पर अड़ी रही, हालांकि मैं जानती थी कि इससे उसको पीड़ा होती थी। हो सकता है, मैंने यह मूर्खता की हो। अगर मैंने मान लिया होता, तो इस समय मैं एक सुरक्षित और सुखी-सम्पन्न जीवन जी रही होती और मेरा बच्चा भी इस समय मेरे पास सही-सलामत होता।

अपनी अस्वीकृति का कारण तुमसे क्यों छिपाऊं? मैं अपने आपको बंधन में नहीं बांधना चाहती थी। मैं स्वतन्त्र रहना चाहती थी, तुम्हारे लिए। अपने अवचेतन के अन्तरतम भाग में मैं अभी तक भी अपने बचपन के स्वप्न के सपने देखा करती थी। किसी न किसी दिन शायद तुम मुझे अपने पास बुलाओगे, चाहे यह एक घंटे के लिए हो क्यों न हो। इस एक घंटे की सम्भावना के लिए मैंने अन्य सभी कुछ को ठुकरा दिया, महज़ इसलिए कि तुम्हारे बुलावे के समय मैं उत्तर देने के लिए स्वतंत्र रह सकूं। जिस क्षण से मेरे भीतर नारीत्व का प्रथम जागरण हुआ, तब से मेरा जीवन सिवाय प्रतीक्षा के और था ही क्या, तुम्हारी चिर-प्रतीक्षा के सिवाय?

आखिरकार वह प्रतीक्षित क्षण आया, लेकिन तुमने कभी नहीं जाना कि यह आया था! जब यह आया, तुमने मुझे नहीं पहचाना, कभी नहीं, कभी नहीं। मैं अक्सर तुमसे मिलती थी, थियेटरों में, कन्सर्टों में, प्रेटर में और अन्य जगहों पर। सदा मेरा हृदय उछलने लगता था, लेकिन सदा तुम मेरी बगल से गुज़र जाते थे, बिना मेरी ओर ध्यान दिए।

बाहरी रूपाकार की दृष्टि से मैं एक भिन्न ही व्यक्ति बन चुकी थी। वह भीरु लड़की अब एक पूर्ण यौवना थी। हसीन, ऐसा लोग कहते थे, खूबसूरत वस्त्रों में सजी-संवरी और सदा प्रशंसकों से घिरी हुई। तुम मुझमें उसे कैसे पहचान सकते थे, जिसे तुमने अपने शयनकक्ष की मद्धिम रोशनी में एक शर्मीली लड़की के रूप में जाना था? कभी-कभी मेरा साथी तुम्हारा अभिवादन करता और तुम मेरी ओर एक दृष्टि डालकर उसके अभिवादन का उत्तर देते, लेकिन तुम्हारी दृष्टि सदा एक शिष्ट अजनबी की दृष्टि होती थी, सम्मान की दृष्टि होती थी, पहचान का उसमें कोई आभास नहीं होता था। उसमें होता था दूरी का भाव, अनन्त दूरी का।

मुझे याद है कि एक बार इस न पहचाननेवाली बात से (हालांकि यह रोज़मर्रा की बात हो चुकी थी) बहुत पीड़ा हुई थी। मैं अपने एक मित्र के साथ ओपेरा देखने गई थी और एक बाक्स में बैठी थी। बगल वाले बाक्स में तुम थे। जब प्रस्तावक ने बोलना शुरू किया, तो बत्तियां नीची कर दी गई। अब मैं तुम्हारा चेहरा नहीं देख सकती थी, लेकिन तुम्हारी सांस को अपने काफी नज़दीक महसूस कर सकती थी, ठीक उसी तरह जिस तरह कि मैंने उस समय महसूस किया था, जब मैं तुम्हारे साथ तुम्हारे कमरे में लेटी थी। दोनों बॉक्सों के बीच की मखमली विभाजक दीवार पर तुम्हारा पतला हाथ रखा हुआ था। झुककर तुम्हारे उस हाथ को चूमने की अदम्य आकांक्षा मेरे मन-प्राण में भर गई। उस हाथ को, जिसका प्यारा स्पर्श मैं एक बार महसूस कर चुकी थी। आर्केस्ट्रा के बढ़ते शोर के समय, यह तमन्ना और अधिक तीव्र हो गई। तुम्हारे प्यारे हाथ से अपने होंठों को दूर रखने के लिए, मुझे स्वयं से अथक संघर्ष करना पड़ा। प्रथम अंक की समाप्ति पर, मैंने अपने मित्र से कहा कि मैं जाना चाहती हूं। मेरे लिए यह असह्य था कि तुम वहां अंधकार में मेरी बगल में बैठे हुए थे। इतने निकट, फिर भी इतने दूर।

लेकिन यह क्षण एक बार और आया, मात्र एक बार और। यह आज से कुल एक वर्ष पहले की, तुम्हारे जन्मदिन के दूसरे दिन की बात है। उस दिन मेरे विचार रोजमर्रा से भी अधिक तुम्हारे इर्द-गिर्द चक्कर लगा रहे थे, क्योंकि तुम्हारे जन्मदिन को मैं एक उत्सव की तरह मनाया करती थी। सुबह ही मैं सफ़ेद गुलाब के फूल खरीदने के लिए बाज़ार गई थी, जो मैं हर साल तुम्हें उस क्षण की यादगार के लिए भेजा करती थी, जिसे तुम भूल चुके थे। दोपहर में मैं अपनो बेटे को कार में घुमाने ले गई थी और हमने एकसाथ चाय पी थी। शाम को हम थियेटर गए थे। मैं चाहती थी कि मेरा बेटा इस दिन को अपनी एक रहस्यमय सालगिरह के रूप में मनाया करे, हालांकि इसका कारण मैंने उसे कभी नहीं बताया।

अगला दिन मैंने अपने उन दिनों के एक आत्मीय मित्र के साथ बिताया, जो ब्रन्न का एक युवा और धनी उद्योगपति था और जिसके साथ मैं पिछले दो वर्षों से रह रही थी। वह मेरे पीछे दीवाना था और उन बुज़ुर्ग की तरह वह भी चाहता था कि मैं उससे शादी कर लूं। मैंने इनकार कर दिया, हालांकि वह मेरी इस अस्वीकृति का कारण तक नहीं जान सका था, फिर भी मुझे और मेरे बच्चे को उपहारों से लाद देता था। मेरे प्रति उसकी बहुत कुछ मूर्खतापूर्ण और दासवत भक्ति देखकर मुझे उस पर काफ़ी प्यार-सा आता था। हम एकसाथ कन्सर्ट में गए, जहां कई

ज़िन्दादिल मित्रों से हमारी मुलाकात हो गई। रिंगस्ट्रास के एक रेस्तरां में हम सबने एक साथ शाम का भोजन किया। बातचीत और कहकहों के बीच मैंने प्रस्ताव किया कि हमें किसी नाचघर में चलना चाहिए। साधारणत: ऐसी जगहें, जहां की प्रसन्नता नशे की अभिव्यक्ति होती है, मुझे बेहद अरुचिकर लगती थीं। मैं वहां शायद ही कभी जाती थी, लेकिन इस अवसर पर मुझे लगा कि कोई आदिम शक्ति मेरे भीतर कार्य कर रही थी। उसी ने मुझे इस प्रस्ताव के लिए प्रेरित किया था, जिसका सबने हार्दिक और सहर्ष समर्थन किया। एक अबूझ आकांक्षा ने मेरे भीतर नवीन स्फूर्ति भर दी थी, मानो मुझे कोई असाधारण अनुभूति होने वाली हो। रोजमर्रा की तरह उस दिन भी हर एक मेरी सनकों को पूरा करने के लिए उत्सुक था।

हम नाचघर गए, हमने कुछ शैम्पेन पी। सहसा मेरे ऊपर आह्लाद का उन्माद-सा सवार हो गया, जैसा कि इसके पूर्व कभी नहीं हुआ था। मैंने एक के बाद एक करके शराब के कई गिलास पी डाले, एक अर्थगर्भित सहगान में योग दिया और आनन्दातिरेक से नाचने के मूड में आ गई।

तब एक क्षण में ही मुझे लगा, मानो मेरा हृदय किसी बर्फीले या प्रज्वलित हाथ ने दबोच लिया हो। बगल की एक टेबल पर तुम अपने कुछ मित्रों के साथ बैठे हुए थे और प्रशंसात्मक लोलुप दृष्टि से मेरी ओर देख रहे थे, उस दृष्टि से, जिसने सदा मुझे अवर्णनीय आह्लाद से रोमांचित किया था। पिछले दस वर्षों में पहली बार, अपनी प्रकृति के अवचेतन काम की शक्ति के वशीभूत हो, आज तुम फिर मेरी ओर देख रहे थे। मैं कांपने लगी, और मेरा हाथ इतने ज़ोरों से थरथराने लगा कि शराब का गिलास मेरे हाथ से करीब-करीब छूटने-छूटने को हो गया। सौभाग्य से मेरी इस स्थिति की ओर मेरे साथियों का ध्यान नहीं गया, क्योंकि तेज़ संगीत और ठहाकों के शोर के कारण उनकी देखने-समझने की शक्तियां बहुत कुछ अस्तव्यस्त-सी हो गई थीं।

तुम्हारी दृष्टि क्रमशः अधिक तीव्र होती गई और उसने मेरी धमनियों में भी जैसे आग-सी लगा दी। मैं इसका निश्चय नहीं कर सकी कि आखिरकार आज तुमने मुझे पहचान लिया था अथवा तुम्हारी इच्छाओं को एक ऐसी नारी ने उत्तेजित कर दिया था, जो तुम्हारी निगाह में नितान्त अजनबी थी। मेरे गाल गुलाबी हो उठे और मैं बेसिर-पैर की बातें बकने लगी। तुम्हारी दृष्टि ने मेरे ऊपर जो असर किया था, वह तुमसे छिपा नहीं रह सका। तुमने अपने सिर को बहुत धीमे-से हिलाकर संकेत किया, यानी एक क्षण के लिए मुझे बगल वाले कमरे में आने का इशारा किया। तब अपना बिल चुका कर तुमने अपने साथियों से विदा ली और बाहर चले गए। जाने के पूर्व तुमने फिर मुझे इशारा किया कि तुम बाहर मेरी प्रतीक्षा करोगे।

मैं सन्निपात के मरीज़ की तरह कांपने लगी। अपने साथियों द्वारा मुझे सम्बोधित कर कही गई बातों का मैं अब जवाब नहीं दे पा रही थी, अपने रक्त में होनेवाली उथल-पुथल को नियंत्रित नहीं कर पा रही थी। ठीक इसी समय संयोग से एक नीग्रो जोड़े ने अपनी खटखटाती हुई एड़ियों से आदिम नृत्य प्रारम्भ किया। साथ-साथ वे अपनी तेज़ आवाज़ों में चीखते भी जा रहे थे। सब कोई उनकी ओर देखने लगे। मैंने इस मौके का लाभ उठाया। खड़े होकर मैंने अपने मित्र से कहा कि मैं क्षण-भर में लौट आऊंगी और फिर तुम्हारे पीछे बाहर आ गई।

तुम बरामदे में मेरी प्रतीक्षा कर रहे थे। मेरे आते ही तुम्हारे चेहरे पर रौनक आ गई। होंठों पर मुस्कान लाकर तुम मिलने के लिए कुर्सी से मेरी ओर बढ़े। स्पष्ट था कि तुमने मुझे नहीं पहचाना था, पुराने दिनों की बच्ची या लड़की को मुझ में नहीं चीन्हा था। इस बार फिर तुम्हारे लिए मैं एक नई परिचिता थी।

"क्या सचमुच तुम मेरे लिए एक घंटे का समय निकाल सकती हो?" तुमने विश्वस्त लहजे में पूछा, जिससे यह पता चलता था कि तुमने मुझे उन औरतों में से समझा था, जिन्हें कोई भी रात-भर के लिए खरीद सकता है।

"हां," मैंने जवाब दिया। वही कांपता हुआ, किन्तु साथ ही सन्तुष्ट-स्पष्ट 'हां', जो तुमने आज से दस वर्ष पूर्व अंधेरे से गहराती सड़क पर मुझसे मेरे बचपन के दिनों में सुनी थी।

"तो बताओ कि हम कब मिल सकते हैं?" तुमने पूछा।

"जब तुम चाहो," मैंने जवाब दिया, क्योंकि जहां तक तुम्हारा सम्बन्ध था, वहां मेरे लिए किसी तरह की शर्म-हया का प्रश्न ही नहीं उठता था। तुमने कुछ अचरज से मेरी ओर देखा, अचरज से, जिसमें उसी संदेह-मिश्रित उत्सुकता का भाव था जैसा कि तुमने हमारी पहली मुलाकात में उस समय दिखलाया था, जब तुम मेरी स्वीकृति की तत्परता से चकित हुए थे।

"अभी?" तुमने एक क्षण की झिझक के बाद पूछा था।

"हां।" मैंने जवाब दिया था।

मैं क्लाक-रूम से अपना कोट लाने के लिए जाने ही वाली थी, जब मुझे याद आया कि मेरे ब्रन्न वाले मित्र ने हमारी चीज़ें एक ही साथ रखी थीं और टिकट उसी के पास था। वापस जाकर टिकट के लिए उससे पूछना असंभव था, मुझे यह और भी अधिक असंभव लगा कि तुम्हारे साथ के इस अवसर को यूं ही छोड़ दूं, जिसकी मैं वर्षों से प्रतीक्षा कर रही थी। मैंने तत्काल अपना चुनाव कर लिया। मैंने शाल ठीक से ओढ़ा और तुम्हारे साथ उस कुहरा छाई रात में बाहर निकल आई। न केवल मैंने अपने कोट की ही परवाह नहीं की, बल्कि उस उदारहृदय व्यक्ति की भी उपेक्षा की, जिसके साथ मैं पिछले दो वर्षों से रह रही थी इस तथ्य की भी परवाह नहीं की कि नाचघर जैसे इस सर्वसाधारण स्थान पर उसके मित्रों के सामने मैं उसे एक ऐसे उपहासास्पद व्यक्ति की स्थिति में डाल रही हूं, जिसकी रखैल एक अजनबी के तनिक-से इशारे पर उसे छोड़ कर चल देती है। अपने भीतर मैं अच्छी तरह समझती थी कि अपने एक अच्छे मित्र के साथ मैं कितनी नीचता और कृतघ्नता का व्यवहार कर रही थी। मैं जानती थी कि अपनी इस नीचतापूर्ण मूर्खता से मैं उसे सदा के लिए खो दूंगी और इस प्रकार मैं अपने जीवन के साथ एक खतरनाक खेल खेल रही थी, लेकिन फिर से तुम्हारे होंठों को अपने होंठों पर महसूस करने का तुलना में, तुम्हारी आवाज़ की मिठास को फिर से पीने की तुलना में, उसकी मित्रता, या मेरे अपने जीवन का महत्त्व ही कितना था!

अब जब कि सब कुछ समाप्त हो चुका है, मैं तुमसे यह सब कह सकती हूं, तुम्हें यह जानने दे सकती हूं कि मैं तुम्हें किस कदर प्यार करती थी। मुझे यकीन है कि अगर तुम मुझे मेरी

मृत्युशय्या से भी बुलाओ, तो तुम्हारी पुकार का उत्तर देने के लिए मैं तब भी शक्ति संचित करने उठ खड़ी हो जाऊंगी।

दरवाज़े पर एक टैक्सी खड़ी थी। हम उसमें तुम्हारे फ्लैट की ओर चले। एक बार फिर मैं तुम्हारी आवाज़ सुन सकती थी, एक बार फिर मैंने तुम्हारी निकटता के आनन्दातिरेक को महसूस किया। हर्ष तथा आकुलता का वैसा ही उन्माद मुझे आज भी महसूस हो रहा था, जैसे कि वर्षों पहले हुआ था। मैं तुमसे उस सबका वर्णन नहीं कर सकती कि दस वर्ष पूर्व इसी ज़ीने की सीढ़ियां तुम्हारे साथ चढ़ते समय मुझे जो अनुभूति हुई थी, ठीक वही अनुभूति आज फिर कैसे सजीव हो उठी थी, कैसे मैं आज अतीत और वर्तमान में एक ही साथ जी रही थी। मेरा सम्पूर्ण 'मैं' कैसे तुम्हारे भीतर एकाकार हो गया था।

तुम्हारे कमरों के भीतर 'नहीं' के बराबर परिवर्तन हुआ था। केवल कुछ चित्र और आ गए थे। किताबों की संख्या में ज़रूर बहुत अधिक वृद्धि हो गई थी। तुम्हारे फर्नीचर में एकाध चीज़ें और बढ़ गई थीं, लेकिन सभी में मेरे लिए एक पुराने परिचित की मित्रता का भाव था। तुम्हारी अध्ययन-मेज़ पर वही फूलदान था, जिसमें गुलाब के फूल लगे थे, मेरे गुलाब के फूल, वे जो मैंने एक दिन पूर्व तुम्हें उस औरत की यादगार के रूप में भेजे थे, जिसको तुम भूल चुके थे, जिसको तुम पहचानते नहीं थे, इस समय भी नहीं, जब वह तुम्हारे इतने निकट थी, जब तुम उसका हाथ पकड़े खड़े थे और तुम्हारे होंठ उसके होंठों से सटे हुए थे, लेकिन अपने फूलों को वहां देखकर मुझे सुकून मिला, यह जानकर सुकून मिला कि तुमने उस चीज़ को सुरक्षित रखा, जो तुम्हारे प्रति मेरे प्यार की निशानी थी।

तुमने मुझे अपनी बांहों में भर लिया। पुनः एक पूरी शानदार रात मैंने तुम्हारे साथ गुज़ारी, लेकिन तब भी तुमने मुझे नहीं पहचाना। जहां एक ओर मेरी देह पर फिरते हुए तुम्हारे हाथों के दुलार से मैं खुशी से रोमांचित हो रही थी, वहीं मेरे सामने यह भी स्पष्ट था कि तुम्हारी कामना एक सुन्दर प्रेमिका और साधारण बाजारू औरत में कोई भेद नहीं करती। मेरे प्रति, यानी एक अजनबी के प्रति जिसको तुमने एक नाचघर में पाया था, तुम तत्काल स्नेहपूर्ण और शिष्टतापूर्ण बन गए। तुमने मेरे साथ हलके रूप में व्यवहार नहीं किया, हालांकि तुम रोमांचक उत्कंठा से आकुल भी थे। अपनी पुरानी प्रसन्नता से मेरा सिर चकरा गया था, लेकिन तुम्हारे स्वभाव का दोहरापन इस बार भी मुझसे छिपा नहीं रह सका, बौद्धिक और दैहिक अनुराग का वह विचित्र समन्वय मेरे आगे इस बार भी स्पष्ट हो उठा, जिसने बचपन से ही मुझे तुम्हारी दासी बना दिया था। क्षण-भर के आनन्द के प्रति यूं पूर्ण समर्पण मैंने आज तक और किसी व्यक्ति में नहीं पाया। उस विशेष समय के प्रति अपने आपको यूं सम्पूर्ण रूप से दे देना और उस समय के गुज़र जाने पर उसको सदा के लिए प्रायः अमानुषिक रूप से भूला देना, यह तुम्हारी एक ऐसी विशेषता थी, जो मैंने और किसी व्यक्ति में नहीं पाई।

लेकिन उस समय मैंने भी तो स्वयं को भुला दिया था। उस अंधकार में तुम्हारी बगल में लेटी हुई मैं कौन थी? क्या मैं पूर्व के दिनों की वह भावुक बच्ची थी? क्या मैं तुम्हारे बेटे की

मां थी? क्या मैं अजनबी थी? उस हैरतअंगेज़ रात की हर वस्तु एक ही साथ मोहक रूप से परिचित और मोहक रूप से नवीन थी। मैंने मन ही मन प्रार्थना की कि मेरा वह आनन्द सदा-सदा के लिए वैसा ही कायम रहे।

लेकिन सुबह हुई। हम उठे, तब काफ़ी देर हो चुकी थी। तुमने मुझे चाय-नाश्ते तक के लिए और रुक जाने को कहा। किसी अदृश्य हाथ ने भोजन के कमरे में बहुत कुशलता से चाय-नाश्ते का सामान सजा दिया था। चाय पीते समय, हम हौले-हौले बातें करते रहे। पहले की तरह ही तुमने काफ़ी उत्साहजनक स्पष्टता दिखाई। पहले की तरह ही तुमने फूहड़ प्रश्न नहीं पूछे। मेरे बारे में कोई जिज्ञासा नहीं दिखाई। तुमने मेरा नाम नहीं पूछा, न यही कि मैं कहां रहती थी। तुम्हारे लिए मैं पहले की तरह ही एक आकस्मिक रोमांस थी, एक नामहीन औरत थी, एक तीव्र क्षण थी, जो बीत जाने के बाद पीछे अपना कोई चिह्न नहीं छोड़ता। तुमने बताया कि तुम एक लम्बी यात्रा पर जानेवाले हो और दो-तीन महीने उत्तरी अफ्रीका में बिताने वाले हो। इन शब्दों को सुनकर मेरी खुशी पर पाला पड़ गया: 'यह सब फिर बीत जाएगा, फिर बीत जाएगा और तुम इस सबको फिर भूल जाओगे।' मेरी इच्छा हुई कि स्वयं को तुम्हारे कदमों पर डाल दूं और चीख-चीखकर कहूं, 'मुझे भी अपने साथ ले चलो, ताकि तुम आखिरकार मुझे जान सको, इन इतने वर्षों के बाद आखिरकार!' लेकिन मैं भीरु, कमज़ोर और कायर थी।

मैं महज़ इतना ही कह सकी, "कितने दुःख की बात है!"

तुमने मुस्कराते हुए मेरी ओर देखा, "क्या तुम्हें सचमुच इसका दुःख है?"

एक क्षण के लिए मैं जैसे उन्मादिनी हो उठी। मैं उठ खड़ी हुई और एकटक तुम्हारी ओर देखा। तब कहा, "जिस आदमी को मैं प्यार करती हूं, वह सदा सफर पर जाता रहा है।" मैंने सीधे तुम्हारी आंखों में देखा। 'अब, अब,' मैंने सोचा, 'अब यह मुझे पहचान लेगा।'

तुमने मुस्करा-भर दिया, और सान्त्वना देने के लहजे में कहा, "हर जाने वाला कुछ समय के बाद वापस लौट आता है।"

मैंने उत्तर दिया, "हां, वापस लौट आता है, लेकिन तब तक वह सब कुछ भूल चुका होता है।"

मैंने यह वाक्य ज़रूर बहुत भाव-विह्वलता से कहा होगा, क्योंकि मेरे लहजे ने तुम्हें स्पष्टतः स्पर्श किया था। तुम भी खड़े हो गए और तुमने आश्चर्य तथा स्नेह-भरी मृदुता से मेरी ओर देखा। तुमने अपने दोनों हाथ मेरे कंधों पर रख दिए, "अच्छी बातें भुलाई नहीं जातीं, और मैं तुम्हें नहीं भूलूंगा।" तुम्हारी आंखों ने काफ़ी गौर से मेरा निरीक्षण किया, मानो अपने मन में तुम मेरी एक स्थायी प्रतिमा गढ़ लेना चाहते थे। जब मैंने इस भेदक दृष्टि को महसूस किया, अपने सम्पूर्ण के इस अन्वेषण को महसूस किया, तो मैं यह मधुर कल्पना करने से स्वयं को रोक नहीं सकी कि अब आखिरकार तुम्हारी विस्मृति का जादू तुम्हारी आंखों पर से हट जाएगा। 'वह मुझे पहचान लेगा!' इस आशा और अपेक्षा से मेरी आत्मा कांप उठी।

लेकिन तुमने मुझे नहीं पहचाना। नहीं, तुमने मुझे नहीं ही पहचाना। तुम्हारे लिए जितनी अजनबी मैं उस समय थी, उतनी और पहले कभी नहीं रही थी, क्योंकि ऐसा नहीं होता, तो इसके कुछ ही मिनटों बाद तुमने जो कुछ किया, वह शायद तुम नहीं कर पाते। तुमने मुझे पुनः चूमा था, अपनी शक्ति-भर कसकर चूमा था। मेरे केश अस्त-व्यस्त हो गए थे। मुझे एक बार फिर उनको ठीक-ठाक करना पड़ा। शीशे के सामने खड़े-खड़े मैंने उसके भीतर देखा और ज्यूंही मैंने देखा, शर्म और आतंक से मैं मर ही तो गई। मैंने देखा कि तुम चोरी-चोरी मेरे दस्ताने में दो करेंसी नोट खिसका रहे थे। मैं बड़ी मुश्किल से अपनी चीख को दबा सकी। तुम्हारे मुंह पर थप्पड़ मारने की अपनी इच्छा को मैं बड़ी मुश्किल से रोक सकी। मैंने तुम्हारे साथ जो रात गुजारी थी, उसकी तुम मुझे कीमत दे रहे थे। मुझे, जो तुम्हें बचपन से प्यार करती आई थी। मुझे, जो तुम्हारे बेटे की मां थी। तुम्हारे लिए मैं महज़ एक वेश्या थी, जिसको तुमने एक नाचघर में पाया था। यही काफ़ी नहीं था कि तुम मुझे भूल गए थे, तुम मेरी कीमत चुका रहे थे और इस प्रकार मुझे अपनी ही नज़रों में गिरा रहे थे।

मैंने जल्दी-जल्दी अपने सामान को बटोरा, ताकि मैं वहां से यथाशीघ्र भाग सकूं। यह पीड़ा मेरे लिए असह्य थी। मैंने अपनी टोपी के लिए इधर-उधर देखा। वह तुम्हारी अध्ययन-मेज़ पर, सफ़ेद गुलाबों वाले, मेरे गुलाबों वाले फूलदान के बगल में रखी थी। तुम्हारी स्मृति को जगाने को एक अन्तिम प्रयत्न और करने की अपनी अदम्य इच्छा को मैं दबा न सकी।

"क्या अपने इन सफ़ेद गुलाबों में से मुझे एक गुलाब दोगे?" मैंने पूछा।

"निश्चय ही।" फूलदान में से सारे गुलाबों को निकालते हुए तुमने जवाब दिया।

"लेकिन शायद ये फूल तुमको किसी औरत ने दिए हों, एक ऐसी औरत ने जो तुम्हें प्यार करती है?" मैंने फिर एक प्रयत्न किया।

"हो सकता है," तुमने उत्तर दिया, "लेकिन मैं कुछ नहीं जानता। ये उपहार हैं, लेकिन मैं नहीं जानता कि ये किसने भेजे हैं। यही कारण है कि ये मुझे इतने प्रिय हैं।"

मैंने गौर से तुम्हारी ओर देखा। "शायद ये तुम्हारे पास उस औरत ने भेजे हैं, जिसे तुम भूल चुके हो!"

तुम्हें अचरज हुआ। मैंने और अधिक गौर से तुम्हारी ओर देखा। 'मुझे पहचानो, कम से कम अब तो मुझे मात्र पहचान-भर लो!' यही मेरी आंखों की पुकार थी। तुम्हारी मुस्कराहट, हालांकि हार्दिक थी, उसमें पहचान का कोई चिह्न नहीं था। तुमने एक बार फिर मुझे चूमा, लेकिन तुमने मुझे पहचाना नहीं।

मैं फुर्ती से बाहर निकल आई, क्योंकि मेरी आंखों में आंसू डबडबा आए थे और मैं नहीं चाहती थी कि तुम उन्हें देखो। ज्यूंही मैं तीर-सी तुम्हारे कमरे से बाहर निकली, दरवाज़े पर तुम्हारे नौकर जोन से करीब-करीब टकरा ही गई। वह कुछ घबरा-सा गया, लेकिन फिर तत्काल तत्परतापूर्वक मेरे रास्ते से हट गया। उसने मेरे लिए सामने का दरवाज़ा खोल दिया। तब इस भागते क्षण में ज्यूंही मैंने अपनी आंसू-भरी आंखों से उसकी ओर देखा, उस वृद्ध के चेहरे पर अचानक प्रकाश का एक पुंज दीप्त हो उठा। उस उड़ते क्षण में ही मैं तुम्हें बताऊं,

उसने मुझे पहचान लिया, उस आदमी ने मुझे पहचान लिया, जिसने मेरे बचपन के बाद मुझे कभी नहीं देखा था। मैं इतनी कृतज्ञ हुई कि उसके सामने मैं अपने घुटनों के बल झुक सकती थी और उसके हाथों को चूम सकती थी। मैंने अपने दस्ताने को फाड़कर वे नोट निकाल लिए, जिनके द्वारा तुमने मुझे अपमानित किया था और उसकी ओर फेंक दिए। उसने भयभीत होकर मेरी ओर देखा, क्योंकि इस एक क्षण में, मेरा खयाल है, वह मुझे उससे भी अधिक पहचान गया था, जितना कि तुम अपनी समूची ज़िन्दगी में नहीं पहचान सके थे। प्रत्येक व्यक्ति, हां प्रत्येक व्यक्ति मेरी इच्छापूर्ति के लिए सदा उत्सुक रहा है। प्रत्येक व्यक्ति ने मुझे सदा अपनी कृपा से लाद दिया है, लेकिन तुमने, केवल तुमने मुझे भुला दिया। तुमने, केवल तुमने कभी नहीं पहचाना।

मेरा बेटा, हमारा बेटा मृत है। मेरे पास अब प्यार करने के लिए कोई नहीं बचा, इस विशाल दुनिया में कोई नहीं, सिवाय तुम्हारे, लेकिन तुम मेरे लिए हो ही क्या सकते हो? तुम, जिसने मुझे कभी, कभी नहीं पहचाना। तुम जो मेरे ऊपर से इस तरह पार हो गए, जैसे सड़क की छोटी बहती हुई नाली के ऊपर से पार हो जाते हो। तुम, जो इस तरह मुझे कुचल कर बढ़ गए, जिस तरह सड़क के एक ढेले को कुचल कर बढ़ जाते हो। तुम, जो अपने रास्ते पर बिना मेरी ओर गौर किए आगे बढ़ते चले गए और मुझे चिर-प्रतीक्षा करने के लिए अपने पीछे छोड़ गए। एक बार तो मैंने यह चाह-भरी कल्पना कर ली थी कि मैं तुम्हें अपने लिए पकड़ कर रख सकी थी। मैंने तुम्हें, तुम छलिया को, अपने बच्चे में पकड़ लिया था, लेकिन वह तुम्हारा बेटा था! आज रात, वह भी मुझे निर्ममतापूर्वक छोड़कर लम्बी यात्रा पर चला गया। वह भी मुझे भूल गया और अब कभी वापस नहीं लौटेगा। एक बार फिर मैं एकाकी रही गई हूं, सदा से अधिक असहाय और एकाकी। मेरे पास तुम्हारा कुछ भी, कुछ भी तो नहीं है। न बेटा, न शब्द, न एक लिखित पंक्ति, न तुम्हारी स्मृति में कोई स्थान। अगर तुम्हारी उपस्थिति में कोई मेरा नाम ले, तो तुम्हारे लिए यह एक नितान्त अजनबी नाम होगा। क्या मुझे मरने में खुशी नहीं होगी, चूंकि मैं तुम्हारे लिए मृत ही हूं? क्या इस दुनिया से चले जाने में मुझे खुशी नहीं होगी, चूंकि तुम मुझसे दूर चले गए हो?

प्रिय, मैं तुम्हें दोष नहीं दे रही हूं। तुम्हारे सुखी जीवन में मैं अपने दुःखों को ज़बर्दस्ती प्रवेश कराना नहीं चाहती। इसका भय न करो कि मैं तुम्हें अब कभी और कष्ट दूंगी। अपने हृदय की करुण पुकार को तुम तक पहुंचाने की अपनी चिर-अभिलाषा के सामने मैंने आज पहली बार हार मानी है, इसके लिए मुझे तुम इस बार क्षमा कर दो, इस कटु क्षण में क्षमा कर दो, जब कि मेरा बेटा मृत लेटा है। केवल इस एक बार तुमसे बात करना चाहती हूं। इसके बाद मैं अंधकार के परदे के पीछे चली जाऊंगी और तुम्हारे लिए उसी तरह खामोश हो जाऊंगी, जिस तरह आज तक खामोश रही हूं।

अब भी मैं जब तक जीवित हूं, तुम मेरी चीख की आवाज़ नहीं सुनोगे। केवल मेरे मरने के बाद ही यह विरासत तुम्हें उससे मिलेगी, जिसने किसी भी अन्य औरत की अपेक्षा तुम्हें अधिक गहराई से प्यार किया है, उससे जिसको तुमने कभी नहीं पहचाना, उससे जो सदा तुम्हारे बुलावे की प्रतीक्षा करती रही, लेकिन जिसको तुमने कभी, कभी नहीं बुलाया। जब तुम यह विरासत पाओगे, तब शायद, शायद, तुम मुझसे मिलने आओगे। और मैं पहली बार तुमसे बेवफाई करूंगी, क्योंकि मृत्यु की चिर-निद्रा में मैं तुम्हारी आवाज़ नहीं सुन सकूंगी। जिस तरह तुमने मेरे लिए कुछ नहीं छोड़ा, उसी तरह मैं भी तुम्हारे लिए न अपना चित्र छोड़ जाऊंगी और न कोई अन्य निशानी ही। अत: अब तुम मुझे कभी नहीं पहचानोगे। जीवन में मेरा यही भाग्य रहा है और इसी तरह मृत्यु में भी मेरा यही भाग्य रहेगा। अपने इस अन्तिम क्षण के समय मैं तुम्हें नहीं बुलाऊंगी। मैं अपने रास्ते चली जाऊंगी और अपने नाम तथा आकृति के बारे में तुम्हें अनजान छोड़ जाऊंगी। मेरे लिए मौत आसान होगी, क्योंकि तुम इतनी दूर से इसे महसूस नहीं कर सकोगे। अगर मेरी मौत तुम्हें कष्ट देनेवाली होती, तो मैं आसानी से मर भी नहीं सकती थी।

मैं अब अधिक नहीं लिख पा रही हूं। मेरा सिर बेहद भारी है, मेरा अंग-अंग टूट रहा है, मैं ज्वाराक्रान्त हूं। मुझे लेटना होगा। शायद जल्दी ही सब समाप्त हो जाएगा। शायद इस एक बार भाग्य मुझ पर कृपालु रहेगा और अपने बच्चे को ले जाए जाते हुए मुझे नहीं देखना पड़ेगा।

···अब मुझसे और अधिक नहीं लिखा जाता। विदा, मेरे प्रिय, विदा! मेरी समस्त कृतज्ञता तुम्हारी ओर उन्मुख है। सब कुछ के बावजूद जो कुछ हुआ, अच्छा ही हुआ। अपनी अन्तिम सांस तक मैं तुम्हारे प्रति कृतज्ञ रहूंगी। मैं कितनी खुश हूं कि मैंने तुम्हें सब कुछ बता दिया। अब तुम जानोगे, हालांकि पूरी तरह महसूस नहीं कर सकोगे कि मैंने तुम्हें कितना अधिक प्यार किया है, फिर भी मेरा प्यार तुम्हारे लिए कभी भार नहीं बना है और न कभी बनेगा। मेरे लिए यह सान्त्वना की बात है कि तुम मेरा अभाव महसूस नहीं करोगे। तुम्हारी उज्ज्वल और हसीन जिन्दगी में किसी तरह की कोई तब्दीली नहीं आएगी। प्रिय, मेरी मौत तुम्हें नुकसान नहीं पहुंचाएगी, इससे मुझे शान्ति मिलती है।

लेकिन कौन, आह कौन, तुम्हें अब तुम्हारे जन्मदिन पर सफ़ेद गुलाब के फूल भेजा करेगा? तुम्हारा फूलदान खाली रहेगा। मेरे जीवन की वह सांस, वह खुशबू अब कभी नहीं निकलेगी, जो साल में एक बार तुम्हारे कमरे को ख़ुशबू से भर देती थी। मेरा तुमसे एक अन्तिम अनुरोध है, प्रथम भी और अन्तिम भी। मेरे लिए इतना ज़रूर करना। सदैव अपने जन्मदिन पर, एक ऐसा दिन जब व्यक्ति स्वयं अपने बारे में सोचता है, गुलाब के कुछ फूल मंगाना और उन्हें फूलदान में सजा लेना। इसे ठीक उसी भावना से करना, जिस तरह कि अन्य व्यक्ति, वर्ष में एक बार अपने किसी प्रिय की मृतात्मा की शान्ति के लिए गिरजे में प्रार्थना करते हैं। मेरा अब ईश्वर में विश्वास नहीं रहा, इसलिए मैं नहीं चाहती कि गिरजे में मेरे लिए प्रार्थनाएं की जाएं। मेरी आस्था केवल तुम्हारे ऊपर है। मैं और किसी को नहीं, केवल तुम्हें प्यार करती हूं।

केवल तुम्हारे भीतर ही मैं जीवित रहना चाहती हूं, वर्ष में महज़ एक बार, खामोशी से, शान्ति से, जिस तरह कि मैं आज तक सदा तुम्हारे नज़दीक रही हूं। कृपया इतना करना, मेरे प्रिय,...यह मेरा प्रथम अनुरोध है और अन्तिम...शुक्रिया, शुक्रिया...मैं तुम्हें प्यार करती हूं, प्यार करती हूं...विदा...।

उसके शक्तिहीन हाथों से ख़त छूटकर नीचे गिर गया। उसने देर तक गौर से सोचा। हां, उसे धुंधली-सी स्मृतियां थीं, पड़ोसी की एक बच्ची की, एक किशोर लड़की की, नाचघर में एक युवती की। सब कुछ धुंधला और उलझा हुआ था, तेज़ी से बहते हुए झरने की तलहटी में पत्थर के एक टुकड़े के अस्थिर और अरूप दृश्य की तरह। उसके दिमाग के परदे पर छायाएं एक दूसरी का पीछा करती हुई सी फिसल रही थीं, लेकिन वे सब मिल-जुलकर एक पूर्ण-चित्र का रूप नहीं ले रही थीं। उसकी भावना के साम्राज्य में स्मृति की हलचलें मच रही थीं, लेकिन फिर भी वह कुछ याद नहीं कर पा रहा था। उसे लगा कि वह ज़रूर इन सब आकृतियों का सपना देखता रहा है, अक्सर और बहुत स्पष्ट सपना देखता रहा है, लेकिन फिर भी वे आखिर थीं स्वप्न की छायाएं ही।

अध्ययन-मेज पर रखे हुए नीले फूलदान की ओर उसकी आंखें उठीं। वह खाली था। उसके जन्मदिन पर वर्षों से वह कभी खाली नहीं रहा था। वह कांप उठा, यह महसूस करके मानो सहसा एक अदृश्य दरवाज़ा उसकी आंखों के आगे खुल गया था, एक ऐसा दरवाज़ा, जिसके बीच से होकर दूसरी दुनिया से ठंडी हवा उसके सुरक्षित कमरे में आ रही थी। मृत्यु की सूचना उस तक आई और साथ ही अमर प्यार की सूचना भी। उसके भीतर कुछ उमड़ आया और मृत औरत का विचार उसके मस्तिष्क को मथ गया, देहहीन और आवेशपूर्ण, दूर के संगीत की ध्वनि के समान।

शतरंज

न्यूयार्क से ब्यूनसआयर्स जानेवाला विशालकाय जलपोत आधी रात के समय रवाना होने को था। लंगर उठाने के एक घंटा पूर्व तक जहाज़ पर गहमागहमी और भाग-दौड़ मची रही। अपने मित्रों को छोड़ने के लिए आए हुए लोग भीड़ में परस्पर टकराते हुए इधर-उधर डोल रहे थे। रईस यात्रियों के छोकरों जैसे नौकर टोपी पहने हुए और नाम पुकारते हुए फुर्तीले कदमों से आ-जा रहे थे। बिस्तरबन्द, पार्सलों के बंडल और फूलों के गुलदस्ते फेंके जा रहे थे। शरारती बच्चे सीढ़ियों पर ऊपर-नीचे दौड़ लगा रहे थे। डेक पर का आरकेस्ट्रा इन विभिन्न तरह की आवाज़ों के रेले के साथ बराबर संगीत दे रहा था। डेक पर का आरकेस्ट्रा इन विभिन्न तरह की आवाज़ों के रेले के साथ बराबर संगीत दे रहा था।

इस भीड़-भड़क्के से कुछ हटकर जहाज़ के डेक पर खड़ा हुआ मैं अपने एक परिचित से बातें कर रहा था। ठीक तभी हमारे निकट ही दो-तीन फ्लैश-बत्तियों की चमक कौंध गई। स्पष्ट था कि यह चमक किसी महत्त्वपूर्ण यात्री से अन्तिम क्षण पर लिए गए इण्टरव्यू के समय प्रेस-फोटोग्राफरों के कैमरों की थी। मेरे मित्र ने उस ओर देखा और मुस्कराया।

"इस जहाज़ पर तुम्हारे साथ एक अजीब पंछी सफर कर रहा है, वही ज़ेन्तोविक।"

मेरे चेहरे के भाव जब वह जान गया कि उसका यह कथन मेरे लिए निरर्थक है, तो मुझे समझाने के ढंग पर उसने आगे कहा, "मिर्को ज़ेन्तोविक, शतरंज का विश्व-प्रसिद्ध खिलाड़ी। इसने अभी हाल में ही एक तूफानी दौरा करके संयुक्त राज्य अमरीका को इस तट से उस तट तक पराजित किया है और अब अर्जेण्टाइना पर हमला करने जा रही है।"

यह सुनकर मुझे शतरंज के इस विश्व-प्रसिद्ध युवा खिलाड़ी का न केवल नाम ही स्मरण आ गया, बल्कि राकेट की तरह गतिमान उसके जीवन से सम्बन्धित कुछ अन्य घटनाएं भी मुझे याद आ गईं। मेरी अपेक्षा मेरा मित्र दैनिक पत्रों का अधिक जागरूक पाठक था, इसलिए ये समस्त घटनाएं उसने एक सूत्र में पिरो दीं और सिलसिलेवार ढंग से संक्षेप में मुझे कह सुनाईं।

करीब एक वर्ष पूर्व, एक ही बार में ज़ेन्तोविक ने एलेखिन, कैपाब्लांका, टार्टाकोवर, लास्कर, बोगुलजोबोव जैसे विश्व के महानतम शतरंज के खिलाड़ियों की पंक्ति में स्वयं को भी खड़ा कर लिया था। नौ वर्ष पूर्व, सन् 1922 में न्यूयार्क में रेशेवस्की के बाद से आज तक और

कोई दूसरा नवागन्तुक इतनी अधिक धूमधाम और इतनी विस्तृत प्रशंसा के साथ इस क्षेत्र में प्रविष्ट नहीं हुआ था। लगता है, प्रारंभ में ज़ेन्तोविक के बौद्धिक स्तर को देखकर कोई भी यह नहीं कह सकता था कि वह आगे जाकर इतनी प्रसिद्धि पाएगा।

जल्दी ही लोगों पर यह राज़ प्रकट भी हो गया कि शतरंज का यह अद्भुत खिलाड़ी किसी भी भाषा में एक पूरा वाक्य तक सही लिखने की योग्यता नहीं रखता था और जैसाकि एक बार उसके एक असन्तुष्ट साथी ने ताने के रूप में कहा था, "संस्कृति के हर क्षेत्र में उसका अज्ञान इतना ही महान् है।"

उसका बाप डैन्यूब नदी का एक गरीब स्लाव मांझी था और एक रात अपनी छोटी-सी नौका सहित वह अनाज के एक बड़े जहाज़ की चपेट में आ गया। तब बारह वर्ष का ज़ेन्तोविक अनाथ हो गया था और उस छोटे-से अनजान गांव के पादरी ने द्रवीभूत होकर उसे अपने यहां शरण दी थी। ज़ेन्तोविक आलसी और मूढ़मति था। पादरी ने उसे गांव के स्कूल में भरती करा दिया, लेकिन उसके कुछ भी पल्ले नहीं पड़ता था, इसलिए उदार हृदय पादरी भरसक यह कोशिश करता था कि घर पर ही उसके कूद दिमाग को कुछ तो शिक्षित कर सके।

लेकिन सारे प्रयत्न व्यर्थ साबित हुए। सैकड़ों बार समझाए जाने पर भी मिर्को किताब के अक्षरों की ओर इस तरह सूनी निगाहों से ताकता रहता था, मानो उनके बारे में उसे एक बार भी नहीं बताया गया हो। उसका जड़ दिमाग सरलतम विषयों को ग्रहण करने की शक्ति से भी सर्वथा शून्य था। चौदह वर्ष की अवस्था होने पर भी वह अभी तक अंगुलियों की सहायता से गिनती करता था और दिमाग का सारा ज़ोर लगाने पर बड़ी मुश्किल से किसी किताब या अखबार में से कुछ अंश पढ़ पाता था, फिर भी कोई यह नहीं कह सकता कि मिर्को स्वभाव से ही किसी कार्य को करने के प्रति इच्छुक या आज्ञाकारी नहीं था। उससे जो कुछ करने को कहा जाता, वह कर देता, पानी ला देता, लकड़ी तोड़ देता, खेत में काम करता, रसोई धो-पोंछ देता और भी जो कोई कार्य उसके सुपुर्द किया जाता, वह उसे निश्चित रूप से पूरा कर देता, चाहे करे बेहद धीमी गति से ही।

लेकिन इस मंदगति की जिस बात से उदारहृदय पादरी को कष्ट होता था, वह थी उसमें उत्साह की भावना का नितान्त अभाव। जब तक उससे खास तौर पर कहा नहीं जाता, वह कोई कार्य नहीं करता था, कभी अपनी ओर से कोई प्रश्न नहीं पूछता था, अपने हमउम्र बच्चों के साथ कभी खेलता नहीं था और अपनी ओर से कभी किसी काम के प्रति उत्सुकता प्रकट नहीं करता था।

जब वह घर का काम-काज निपटा देता, तो निठल्ला बैठा सूनी दृष्टि से इस तरह ताकता रहता, जैसे कोई चरती भेड़ों की ओर ताके, जो कुछ आंखों के सामने घट रहा है, उसके प्रति बिना रत्ती भर भी लगाव महसूस किए।

एक शाम जब पादरी अपने किसानों वाले लम्बे पाइप के कश लगता हुआ, अपने मित्र पुलिस-सार्जेण्ट के साथ रोजमर्रा की शतरंज की तीन बाज़ियां लड़ा रहा था, तो श्वेत बालोंवाला

मन्दमति ज़ेन्तोविक उनके पास खामोश बैठा था और अपनी भारी पलकों के नीचे से शतरंज की बिसात की ओर इस तरह ताक रहा था, मानो इन सबसे अलग दरअसल सो रहा हो।

जाड़े की एक शाम को जब दोनों मित्र अपने दैनिक खेल में खोए हुए थे, घंटियों की आवाज़ ने निकट आती एक स्लेजगाड़ी की सूचना दी। एक किसान, जिसकी टोपी बर्फ से ढकी हुई थी, गाड़ी में से फुर्ती से नीचे कूदा और पादरी से बोला कि उसकी मां मृत्यु-शय्या पर लेटी है और अगर वे तत्काल चलें, तो हो सकता है अब भी जीवितावस्था में ही उस तक पहुंच जाएं और उसकी आत्मा की शान्ति के लिए प्रार्थना कर सकें। पादरी तत्काल उसके साथ हो लिया। पुलिस-सार्जेण्ट ने, जिसने अभी तक अपनी बीयर भी समाप्त नहीं की थी, वहां से जाने के पूर्व एक नया पाइप सुलगाया और भेड़ के चमड़े के अपने भारी बूटों को कसकर वह चलने ही वाला था कि उसका ध्यान मिर्को की ओर गया जो शतरंज की अधूरी बिसात की ओर एकटक घूर रहा था।

"क्यों जी, क्या हुजूर का इरादा इस बाज़ी को पूरा करने का है?" उसने मज़ाक से पूछा, हालांकि उसे पूर्ण विश्वास था कि कुंदबुद्धि ज़ेन्तोविक को एक चाल तक क्लने का भी ज्ञान नहीं था। लड़के ने कुछ शरमाते हुए अपनी दृष्टि ऊपर उठाई, सहमति में गर्दन हिलाई, और पादरी की जगह पर बैठ गया। चौदहवीं चाल के बाद सार्जेण्ट हार गया और उसे मन ही मन यह स्वीकार करना पड़ा कि यह हार उसकी किसी किस्म की लापरवाही के कारण नहीं हुई थी। दुसरी बाज़ी का भी यही अन्त हुआ।

वापस लौटने पर जब पादरी ने यह सुना, तो मारे आश्चर्य के उसके मुंह से निकल पड़ा, "बालाम का गधा!" लेकिन जब सार्जेण्ट बाइबल के इस प्रसंग का अर्थ नहीं समझ सका, तों उसने स्पष्ट किया कि किस तरह आज से दो हज़ार वर्ष पूर्व ठीक इसी तरह की एक अलौकिक घटना घटी थी और एक गूंगे को सहसा बुद्धिमत्तापूर्ण बातें बोलने की शक्ति प्राप्त हो गई थी।

अब तक रात काफ़ी बीत चुकी थी, फिर भी अपने अपढ़ सहयोगी को एक बाज़ी अपने साथ भी खेलने की चुनौती देने से पादरी स्वयं को रोक न सका। मिर्को ने उसे भी आसानी से हरा दिया। वह बहुत धीमी गति से खूब सोच-सोचकर खेल रहा था। शतरंज की बिसात की ओर झुकी हुई अपनी चौड़ी भंवों को उसने एक बार भी ऊपर नहीं उठाया, लेकिन साथ ही वह दृढ़ निश्चय के साथ खेल रहा था। इस दिन के बाद और जितनी भी बाज़ियां हुईं, उनमें पादरी या सार्जेण्ट दोनों में से कोई भी एक भी बाज़ी जीतने में कामयाब नहीं हो सका।

पादरी अपने इस शरणार्थी की अनेक खामियों से बखूबी परिचित था। अब उसे यह जानने की उत्सुकता हुई कि ज़ेन्तोविक की यह एकाकी और अद्भुत खासियत अधिक कड़ी परीक्षाओं में किस सीमा तक कामयाब हो सकती है। गांव के नाई के प्रयत्नों से जब मिर्को कुछ आदमी-सा दिखाई देने लगा, तो पादरी अपनी स्लेज गाड़ी में बैठा कर उसे निकट के कस्बे में ले गया, जहां के मुख्य चौरास्ते के कैफे में शतरंज के कुछ शौकीनों के सदा उपस्थित रहने का उसे पता था। जब उस लाल गालों वाले पन्द्रह वर्षीय लड़के को अपनी बगल में खड़ा करके पादरी ने अपना

इरादा सुनाया, तो कैफे में उपस्थित खिलाड़ियों के मजमे में कम हलचल नहीं मची। भेड़ के चमड़े की जैकेट (जिसकी भीतर की ओर ऊन का अस्तर था) और ऊंचे बूट पहने, लाज से आंखें नीची किए, लड़का उसी तरह स्थिर खड़ा रहा, जब तक कि शतरंज खेलने के लिए उसे टेबल के पास बुलाया नहीं गया।

मिर्को पहली बाज़ी हार गया, क्योंकि उसके मालिक पादरी ने उसके कथनानुसार प्रतिरक्षावाला रुख नहीं अपनाया था। अगली बाज़ी अनिर्णीत रही, हालांकि विरोधी दल का सबसे अच्छा खिलाड़ी खेल रहा था, लेकिन तीसरी बाज़ी और चौथी बाज़ी और उसके बाद की सभी बाज़ियों में ज़ेन्तोविक ने एक-एक करके सबको मात दे दी।

अक्सर यह होता है कि यूगोस्लाविया के छोटे कस्बे शायद ही कभी उत्तेजक घटनाओं के मंच हो पाते हैं। अत: कस्बे के चुनिन्दा खिलाड़ियों पर गांव के एक मामूली देहाती की एकान्त विजय सनसनीखेज घटना से कम नहीं थी। सर्वसम्मति से यह निश्चय किया गया कि अगले दिन तक के लिए लड़के को वहीं रोक लिया जाए और 'शतरंज क्लब' के सब सदस्यों का एक विशेष समारोह किया जाए।

अब पादरी के मन में अपने रक्षित ज़ेन्तोविक के प्रति एक विशेष गर्व की भावना पैदा हो गई और वह स्वयं भी वहीं रुकना चाहता था, लेकिन अगला दिन इतवार होने के कारण उसे अपने गांव के गिरजे की प्रार्थना में उपस्थित होना अनिवार्य लगा। अतः उसने अगली बाज़ियों के लिए ज़ेन्तोविक को वहीं छोड़ना स्वीकार कर लिया और स्वयं गांव लौट गया। शतरंज के शौकीनों ने ज़ेन्तोविक को एक स्थानीय होटल में ठहराया, जहां उस बेचारे ने अपनी ज़िन्दगी में पहली बार गर्म पानी से नहाने का स्नानाघर देखा।

इतवार की दोपहर को शतरंज खेलने का कमरा लोगों से ठसाठस भरा था। चार घंटे तक लगातार मिर्को शतरंज की बिसात के सामने स्थिर बैठा रहा। इस बीच उसने एक भी शब्द का उच्चारण नहीं किया और न नज़रें ही ऊपर उठाईं। एक के बाद एक खिलाड़ी मात खा-खाकर उसके सामने से हटते गए। आखिरकार एक संयुक्त बाज़ी की व्यवस्था की गई। नौसिखिए ज़ेन्तोविक को 'संयुक्त बाज़ी' का अर्थ समझाने में उन लोगों को कुछ समय लगा, तब कहीं वह समझा कि उसे एक ही साथ और एक ही समय में अनेक खिलाड़ियों से अकेले खेलना है। ज्योंही एक बार यह पद्धति मिर्को की समझ में आ गई, त्योंही उसने स्वयं को इसके लिए तैयार कर लिया और धीमे भारी कदमों से, अपने जूतों की चर्र-मर्र आवाज़ करता हुआ, एक टेबल से दूसरी टेबल पर जा-जाकर खेलने लगा, अन्तत: आठ में से सात बाज़ियां उसने जीतीं।

अब गम्भीर विचार-विमर्श हुआ। आखिरकार इस छोटे-से कस्बे के लिए भी, जो इतना छोटा था कि इसके अस्तित्व का भी लोगों को ज्ञान नहीं था, एक अवसर आया था कि वह एक महान् व्यक्ति को संसार में भेजकर दुनिया के नक्शे में स्वयं का नाम भी शामिल करवा सके। काउण्ट सिमज़िक ने यह दायित्व अपने ऊपर लिया कि वे एक साल तक वियना के एक विशेषज्ञ से ज़ेन्तोविक को इस खेल की सैद्धान्तिक शिक्षा दिलवा देंगे। डैन्यूब नदी के मांझी-पुत्र के आश्चर्यजनक भावी जीवन का उस दिन श्रीगणेश हुआ।

शतरंज-कला की समस्त गुप्त चालों पर पूर्ण अधिकार प्राप्त करने में मिर्को को छ: महीने से अधिक नहीं लगे, हालांकि उसके साथ एक सीमा थी, जो बाद में खिलाड़ियों के सामने स्पष्ट हुई और जिसके कारण बहुत-से लोग उसका मज़ाक भी उड़ाते थे, वह कभी एक भी बाज़ी स्मरणशक्ति के बल पर नहीं खेल सकता था, यानी यह आवश्यक था कि सफ़ेद और काले घरों वाली और बत्तीस मोहरों वाली शतरंज की बिसात प्रत्यक्ष उसकी आंखों के सामने रहनी चाहिए, यहां तक कि अन्तर्राष्ट्रीय ख्याति प्राप्त करने के बाद भी वह शतरंज का जेबी संस्करण सदैव अपने साथ इसलिए रखता था कि अभ्यास करने के लिए या किसी समस्या को सुलझाने के लिए बिसात और मोहरे साक्षात उसकी आंखों के सामने रहें। यह खामी अपने आप में कोई वैसी अहमियत नहीं रखती थी, लेकिन इससे खिलाड़ी में कल्पनाशक्ति के नितान्त अभाव का राज़ ज़रूर खुल जाता था और इस तरह शतरंज के शौकीनों को गरमागरम वाद-विवाद का मसाला मिल गया था।

जो हो, यह खामी या खासियत मिर्को की आश्चर्यजनक प्रगति में कोई बाधा नहीं बन सकी। कुल सत्रह वर्ष की आयु में ही उसके पास करीब दर्जन-भर पुरस्कार हो गए थे। अठारह वर्ष की आयु में उसने हंगरी के सर्वश्रेष्ठ खिलाड़ी पर विजय पा ली और अन्त में कुल बीस वर्ष की आयु में उसे विश्व-खिलाड़ी की पदवी मिल गई। विश्व के शतरंज के श्रेष्ठतम विशेषज्ञ, जो बुदि, कल्पना और अन्य मानसिक शक्तियों में उससे कहीं अधिक बढ़-चढ़े थे, उसकी ठंडी, जड़ तर्कशक्ति के सम्मुख एक के बाद एक मात खाते गए।

विश्व के आला दिमाग एक ऐसे स्थूल देहाती के सामने हारते जा रहे थे, जिसके मुंह से कुशलतम पत्रकार और संवाददाता भी एक शब्द तक निकलवाने में कामयाब नहीं हो पाते थे, जिससे कि उन्हें उसके संबंध में कोई समाचार या कहानी गढ़ने में कुछ तो सहायता मिल सके। समाचार-पत्रों को उसने भले ही अपने चिकने शब्दों से वंचित कर दिया हो, लोगों ने उसके व्यक्तित्व के सम्बन्ध में अनेक तरह के किस्से और अफवाहें गढ़-गढ़कर इस कमी की पूर्ति कर ली थी, क्योंकि ज़ेन्तोविक ज्योंही शतरंज की बिसात, जिस पर कि उसका अतुलनीय अधिकार था, के पास से उठता था, त्योंही वह बहुत बौना, करीब-करीब हास्यास्पद दिखाई देने लगता था। अपनी अति आधुनिक और फैशनेबल पोशाक के बावजूद वह अपने व्यवहार और रंग-ढंग में अभी तक वही संकीर्ण बुद्धि वाला भोंडा देहाती था, जो पादरी के रसोईघर को धोने-पोंछने का अभ्यस्त था।

पैसा कमाने के लिए वह अपनी सम्पूर्ण योग्यता और प्रसिद्धि का भरपूर उपयोग करता था। अक्सर ही वह लालच के वशीभूत होकर इस तरह की बेशर्मी और ओछेपन पर उतर आता था कि उसके धंधे के अन्य साथी उसका उपहास उड़ाते थे और कुछ तो नाराज़ भी हो उठते थे। वह गांव-गांव, कस्बे-कस्बे और नगर-नगर की यात्रा करता, सस्ते से सस्ते होटलों में ठहरता किसी भी ऐसे आलतू-फालतू क्लब की ओर से खेलना स्वीकार कर लेता, जो उसकी फीस देन को प्रस्तुत हो जाता।

एक साबुन-निर्माता को उसने अपने चित्रसहित विज्ञापन के अधिकार बेच दिए थे और अपने प्रतिद्वन्द्वियों की घृणा के बावजूद, इसलिए कि उन्हें ज्ञात था कि वह मुश्किल से अपना नाम-भर लिख सकता था, उसने 'शतरंज का दर्शन' नामक पुस्तक पर कुछ रुपयों के लिए, लेखक की जगह अपना नाम तक छपने की इजाज़त दे दी थी, जब कि दरअसल वह पुस्तक एक व्यावसायिक किस्म के दिमाग वाले प्रकाशक के लिए एक गरीब विद्यार्थी ने लिखी थी। जिस दिन उसे चैम्पियन घोषित किया गया, उसी दिन से अपनी हास्यास्पद रूपाकृति और भोंडे व्यवहार के बावजूद उसने स्वयं को संसार का सबसे अधिक महत्त्वपूर्ण व्यक्ति समझना शुरू कर दिया था और बड़े-बड़े वक्ताओं और लेखकों और गणितज्ञों और दार्शनिकों को हराने की चेतना ने उसकी हर बातचीत और व्यवहार को ठंडे और अशिष्ट अहं से भर दिया था।

धन और पद के लिए ज़ेन्तोविक की इन लालसापूर्ण बंचकानी हरकतों की रामकहानी सुनाने के बाद, अन्त में, मेरे मित्र ने कहा, "इतनी आकस्मिक और अप्रत्याशित प्रसिद्धि पाकर अगर इस तरह का गोबरगणेश फूल कर कुप्पा हो जाए, तो इसमें अनपेक्षित भी क्या है? लकड़ी के तख्ते पर रखे हुए कुछ मोहरों को महज़ इधर से उधर चल कर एक बीस वर्ष का छोकरा अगर सहसा एक सप्ताह में उससे अधिक कमाना शुरू कर दे, जितना कि उसका समूचा गांव वर्ष-भर तक गर्मी, सर्दी और बरसात की मार सह कर, पेड़ों को काटकर भी नहीं कमा सकता, तो ऐसी स्थिति में उस छोकरे का झूठे घमंड से फूल उठना स्वाभाविक ही कहा जाएगा। इसके अलावा, अगर किसी को इसका रत्ती-भर भी गुमान न हो कि शेक्सपीयर, या नैपोलियन या दान्ते, या बीथोविन, या रैम्ब्रेन्ट नाम के किसी व्यक्ति का भी कभी अस्तित्व रहा है, तो क्या उसके लिए स्वयं को महान् समझ लेना निहायत आसान नहीं होगा? उसके कूपमण्डूक दिमाग में केवल एक ही बात है, वह है इस बात का ज्ञान कि उसने महीनों से शतरंज की एक भी बाज़ी नहीं हारी। चूंकि उसे स्वप्न में भी इस बात का ज्ञान नहीं है कि दुनिया में शतरंज और धन के अलावा भी कुछ मूल्य और मान्यताएं हो सकती हैं, इसलिए उसका स्वयं को ही सब कुछ मान लेना निराधार नहीं कहा जा सकता।"

अपने मित्र के मुंह से यह सब सुनकर मेरी उत्सुकता चरम सीमा पर पहुंच गई। किसी एक विशेष बात की लत, या किसी एक विशेष गुण से विभूषित व्यक्तियों के प्रति मेरे मन में सदैव खास आकर्षण रहा है, क्योंकि व्यक्ति अपने लिए जितनी संकीर्ण सीमा निर्धारित कर लेता है, अपने लक्ष्य की प्राप्ति में उसे उतनी ही अधिक सफलता भी मिलती है। दुनिया से परे, अपनी लीक पर चलने वाले इस तरह के व्यक्ति अपना एक अलग और अजीब किस्म का छोटा-सा संसार बना लेते हैं। अपनी बारह दिन की रियो तक की जहाज़ी यात्रा में, लीक पर चलने वाले व्यक्तियों के प्रतिनिधि नमूने ज़ेन्तोविक को निकट से देखने और उसका अध्ययन करने के अपने निश्चय को मैंने तत्काल अपने मित्र पर प्रकट कर दिया।

"तुम्हें सफलता नहीं मिलने की," मेरे मित्र ने मुझे चेतावनी दी, "जहां तक मुझे पता है, आज तक कोई भी व्यक्ति ज़ेन्तोविक से इस तरह का कोई संकेत पाने में सफल नहीं हो सका है, जो उसके मनोविज्ञान को समझने में कुछ सहायक हो सके। अपनी समस्त सीमाओं और

मूर्खताओं के बावजूद इस ग्रामीण में इतनी समझ ज़रूर है कि यह अपनी पोल नहीं खुलने देता। इसकी कार्य-पद्धति नितांत सरल है। बहुत चालू किस्म की सरायों में अपने ही बौद्धिक स्तर के व्यक्तियों के अलावा यह कभी किसी से कोई बात नहीं करता। ज्योंही इसे किसी सुसंस्कृत व्यक्ति के निकट आने पर आभास होता है, त्योंही यह अपने चेहरे पर नकाब डाल लेता है। यही कारण है कि आज तक कोई भी व्यक्ति इस बात का दावा नहीं कर सका है कि उसने ज़ेन्तोविक को कोई मूर्खतापूर्ण बात कहते सुना है, या उसकी अज्ञानता की अन्तहीन गहराइयों को नापने में कामयाब हुआ है।"

और सचमुच मेरे मित्र का कहना सही था। यात्रा के कुछ प्रारंभिक दिनों में तो ज़ेन्तोविक के निकट पहुंचना नितांत असम्भव ही साबित हुआ, बशर्ते कि मैं अशिष्टता का रास्ता अपनाता, जो कि निश्चय ही मेरा स्वभाव नहीं रहा। वह कभी-कभी जहाज़ के सैर करने के डेक पर दिखाई ज़रूर दे सकता था, लेकिन ऐसे अवसरों पर सदैव उसके दोनों हाथ नैपोलियन की परिचित मुद्रा में पीठ के पीछे की ओर रहते थे और वह निहायत आत्मकेन्द्रित, चिन्तनशील व्यक्ति का बाना धारण किए रहता था तथा इतने फुर्तीले और लंबे-लंबे कदमों से चलता था कि उससे बात करने के लिए उसके पीछे-पीछे दुलकी चाल से दौड़ना आवश्यक था। शराबघर, सिगरेट पीने के कमरे अथवा आमोद-प्रमोद के अन्य स्थानों पर वह कभी नज़र नहीं आता था। जहाज़ के एक परिचारक से गोपनीय पूछताछ करने पर पता लगा कि दिन का अधिकांश समय वह अपने कमरे में शतरंज की एक बड़ी बिसात के सामने बैठा नई चालों की उधेड़बुन में व्यतीत किया करता है।

तीन दिन की निष्फल कोशिशों के बाद मुझे यह सोचकर बहुत गुस्सा आया कि उसके निकट पहुंचने की मेरी इच्छा की अपेक्षा उसके बचाव की युक्तियां अधिक कारगर थीं। इसके पूर्व शतरंज के किसी महान खिलाड़ी को व्यक्तिगत रूप से जानने का मुझे कभी अवसर नहीं मिला था और अब पहली बार इस तरह का एक विचित्र प्रतिभावान (या कहूं, उलझन में डाल देनेवाला बेवकूफ!) मेरे इतना नजदीक था, केवल छः कमरों की दूरी पर और मैं मानसिक समस्याओं के प्रति जिसकी उत्सुकता एक किस्म की झक का रूप धारण कर लेती थी, इतना अभागा था कि अपने उद्देश्य में किसी तरह कामयाब नहीं हो पा रहा था। मैंने कई तरह के बेहूदा रास्ते सोच डाले। किसी महत्त्वपूर्ण अखबार में छपवाने का लोभ दिखाकर उसका इण्टरव्यू लूं और इस तरह उसके अहं को संतुष्ट करूं अथवा स्काटलैण्ड के लाभप्रद दौरे का मोह दिखाकर उसके लालची स्वभाव को तुष्ट करूं? आखिरकार मुझे एक सही रास्ता सूझ ही गया। यह कि जिस तरह शिकारी लोग अपने शिकार को जाल में फंसाने के लिए उसकी साथिन की आवाज को नकल करते हैं, उसी तरह शतरंज के खिलाड़ी को नज़दीक बुलाने के लिए मुझे शतरंज खेलने का ढोंग करना पड़ेगा।

प्रेम की तरह, शतरंज भी कभी अकेले नहीं खेली जा सकती। उस समय तक मुझे इस बात का ज्ञान नहीं था कि जहाज़ पर शतरंज के कुछ अन्य शौकीन थे या नहीं। उन्हें उनकी मांदों से

बाहर निकालने के लिए मैंने सिगरेट पीने के कमरे में अपना जाल फैलाया, यानी मैंने वहां शतरंज की बिसात बिछाई और अपनी पत्नी के साथ (जो शतरंज की कला में मुझसे भी कमज़ोर है) आसन जमा दिया। सचमुच अभी हमने पूरी छः चालें भी नहीं चली थीं कि बगल से गुज़रने वाला एक व्यक्ति रुककर देखने लगा, दूसरे ने देखने की इजाज़त मांगी और अभी अधिक समय नहीं बीता था कि हमारा इच्छित व्यक्ति भी आ पहुंचा। उसको नाम मैकआइवर था, वह नींव डालने वाला एक स्कॉट इंजीनियर था और जैसा कि मुझे पता लगा, उसने कैलीफोर्निया के तेल के कुओं से काफी धन कमाया था। वह चौड़े जबड़ों और मजबूत दांतों का एक भारी-भरकम नमूना था। उसके चेहरे की ललाई से स्पष्ट था कि वह व्हिस्की का बेहद शौकीन था। उसके कंधे बहुत कुछ पहलवानों से चौड़े थे, जो खेल के दरमियान बराबर सबका ध्यान अपनी ओर खींच लेते थे।

इसका असर मन पर सुखद नहीं पड़ रहा था, क्योंकि मैकआइवर ऐसे अहंवादी और सफलता के उपासकों का प्रतीक था, जो किसी भी तरह की पराजय को अपने आत्मसम्मान पर गहरी चोट समझते हैं। हर संभव उपाय द्वारा निर्ममता से अपने उद्देश्य की सिद्धि और भौतिक सफलता के कारण बिगड़े हुए उस स्वनिर्मित व्यक्ति को अपनी उच्चता की भावना ने इस बुरी तरह ग्रस्त कर रखा था कि किसी भी प्रकार का विरोध उसे अवांछनीय, बल्कि अपमानजनक लगता था। पहली बाज़ी हारने पर उसने विस्तार से और अधिकारी लहजे में समझाना शुरू किया कि क्षण-भर के लिए उसका ध्यान उचट नहीं गया होता, तो वह बाज़ी कभी नहीं हारता। दूसरी बाज़ी हारने पर उसने अपनी असफलता का कारण बगल के कमरे में होने वाले शोर को बताया और कोई भी बाज़ी हारने पर तत्काल प्रतिशोध लेने की घोषणा किए बिना वह नहीं रहता था। प्रारम्भ में तो उसकी हरकतों से मैं महज़ अपना मनोरंजन करता रहा, लेकिन ज्यों-ज्यों समय बीतता गया, त्यों-त्यों मुझे इस बात का पक्का विश्वास होता गया कि मेरे वास्तविक उद्देश्य की पूर्ति में, यानी ज़ेन्तोविक को हमारी टेबल की ओर आकर्षित करने में, वही मेरा सबसे बड़ा सहायक सिद्ध होगा।

तीसरे दिन बात बनती दिखाई दी, लेकिन पूरी तरह बनी नहीं। हो सकता है, ज़ेन्तोविक ने डेक की खिड़की से हमें शतरंज की बिसात पर बैठे देखा हो, या संभव है, उस समय वह संयोग से ही धूम्रपान के कमरे को कृतार्थ करने आ पहुंचा हो। जो हो, उसने ज्योंही हम लोगों को अपने धंधे के हथियारों से यूं खिलवाड़ करते देखा, तो अनजाने में ही हम लोगों के कुछ निकट चला आया, हालांकि तब भी वह जान-बूझकर रहा हमसे कुछ दूर ही। उसने एक खोजती-सी दृष्टि बिसात की ओर डाली। मैकआइवर की चाल थी। यह एक ही चाल ज़ेन्तोविक को बताने के लिए काफ़ी थी कि हमारे बचकाना खेल में उस जैसे विशेषज्ञ की रुचि के लायक कुछ नहीं था। चेहरे पर अवहेलना की भावना लाकर वह मुड़ा और कमरे से बाहर चला गया। उसकी इस ठंडी और अवज्ञापूर्ण दृष्टि से मुझे कुछ चोट-सी लगी। मैकआइवर को उकसाने के लिए मैंने कहा, "लगता है, आपकी चाल ने मान्य खिलाड़ी को प्रभावित नहीं किया।"

"कौन खिलाड़ी?"

मैंने बताया कि हमारे खेल की ओर असहमतिसूचक दृष्टि डालकर अभी-अभी जो व्यक्ति गया है, वह ज़ेन्तोविक था, शतरंज का अन्तर्राष्ट्रीय ख्यातिप्राप्त खिलाड़ी। मैंने आगे कहा कि उसकी घृणापूर्ण दृष्टि का हमें कुछ खास बुरा नहीं मानना चाहिए, क्योंकि आखिर असमर्थ कर भी क्या सकते हैं। यूं ही कहे गए अपने इन शब्दों का अप्रत्याशित असर हुआ देखकर मुझे बेहद आश्चर्य हुआ। वह तत्काल उत्तेजित हो उठा, बिछी हुई अधूरी बाज़ी को भूल गया और उसकी महत्त्वाकांक्षा को मानो पर लग गए। उसे बिल्कुल पता नहीं था कि ज़ेन्तोविक उसी जहाज़ पर सफर कर रहा था। उसने कहा कि ज़ेन्तोविक को उसके साथ एक बाज़ी खेलनी ही होगी और पूछा कि क्या ज़ेन्तोविक से मेरा परिचय था!

"नहीं।" मैंने कहा।

उसने फिर पूछा कि क्या मैं उसे हमारे साथ शतरंज खेलने के लिए आमंत्रित कर सकूंगा। मैंने इस आधार पर अस्वीकार कर दिया कि नये संपर्क बनाने-बढ़ाने के प्रति ज़ेन्तोविक की बेरुखी का मुझे पता था। इसके अतिरिक्त एक विख्यात खिलाड़ी को तीसरे दर्जे के खिलाड़ियों के साथ खेलने में भला क्या आकर्षण हो सकता था?

मैकआइवर जैसे अहंवादी प्रवृत्ति के व्यक्ति को 'तीसरे दर्जे' विशेषण का प्रयोग कैसे सहन हो सकता था? कुछ चिढ़कर, उसने कुर्सी पर पीछे की ओर पीठ लगा ली और रुखाई से ऐलान किया कि जहां तक उसका ताल्लुक है, वह कभी इस बात का विश्वास नहीं कर सकता कि एक सज्जन की शिष्टतापूर्ण चुनौती को ज़ेन्तोविक अस्वीकार कर देगा। वह इसे दिखा भी देगा। ज़ेन्तोविक की बाह्याकृति का मुझसे संक्षिप्त विवरण सुनकर, वह आंधी की तेज़ी से बाहर निकल गया। हमारी अधूरी बाज़ी की उसने तनिक भी परवाह नहीं की। स्पष्ट था कि ज़ेन्तोविक को डेक पर ही पकड़ने के लिए वह बेहद आतुर था।

कुछ तनाव की स्थिति में मैं प्रतीक्षा करने लगा। करीब दस मिनट बीतने के बाद मैकआइवर लौटा। लगा कि बहुत अच्छे मूड में नहीं था।

"कहिए?" मैंने पूछा।

"तुम्हारा कहना ठीक था, उसने कुछ चिढ़ी हुई आवाज़ में कहा, "कोई खास मिलनसार सज्जन नहीं है। मैंने अपना परिचय दिया और बताया कि मैं कौन हूं। उसने मिलाने के लिए अपना हाथ तक आगे नहीं बढ़ाया। मैंने यह बताने की कोशिश की कि अगर वह हम लोगों के साथ शतरंज खेलना स्वीकार कर ले, तो हम सब यात्री बहुत सम्मानित और गर्वित महसूस करेंगे, लेकिन उस पर इसका कोई असर ही नहीं हुआ। उसने उत्तर दिया कि उसे दुःख है कि वह मेरा निमंत्रण स्वीकार नहीं कर सकता, क्योंकि अपने दलाल के साथ किए समझौते की शर्तों के अनुसार उस पर बंधन है कि अपने समूचे दौरे में वह बिना फीस के एक भी बाज़ी नहीं खेल सकेगा। उसकी न्यूनतम फीस प्रत्येक बाज़ी के लिए 250 गिन्नियां हैं।"

मैं हंस पड़ा, "तो आशा है, उसकी प्रतिष्ठा के अनुरूप शिष्टतापूर्वक आपने उससे विदा ले ली।"

मैकाआइवर अब भी पूर्णत: गम्भीर बना रहा, "कल दोपहर के तीन बजे खेल शुरू होगा। इसी धूम्रपान-कक्ष में। आशा है, बहुत आसानी से खत्म नहीं कर सकेगा हमें वह।"

"क्या? तो उसे 250 गिन्नियां देना आपने स्वीकार कर लिया?" मैं आश्चर्य से चीख-सा उठा।

"क्यों स्वीकार नहीं करता? यह उसका धंधा है। अगर मुझे दांत का दर्द हो जाता और जहाज़ पर दांतों का एक डाक्टर होता, तो मैं कभी उम्मीद नहीं करता कि वह बिना अपनी फीस लिए मेरा दांत उखाड़ देता। तुम्हारे श्री ज़ेन्तोविक की कृपा का भिखारी होने की अपेक्षा उसकी नकद फीस दे देना, मैं अधिक पसन्द करूंगा। वैसे भी बिना किसी विश्वविख्यात खिलाड़ी के साथ खेलने का अवसर पाए ही मैंने अपने क्लब की कई शामों की कीमत अढ़ाई-अढाई सौ गिन्नियां चुकाई हैं। एक ज़ेन्तोविक से मात खा जाना 'तीसरे दर्जे के एक खिलाड़ी के लिए असम्मानजनक तो नहीं ही कहा जाएगा।"

मुझे यह गौर करके बड़ा मज़ा आया कि 'तीसरे दर्जे' के प्रयोग द्वारा मैंने मैकआइवर के आत्मप्रेम को कितनी गहरी चोट पहुंचा दी थी। चूंकि फीस की रकम वही चुकाने वाला था, इसलिए भला मुझे साथ खेलने में क्या आपत्ति हो सकती थी, बल्कि मुझे तो खुशी ही हुई कि अपने विचित्र पंछी से परिचय प्राप्त करने का आखिरकार मुझे एक मौका तो मिला।

अगले दिन निश्चित समय पर हमारा समूचा दल इकट्ठा हो गया। ज़ेन्तोविक के सामने वाली बीच की सीट सर्वसम्मति से मैकआइवर को दी गई। उसके लगातार पिए जाने वाले सिगारों से और दीवाल-घड़ी की ओर बार-बार उठती आतुर निगाहों से उसके मन की भीतरी घबराहट व्यक्त हो रही थी। चैम्पियन ने पूरे दस मिनट तक हमसे प्रतीक्षा करवाई और इस तरह अपने प्रवेश की महत्ता को और अधिक बढ़ा दिया। वह बहुत सधे हुए और निश्चिन्त कदमों से हमारी टेबल की ओर आया। अभिवादन करने की उसने आवश्यकता नहीं समझी। 'तुम जानते हो कि मैं कौन हूं और तुम कौन हो इसके जानने की मुझे रत्ती-भर इच्छा नहीं है।' यह तात्पर्य मालूम देता था उसकी अशिष्टता का। आते ही उसने निहायत रुखे, व्यापाराना ढंग से खेल की शर्तें बतानी शुरू कर दीं। चूंकि जहाज़ पर हर व्यक्ति के अलग-अलग खेलने के लिए बहुत-सी शतरंजें नहीं थीं, इसलिए उसने प्रस्ताव रखा कि हम सब संयुक्त रूप से खेलें। अपनी हर चाल चलने के बाद वह कमरे के कोने में चला जाया करेगा, ताकि उसकी उपस्थिति से हम लोगों के विचार-विमर्श में बाधा न पहुंचे। जब हम अपनी ओर की चाल चल लेंगे, तो हम चम्मच से कांच के गिलास पर चोट मारकर आवाज़ करेंगे, क्योंकि टेबल-घंटी जहाज़ पर उपलब्ध नहीं थी। उसने प्रस्ताव रखा कि अगर हमें आपत्ति न हो तो हर चाल के लिए लिया जाने वाला समय दस मिनट से अधिक न हो।

भीरू छात्रों की तरह हमने उसके हर सुझाव को बिना अपनी ओर से एक भी प्रश्न पूछे स्वीकार कर लिया। ज़ेन्तोविक ने काले मोहरे चुने। खड़े-खड़े ही उसने अपनी प्रतिचाल चली। तब तत्काल अपने निश्चित प्रतीक्षा-स्थल की ओर जाने के लिए मुड़ गया, जहां वह आराम से टांगे फैलाकर बैठ गया और लापरवाही से एक सचित्र पत्रिका के पन्ने पलटने लगा।

खेल की विस्तृत रिपोर्ट देने में कोई तुक नहीं। इसका अन्त, जो कि होना ही था, हमारी पूर्ण पराजय में हुआ और वह भी चौबीस चालों के भीतर ही। अगर अन्तर्राष्ट्रीय ख्याति के एक खिलाड़ी ने हमारे जैसे सामान्य स्तर के आधा दर्जन खिलाड़ियों को अपने बायें हाथ से भी पराजित कर दिया, तो इसमें आश्चर्य की कोई बात नहीं थी, लेकिन वस्तुत: जिस बात से हमें कोफ्त हुई, वह ज़ेन्तोविक का अभद्रतापूर्ण व्यवहार था, जिसके द्वारा वह हमें स्पष्ट रूप से जतला देना चाहता था कि उसने अपने बायें हाथ से ही हमें मात दी है। हर बार अपनी बारी आने पर वह एक उड़ती-सी, स्पष्टत: लापरवाह दृष्टि शतरंज की बिसात पर डालता और फिर उसी लापरवाह दृष्टि से हमारी ओर देखता, मानो हम सब भी काठ के बने हुए मृत मोहरे हों। मेरे दृष्टिकोण के अनुसार, अगर उसमें ज़रा भी सहृदयता होती तो उसे चाहिए था कि हमें हमारी भूलें बताता, या एकाध दोस्ताना शब्द कहकर हमारी पराजयजनित खिन्नता को दूर करने की कोशिश करता। यहां तक कि खेल के अन्त में भी शतरंज के इस अर्ध-मानवीय यंत्र ने एक शब्द तक नहीं कहा, बल्कि 'मात' कहने के बाद टेबल के पास स्थिर खड़ा रहा, महज़ यह जानने की प्रतीक्षा में कि हम दूसरी बाज़ी खेलना चाहते हैं या नहीं। अपने भाव द्वारा यह जतलाने के लिए कि इस तरह के अशिष्ट व्यक्ति के साथ इतना ही परिचय पर्याप्त है, मैं अपनी कुर्सी से आधा उठ भी चुका था कि तभी बगल में बैठे हुए मैकआइवर ने भारी खुरदरी आवाज़ में कहा, "प्रतिशोध!"

चुनौती के लहजे ने मुझे चौंका दिया। मैकआइवर उस क्षण किसी शिष्ट सभ्य व्यक्ति की अपेक्षा एक ऐसा मुक्केबाज-सा लग रहा था, जो मानो वार करने के लिए अपनी मुट्ठियां उठाने ही वाला हो। उसका मुख केशों तक लाल हो उठा था और भीतर के दबाव के कारण उसके नासा-पुट कांप रहे थे, उसकी सांस तेज़ चल रही थी। मैं तत्काल जान गया कि यह पगला, चाहे इसे अपनी समस्त पूंजी ही क्यों न दांव पर लगानी पड़े, ज़ेन्तोविक से शतरंज खेलेगा, और खेलेगा और खेलेगा और उस समय तक खेलता जाएगा, जब तक कि वह कम से कम एक बाज़ी न जीत ले। अगर ज़ेन्तोविक टिका रहा, तो मैकआइवर उसके लिए एक ऐसी सोने की मुर्गी साबित होगा, जो ब्यूनसआयर्स पहुंचने तक उसे अच्छी-खासी कई हज़ार गिन्नियां उगल देगा।

ज़ेन्तोविक उसी तरह अनुतेजित रहा, "जैसा आप चाहें," उसने शिष्टता से उत्तर दिया, "इस बार आप लोग काले मोहरे लेंगे।"

दूसरी बाज़ी में भी कोई खास अन्तर नहीं था, सिवाय इसके कि हमारा दल कुछ और बड़ा हो गया था, क्योंकि कुछ और दर्शक इकट्ठे हो गए थे। मैकआइवर शतरंज की ओर इस तरह एकटक ताक रहा था, मानो शतरंज के मोहरों पर वशीकरण करके उन्हें जीतना चाहता हो। मुझे लगा कि अपने विरोधी को महज़ एक बार 'शह' कहने के लिए वह उस समय खुशी से हज़ार गिन्नियां तक खर्च कर डालता।

आश्चर्य की बात है कि उसकी इस आकस्मिक उत्तेजना का कुछ अंश हम सबके भीतर भी अनजान रूप से प्रवेश कर गया था। हर चाल पर अब पहले की अपेक्षा अधिक जोरों से बहस

की जाती, ज़ेन्तोविक को टेबल के पास बुलाने का संकेत करने के पूर्व हम लोग आख़िरी क्षण तक विचार-विमर्श करते। हम सत्रहवीं चाल तक आ पहुंचे थे और हमें यह देखकर आश्चर्य हुआ कि उस समय स्थिति कुछ-कुछ हमारे पक्ष में थी। हम लोग पियादे को अन्तिम से एक घर पूर्व तक ले जाने में सफल हो गए थे। दूसरी बेगम बनाने के लिए उसे केवल एक घर आगे सी 1 तक चलना था, लेकिन सचाई यह है कि इस तरह के स्पष्ट सुअवसर के मिलने की संभावना से हम मन ही मन बहुत निश्चिन्त महसूस नहीं कर रहे थे। हमारा शक था कि जो सुअवसर हमें ज़ेन्तोविक से लड़कर प्राप्त किया हुआ लगता है, वह कहीं उसके द्वारा हमें फंसाने के लिए जान-बूझकर फेंका गया चारा न हो, क्योंकि अपनी दूरदर्शिता के कारण वह आगे की कई चालों के विषय में पहले ही सोच लेता होगा।

आखिरकार जब निर्धारित दस मिनट समाप्त होने को आ गए, तो हमने इस चाल का खतरा उठाने का ही निर्णय किया। पियादे को अन्तिम घर में चलने के लिए मैकआइवर की अंगुलियां अभी तक उसके ऊपर ही टिकी हुई थीं कि उसे लगा उसकी बांह किसी ने कसकर पकड़ ली है और साथ ही हम सबने एक धीमी और उत्तेजित आवाज़, फुसफुसाहट-सी सुनी, "भगवान के लिए, ऐसा न करें!"

अनायास ही हमने मुड़कर देखा, उस चालीस-पैंतालिस वर्ष के व्यक्ति को मैंने पहचान लिया। पिछले कुछ ही मिनट पहले जब हम पियादे की चाल की समस्या में उलझे हुए थे, वह आकर हमारे दल में शामिल हुआ था। मैंने पहचान लिया कि दुबला-पतला और तीखे नाक-नक्श वाला यह व्यक्ति वही है, जिसने अपने सामान्य, बहुत कुछ चाक की सफेदी लिए हुए पीलेपन के कारण डेक की सैर के समय भी कई बार मेरा ध्यान खींचा था। हमारी टकटकी के प्रति सचेत होकर उसने जल्दी-जल्दी कहना जारी रखा, "अगर आप बेगम बनाएंगे, तो वह तत्काल बड़े पादरी से आक्रमण करेगा, तो आप उसे अपने वज़ीर से मार देंगे। इस बीच वह अपना पियादा डी 7 के घर में चल देगा, तो आपके हाथी को खतरा पैदा हो जाएगा और अगर आप अपने वज़ीर की सहायता से अपना बचाव करेंगे, तब भी बच नहीं सकेंगे और अगली नौ-दस चालों में ही आप मात खाएंगे। दरअसल यह चालों का वही योग है, जो सन् 1922 में पिस्तानी के 'चैम्पियनशिप टूर्नामैंट' में बोगुलज़ोबोव के साथ खेलते समय एलेखिन ने ईजाद किया था।"

आश्चर्यचकित मैकआइवर ने पियादे के ऊपर से अपनी अंगुलियां हटा लीं और हम सबकी तरह हैरतअंगेज़ निगाहों से उस व्यक्ति की तरफ देखने लगा, जो एक रक्षक देवदूत की तरह मानो स्वर्ग से हमारे मध्य उतर आया था। जो व्यक्ति नौ चालें पूर्व ही मात का हिसाब लगा सकता है, वह ज़रूर एक प्रथम श्रेणी का विशेषज्ञ होगा, इसलिए हमारे बीच उसकी अकस्मात उपस्थिति, खास संकट के समय ही खेल के बीच में उसका आविर्भाव हमें दैवी वरदान-सा लगा।

मैकआइवर ने ही सबसे पहले स्वयं को व्यवस्थित किया, "तो आप क्या सलाह देते हैं?" उसने दबी आवाज़ में पूछा।

"अभी उसे आगे मत बढ़ाइए। बचाव की नीति अपनाइए। सर्वप्रथम बादशाह को जी 8 वाले खतरे के घर से निकालकर एच 7 के घर में ले आइए। तब संभवतया वह अपना आक्रमण दूसरे किनारे की ओर बदल देगा। तब आप हाथी को सी 8 से सी 4 के घर में लाकर अपना बचाव कर लें। दो चालें और; और वह न केवल अपना पियादा खो देगा, वरन् अपनी उच्चता की भावना से भी हाथ धो बैठेगा। इसी तरह अगर आप अपना बचाव ठीक प्रकार से करते रह सके, तो आप इसे बाज़ी को अनिर्णीत कर सकेंगे। प्रस्तुत बाज़ी में तो आप अधिक से अधिक इतना ही कर सकते हैं।"

आश्चर्य से हमारे मुंह खुले के खुले रह गए। उसकी गणना के न केवल सहीपन वरन फुर्तीलेपन को देखकर हम लोग चकरा गए थे। लगता था, मानो वह इन चालों को किसी छपे हुए पृष्ठ से पढ़ रहा था। हम सब एक ओर सरक गए, ताकि शतरंज को देखने में उसे बाधा न पहुंचे।

मैकआइवर ने पुन: पूछा, "तो बादशाह को एच 7 के घर में?"

"ज़रूर। मुख्य बात है अपना बचाव।"

मैकआइवर ने वही किया और हमने गिलास पर चोट की। ज़ेन्तोविक अपने उन्हीं अभ्यस्त नपे-तुले कदमों से आया, उसने शतरंज पर एक उड़ती-सी दृष्टि डाली और हमारी प्रतिचाल का जायज़ा लिया। तब उसने हमारे बादशाह की ओर के अपने पियादे को एच 2 से एच 4 के घर में चला। ठीक वही चाल जिसके बारे में हमारे अपरिचित सहायक ने भविष्यवाणी की थी।

अभी ज़ेन्तोविक जाने के लिए मुड़ा ही था कि हमारे सहायक ने उत्तेजित आवाज़ में बोलना शुरू कर दिया, "हाथी को बढ़ाओ, हाथी को सी 4 के घर में चलो। तब उसे सबसे पहले अपने पियादे की चिन्ता करनी पड़ेगी, लेकिन उसके लिए बचाव का कोई रास्ता नहीं रहेगा। उसके पियादों की चिन्ता आप न करें और वज़ीर से हमला करें, उसे सी 3 से डी 5 के घर में चलें और तब सन्तुलन पुन: स्थापित हो जाएगा। अब बचाव की अपेक्षा आक्रमण वाली नीति अपनाइए।"

हमारे कुछ पल्ले नहीं पड़ा कि उसको मतलब क्या था, लेकिन मैकआइवर एक बार उसके जादुई प्रभाव में आ चुका था, इसलिए उसने तुरन्त उसके निर्देशानुसार चाल चल दी। ज़ेन्तोविक को बुलाने के लिए हमने पुनः गिलास पर चोट की। यह पहला अवसर था कि ज़ेन्तोविक ने तत्काल निर्णय नहीं लिया, बल्कि बिसात की ओर टकटकी लगाकर देखता रहा। अनायास ही उसकी भवें सिकुड़ गई। तब उसने वही चाल चली, जिसके बारे में हमारे अजनबी बंधु ने हमें पहले से ही बता दिया था और जाने के लिए मुड़ा, लेकिन इसके पूर्व कि उसके कदम उठते, एक विचित्र और अप्रत्याशित बात हुई। ज़ेन्तोविक ने अपनी नज़रें उठाई और हमारी ओर गौर से देखा। स्पष्ट था कि वह उस व्यक्ति को जानना चाहता था, जो हमारी ओर से इस तरह को तगड़ा विरोध कर रहा था।

इस क्षण से हमारी उत्तेजना बेहद बढ़ गई। अब तक हम लोग बिना किसी आशा के खेल रहे थे, लेकिन अब ज़ेन्तोविक की ठण्डी अवहेलना को चूर करने के विचार से हम में से हरएक की नाड़ी की गति तेज़ हो गई थी। बिना जरा भी समय नष्ट किए हमारे नये मित्र ने अगली चाल का निर्देश कर दिया और हम लोग ज़ेन्तोविक को बुलाने के लिए तैयार हो गए। गिलास पर चम्मच से चोट करते समय मेरी अंगुलियां कांप उठीं और अब पहली बार हमने अपनी प्रथम विजय के दर्शन किए। ज़ेन्तोविक, जिसने अब तक अपना कार्य खड़े-खड़े ही पूरा किया था, इस बार कुछ देर तो दुविधा में खड़ा रहा, झिझकता रहा और आखिरकार बैठ ही गया। अन्ततः हमने उसे समानता के स्तर पर आने के लिए मजबूर कर दिया था। उसने काफ़ी देर तक विचार किया, उसकी आंखें एकटक शतरंज पर जमी रहीं, कुछ इस तरह की उसकी भारी पलकों के नीचे आंखों की पुतलियां मुश्किल से ही दिखाई दे पाती थीं। भीतर के दबाव के कारण धीरे-धीरे उसका मुंह खुलता चला गया, जिसके कारण वह कुछ-कुछ बेवकूफ-सा दिखाई दे रहा था। इसी स्थिति में ज़ेन्तोविक कुछ मिनटों तक गौर करता रहा, तब उसने चाल चली और उठ खड़ा हुआ।

तत्काल हमारे मित्र ने फुसफुसाती-सी आवाज़ में कहा, "बहुत सुन्दर और विचारशील! लेकिन चिन्ता मत करिए। उसे परिवर्तन के लिए मज़बूर करिए, उसे परिवर्तन करना ही होगा और तब हम इस बाज़ी को अनिर्णीत करवा लेंगे। साक्षात भगवान भी उसकी सहायता नहीं कर सकेंगे।"

मैकआइवर ने वही किया, जो उससे कहा गया था। इसके बाद दोनों खिलाड़ियों के बीच चलने वाली चालों और प्रतिचालों को हम लोग मूक दर्शकों की तरह देखते रहे। करीब सात चालों के बाद ज़ेन्तोविक ने अपनी निगाहें ऊपर उठाईं और कुछ देर की खामोशी के बाद कहा, "अनिर्णीत।"

क्षण-भर तक गहरी खामोशी छाई रही। तब अचानक हमें बाहर लहरों के शोर का और बगल के ड्राइंगरूम में बजते रेडियो की आवाज़ों का भान हुआ। यह एकदम अकस्मात हो गया था और इस आकस्मिक असंभव घटना ने हम लोगों को बहुत कुछ डरा-सा दिया। एक अजनबी ने आधी हारी हुई बाज़ी के बीच में शुरू करके भी विश्व प्रसिद्ध खिलाड़ी को अपनी इच्छा मानने के लिए मजबूर कर दिया था। मैकआइवर ने आराम से अपनी पीठ पीछे टिकाई, उसके मुंह से एक आनंद-भरा 'ओह' निकला और अब तक की उसकी दबी हुई सांस की आवाज़ अब पहली बार सुनाई देने लगी। मैंने अपनी आंखें दुबारा ज़ेन्तोविक की ओर उठाई। मैंने इसके पूर्व ही गौर कर लिया था कि अन्तिम वाली चालों के समय वह कुछ पीला पड़ चला था, लेकिन अपना चेहरा बचाना वह जानता था।

उसने दृढ़ हाथ से शतरंज के मोहरों को एक ओर हटाया और अपनी बाह्य अनुत्तेजना को कायम रखते हुए, प्रत्यक्षतः लापरवाह लहजे में पूछा, "सज्जनों! क्या आप लोग तीसरी बाज़ी खेलना चाहेंगे?"

प्रश्न महज़ व्यावसायिक था। गौर करने की बात केवल यह थी कि उसने यह प्रश्न मैकआइवर की ओर देखकर नहीं, बल्कि हमारे रक्षक की आंखों में सीधे देखते हुए पूछा था। निश्चय ही उसने जान लिया था कि उसका असली, बल्कि एकमात्र विरोधी कौन था। अनायास हमारी निगाहें भी उसकी दृष्टि का पीछा करती हुई हमारे अपरिचित सज्जन की ओर उठ गईं, लेकिन इसके पूर्व कि हमारा अपरिचित बंधु स्वयं को व्यवस्थित करके कोई उत्तर देता, मैकआइवर ने उत्तेजना और विजयोल्लास के वशीभूत हो ज़ोर से उसे कहा, "निश्चय ही, इसमें क्या शक है! लेकिन इस बार आपको अकेले ही उसके साथ खेलना है। आप और श्री ज़ेन्तोविक।"

इसके बाद जो कुछ घटा वह नितान्त असाधारण था। अजनबी, जो चेहरे पर विचित्र भाव लिए अभी तक शतरंज की खाली बिसात की ओर ही घूरे जा रहा था, यह सुनकर और सबकी निगाहें अपनी ओर उठी हुई देखकर, कुछ घबरा-सा गया।

"बिलकुल नहीं, सज्जनों!" उसने रुक-रुककर और स्पष्टत: बहुत घबराकर कहा, "इसका प्रश्न ही नहीं उठता। मुझे तो आप लोग छोड़ ही दें। बीस, नहीं, पचीस वर्ष हो गए मुझे शतरंज की बिसात के सामने बैठे, और···और मुझे अब अपनी अशिष्टता का भान हो रहा है कि मैं बिना आपकी इजाज़त लिए ही खेल के बीच में कूद पड़ा था···मेरी इस दखलअन्दाज़ी के लिए कृपया मुझे क्षमा करें। अब और अधिक दखल नहीं देना चाहता।" और इसके पूर्व कि हम अपने आश्चर्य पर काबू पाते, वह बाहर जा चुका था।

"पर यह नितान्त असंभव है!" टेबल को जोर से पीटते हुए उत्तेजित मैकआइवर अचानक चिल्ला उठा, "असम्भव है कि पिछले पचीस वर्षों से इस आदमी ने एक बार भी शतरंज नहीं खेली! क्या यह सच नहीं है कि उसने हर चाल, हर प्रतिचाल को पांच-छ: चालों पूर्व ही जान लिया था। असम्भव! क्या मैं झूठ कहता हूं?"

यह अन्तिम प्रश्न करते समय मैकआइवर अनायास ही ज़ेन्तोविक की ओर मुड़ गया, लेकिन चैम्पियन ने अपनी रुखाई और ठण्डेपन को उसी तरह बनाए रखा।

"इस बारे में राय देना मेरा काम नहीं। जो हो, इस आदमी के खेल में कुछ विचित्रता और रोचकता तो थी ही, यही कारण है कि मैंने जान-बूझकर उसे एक मौका दे दिया था।"

कहकर वह उठा और अपने उसी अलगाव-भरे लहजे में आगे बोला, "अगर वह या आप सज्जनो में से कोई कल खेलना चाहें, तो मैं तीन बजे के बाद से सेवा के लिए प्रस्तुत हूं।"

हम अपनी मुस्कान को दबा नहीं सके। हममें से हरएक इस बात को अच्छी तरह से जानता था कि अपने अनाम प्रतिद्वन्द्वी को किसी उदारता के वशीभूत होकर ज़ेन्तोविक ने यह अवसर नहीं दिया था और उसका यह कथन अपनी विफलताजनित निराशा को छिपाने का एक बचकाना प्रयास ही था। हम लोगों ने इसका निश्चय कर लिया कि हर संभव तरीके से अपने अनजान रक्षक को राजी करेंगे कि वह कल पुन: एक बाज़ी ज़ेन्तोविक से खेले। बिल अदा करने का ज़िम्मा मैकआइवर ने अपने ऊपर ले लिया। इस बीच बैरे से यह जानकारी प्राप्त होने पर

कि हमारा अनजान मित्र आस्ट्रियन था, उसका देशवासी होने के नाते, उस तक हमारा यह अनुरोध पहुंचाने का दायित्व मेरे ऊपर छोड़ा गया।

जल्दी ही मैंने खोज निकाला कि हमारा बन्धु डेक की एक आराम-कुर्सी पर अधलेटा-सा किताब पढ़ रहा था। उसकी ओर बढ़ते समय मैंने उसे गौर से देखा। उसके चेहरे पर थकान के आसार थे। उसके अपेक्षाकृत युवा चेहरे के असाधारण पीलेपन और कनपटी के चमकीले सफ़ेद बालों पर पुनः मेरा ध्यान गया। पता नहीं क्यों मुझे लगा कि यह आदमी असमय ही सहसा वृद्ध हो गया है। मैं अभी उसके सामने पहुंचा ही था कि वह तत्काल शिष्टता से खड़ा हो गया और उसने स्वयं का परिचय दिया। मैं जानता था कि उसका नाम प्राचीन आस्ट्रिया के एक बहुत ही सम्मानित खानदान से सम्बन्धित था।

जब मैंने उसे बताया कि मैं उसके पास अपने दल का यह अनुरोध लेकर आया हूं कि उसे ज़ेन्तोविक के साथ एक बाज़ी और खेलनी ही होगी, तो स्पष्टतः उसके मुंह से कुछ देर तक आवाज़ नहीं निकल सकी। उसे अभी तक यह भी पता नहीं था कि अभी-अभी उसने संसार के सर्वश्रेष्ठ खिलाड़ी के विरुद्ध शतरंज खेली थी। वह बार-बार पूछता रहा कि क्या सचमुच उसका विरोधी एक अन्तर्राष्ट्रीय ख्यातिप्राप्त खिलाड़ी है। उसे इस बात का विश्वास ही नहीं हो रहा था। काफ़ी झिझक के बाद आखिरकार डॉ. बी ने एक बाज़ी और खेलने की बात मान ली, लेकिन इस शर्त पर कि मैं अपने साथियों को यह चेतावनी दे दूं कि वे उसकी योग्यता के सम्बन्ध में अधिक आशाएं न रखें।

"क्योंकि," उसने प्रच्छन्न मुस्कान के साथ आगे कहा, "आप विश्वास करें, मैंने महज़ विनम्रता के नाते ही यह नहीं कहा था कि अपने कॉलेज के दिनों के बाद से, यानी करीब बीस से भी अधिक वर्षों से मैंने शतरंज के मोहरों को छुआ तक नहीं है और उन दिनों भी मैं कोई ऐसा खास खिलाड़ी नहीं माना जाता था।"

बात इतनी सहजता के साथ कही गई थी कि इसकी सत्यता के बारे में शक करने की जरा भी गुंजाइश नहीं थी, फिर भी विभिन्न प्रसिद्ध खिलाड़ियों द्वारा समय-समय पर ईजाद की गई चालों को जितनी पूर्णता से उसने याद कर रखा था, उसके प्रति मैं आश्चर्य प्रकट किए बिना नहीं रह सका। कम से कम शतरंज के सैद्धान्तिक पक्ष के अध्ययन में तो उसने निश्चय ही बहुत समय लगाया होगा। अपने उसी स्वप्निल ढंग से डॉ. बी. पुन: मुस्कराया, "बहुत समय लगाया है। ईश्वर जानता है कि यह बहुत सच है कि मैंने शतरंज के अध्ययन में बहुत समय लगाया है, लेकिन यह नितान्त विशेष, कहना चाहिए विचित्र, परिस्थितियों में हुआ। कहानी ज़रा उलझी हुई है। क्या आप आधा घंटा समय निकाल सकते हैं··· ?"

उसने अपनी बगलवाली कुर्सी की ओर इशारा किया। मैंने प्रसन्नता से उसका निमंत्रण स्वीकार कर लिया। आसपास लोग न होने से डेक पर बहुत कुछ शान्ति थी। डॉ. बी ने अपना पढ़ने का चश्मा उतारा, एक ओर रखा और कहना शुरू

किया, "आपने मेहरबानी करके कहा है कि आपको वियना-वासी होने के नाते, मेरे खानदान का नाम याद है, लेकिन मुझे विश्वास है कि मेरे पिता और मैं जिस कानूनी दफ्तर को चलाते थे, उसके बारे में आपने नहीं सुना होगा, क्योंकि अखबारों में उल्लिखित होने वाले मुकदमे हम लेते नहीं थे और सिद्धान्ततः हम लोग नये ग्राहकों का लेना भी टाल देते थे। दरअसल हमने नियमित कानूनी पैरवी का धंधा छोड़ दिया था और केवल सलाह देने तथा मुख्यतः मठों और गिरजों ('पादरी दल' के उपप्रधान के नाते मेरे पिता कभी जिनके बहुत निकट सम्पर्क में रह चुके थे) की धन-सम्पत्ति की व्यवस्था के कार्यों में स्वयं को सीमित कर लिया था। इसके अलावा (आज के युग और आज की पीढ़ी के सामने राजतंत्र के बारे में खामोश रहने के लिए मैं विवश नहीं हूं।) शाल्ले परिवार के कुछ सदस्यों के धन को उद्योग-धंधों में लगाने का दायित्व भी हम पर सौंपा गया था। दरबार और गिरजे के साथ हमारे ये सम्पर्क, मेरे एक चाचा सम्राट के पारिवारिक चिकित्सक थे और दूसरे सेटेन्स्टेट्टेन में महन्त थे, दो पीढ़ियों से चले आ रहे थे। हमारे खानदान की पिछली दो पीढ़ियां इन दोनों क्षेत्रों में अपनी योग्यता और ईमानदारी के कारण पूर्ण विश्वास प्राप्त कर चुकी थी। मेरी पीढ़ी तक आते-आते हमारा कार्य उत्तराधिकार के रूप में प्राप्त इस विश्वास को आगे कायम रखना-भर था।

जब हिटलर ने जर्मनी में अपना प्रभुत्व स्थापित कर लिया और गिरजों तथा मठों की सम्पत्ति पर कब्ज़ा करना शुरू कर दिया, तो कम से कम चल-सम्पत्ति को हिटलर के पंजे से बचाने के लिए आस्ट्रिया की सीमा-पार के कुछ व्यापारियों और शाही परिवार के कुछ सदस्यों के बीच गुप्त रूप से सौदे और लेन-देन की बातें हमारे माध्यम से ही तय हुई, लेकिन उनके बारे में जितना मुझे और मेरे चाचा को ज्ञान था, उसकी कल्पना भी साधारण जनता का कोई व्यक्ति नहीं कर सकता था। हमने अपने दरवाज़े पर बोर्ड तक नहीं लगा रखा था और शाही खानदान के किसी भी व्यक्ति के साथ हम दोनों प्रत्यक्ष में कोई सम्पर्क नहीं रखते थे। इस कारण सरकारी जांच-पड़ताल से हम बराबर बचे रहे। दरअसल आस्ट्रिया के किसी भी सरकारी अफसर ने कभी यह संदेह नहीं किया कि उन कई वर्षों के दरमियान शाही परिवार के गुप्त दूतों द्वारा समस्त महत्त्वपूर्ण पत्र-व्यवहार हमारे ही सामान्य-से दिखाई देने वाले चौथी मंजिल के कार्यालय के भीतर से किया गया था।"

"हुआ यह था कि राष्ट्रीय समाजवादियों ने वर्षों पूर्व से शोषितों और दलितों की एक ऐसी गुप्त सेना बना रखी थी, जिसके गुरगों ने हर कार्यालय और हर व्यापारिक प्रतिष्ठान में अपने भेदिये रख छोड़े थे, जहां से उनको भेद की समस्त खबरें मिल जाया करती थीं। उनका आदमी (शोक! मुझे इसका ज्ञान बहुत देर से हुआ) हमारे तुच्छ दफ्तर में भी उपस्थित था। सच है कि वह एक बहुत गरीब और साधारण बौद्धिक स्तर को क्लर्क था, जिसे मैंने एक पादरी की सिफारिश पर महज़ इसलिए रख लिया था कि हमारे दफ्तर को एक सक्रिय कार्यालय का रूप दिया जा सके। उससे जो कार्य हम लेते थे, वह महज़ निरुद्देश्य कार्यों पर जाना, फोन सुनना और उत्तर देना तथा महत्त्वहीन कागज़-पत्रों को फाइल करना आदि था। उसे बन्द चिट्ठियां

खोलने तक का अधिकार नहीं था। महत्त्वपूर्ण पत्रों को मैं स्वयं टाइप करता था और उनकी प्रतिलिपियां नहीं रखता था। समस्त ज़रूरी कागज़ात मैं अपने घर ले जाता था और गुप्त मुलाकातें केवल मठ के भीतर या अपने चाचा के व्यक्तिगत कमरे में किया करता था। इस सावधानी के फलस्वरूप मैं और मेरे चाचा काफ़ी अरसे तक राष्ट्रीय समाजवादियों की गिद्ध-दृष्टि से बचे रहे, लेकिन किसी अभागे क्षण में ज़रूर उस पोंगे, महत्त्वाकांक्षी क्लर्क को यह शक हो गया होगा कि मैं उसका विश्वास नहीं कर रहा था और उसकी पीठ पीछे बहुत-सी रोचक और गुप्त बातें चल रही थीं। बहुत सावधानी से उसने मेरे गुप्त कागज़ों पर निगाह रखनी शुरू कर दी और अब सूचनाएं गेस्टापो तक पहुंचाने लगा। शोक, मुझे इसका कभी शक तक नहीं हुआ। हिटलर के वियना-प्रवेश के एक दिन पूर्व, ठीक जिस दिन शुशनिंग ने सिंहासन-त्याग की घोषणा की थी, उसी दिन शाम को एस. एस. के लोगों ने मुझे गिरफ्तार कर लिया। सौभाग्य से शुशनिंग का रेडियो पर अन्तिम विदाई भाषण सुनकर मैंने समस्त ज़रूरी कागज़ात जला दिए थे और विदेशों में लगे हुए मठों और शाही परिवार के दो आर्कड्यूकों की सम्पत्ति से सम्बन्धित कागज़ात और आवश्यक रसीदें एक धोबी की टोकरी में छिपाकर अपने घरेलू विश्वसनीय नौकर के द्वारा अपने चाचा के घर भेज दिए थे। ये सब कार्य एस. एस. लोगों द्वारा मेरा दरवाज़ा खटखटाने के ठीक क्षण-भर पूर्व ही मैंने सम्पन्न किए थे।"

डॉ. बी. ने रुककर अपना सिगार सुलगाया और लम्बे समय तक खामोश रहे। सिगार के धुंधले प्रकाश में उनके चेहरे पर एक विचित्र बेचैनी का भाव मैंने लक्षित किया।

"मेरा खयाल है आप यह आशा करते होंगे कि मैं अब आपको उन बन्दीगृहों के बारे में बताऊंगा, जहां उन सब लोगों को रखा गया था, जो पुराने आस्ट्रिया में आस्था रखते थे। वहां मैंने जो-जो अपमान और शारीरिक यंत्रणाएं सहीं, उनकी कहानी आपको सुनाऊंगा। इस तरह की कोई बात नहीं हुई। मैं भिन्न श्रेणी का बन्दी था। उन्होंने मुझे उन अभागों के साथ नहीं रखा जिनके ऊपर उन्होंने अपने क्रोध का भूत उतारा था, बल्कि मुझे उन्होंने उस छोटे दल के साथ रखा था, जिनसे वे लोग धन या महत्त्वपूर्ण सूचनाएं प्राप्त करने की उम्मीद रखते थे। उनका अनुमान था कि मेरे द्वारा उनको न केवल शाही परिवार और मठों के गुप्त धन का ही पता लग सकता है, वरन् ऐसे ज़रूरी प्रमाण भी मिल सकते हैं, जिनके आधार पर यह सिद्ध किया जा सके कि मठों ने राजतंत्र की सहायता की थी और इस तरह मठों को अभियुक्तों के कठघरे में खड़ा करने में वे जनता को भी सहयोग प्राप्त कर सके। इसलिए मेरे जैसे व्यक्तियों को, जिनसे उन्हें सम्पत्ति या साक्षी-सम्बन्धी सहायता मिल सकती थी, उन्होंने विशेष व्यवहार के लिए अलग छांट लिया था। ऐसे लोगों को उन्होंने मेट्रोपोल होटल, जो गेस्टापो को प्रमुख कार्यालय भी था, के अलग-अलग कमरों में रखा था। मुझ मामूली आदमी को भी उन्होंने इसी श्रेणी में रखने का निश्चय किया था।"

"होटल में अपने लिए एक अलग कमरा, सुनने में बड़ा अच्छा लगता है, नहीं क्या? लेकिन विश्वास करें, बर्फ-से ठंडे बन्दीगृहों में भेड़-बकरियों की तरह एक साथ ठूंसने की

अपेक्षा इस तरह अलग-अलग और समान रूप से ठंडे गर्म रहने वाले कमरों में रखकर वे हमारा कुछ भला नहीं करना चाहते थे। दुनिया से एकदम दूर इस तरह के शून्य में रह कर, उनका विश्वास था कि हम अपने भीतर से पड़ने वाले मानसिक दबाव के वशीभूत हो सब कुछ उगल देंगे, जो भूख और ठण्ड की शारीरिक मार से संभव नहीं था।"

"मुझे जो कमरा दिया गया, पहली दृष्टि में वह बिल्कुल बुरा नहीं लगा। कमरे में एक दरवाज़ा था, एक टेबल, एक चारपाई, एक कुर्सी, एक हाथ धोने का नल और बंद खिड़की थी। हालांकि दरवाज़ा रात-दिन बंद रहता था। टेबल किसी भी किस्म की किताब, अखबार, पेंसिल और कागज़ से खाली थी। खिड़की के बाहर ईंटों की एक दीवार थी। मेरा अहं और मेरा तन शून्य के एक सांचे में बन्द कर दिया गया था। उन्होंने मुझसे मेरा हर सामान ले लिया था, मेरी घड़ी ताकि मुझे समय का कोई ज्ञान न रहे, मेरी पेंसिल, ताकि मैं कुछ भी लिख न सकूं, मेरा जेबी चाकू, ताकि मैं अपनी कोई नस न काट सकूं। यहां तक कि सिगरेट का ज़रा-सा तम्बाकू तक मेरे पास नहीं छोड़ा गया था। पहरेदार, जिसको मुझसे बात करने या किसी प्रश्न का उत्तर देने का हुक्म नहीं था, के अलावा मैं किसी अन्य व्यक्ति का चेहरा नहीं देख पाता था, किसी की आवाज़ नहीं सुन सकता था। भोर से लेकर रात तक आंख, कान या मेरी अन्य किसी इन्द्रिय के लिए कोई आधार नहीं था। मैं अपने साथ नितान्त अकेला था, मेरे साथ महज़ मेरा अपना शरीर था और चार-पांच निर्जीव चीज़ें थीं, टेबल, चारपाई, कुर्सी, खिड़की और हाथ धोने का नल। न कुछ करने को था, न कुछ सुनने को, न कुछ देखने को। मेरे आस-पास, हर कहीं बिना किसी व्यवधान के केवल शून्य था, समय और स्थान से रहित खालीपन था। मैं इधर से उधर चलता, तो मेरे विचार भी मेरे साथ चलते, इधर से उधर, उधर से इधर। यह क्रम अन्तराल तक चलता रहता, लेकिन विचारों का भी कोई ठोस आधार होना चाहिए अन्यथा वे स्वयं के ही चतुर्दिक चक्कर लगाने लगते हैं···वे भी शून्य के बोझ से दब जाते हैं। सुबह से शाम तक आप किसी बात के घटने की प्रतीक्षा करते रहते हैं और अन्ततः कुछ भी नहीं घटता। कुछ भी नहीं। आप प्रतीक्षा करते हैं, प्रतीक्षा करते हैं। आप सोचते हैं, सोचते हैं, सोचते हैं, यहां तक कि आपकी कनपटियां दुखने लगती हैं। और कुछ भी नहीं घटना। आप एकाकी ही रहते हैं। एकाकी। नितान्त एकाकी।"

"यह स्थिति एक पखवारे तक रही, इस बीच मैं समय से बाहर, दुनिया से बाहर रहा। तब आखिरकार पेशियां शुरू हुई। अचानक मेरी बुलाहट हुई। मुझे यह भी पता नहीं कि उस समय दिन था या रात। मुझे कुछ गलियारों में से ले जाया गया, मैं नहीं जानता किधर। तब मैं प्रतीक्षा करता रहा और नहीं जानता कि मैं कहां था। तब मैंने स्वयं को एक टेबल के पास खड़े पाया, जिसके उधर फौजी पोशाक में कुछ व्यक्ति बैठे थे। टेबल पर कागज़ों के ढेर लगे थे, ऐसे दस्तावेजों के ढेर, जिनमें लिखी हुई बातों का मुझे कोई ज्ञान नहीं था। तब शुरू हुए प्रश्न असली और बनावटी प्रश्न, सरल और चतुर प्रश्न, पकड़ाई में लेने वाले प्रश्न और योंही पूछे गए दिखावटी प्रश्न। जब मैं उत्तर देता, तो विचित्र और बुरी अंगुलियां कागजों से खिलवाड़

करती रहतीं, जिनके भीतर की लिखावट का मैं कोई अन्दाज़ा नहीं लगा सकता था। विचित्र बुरी अंगुलियां खाली कागज़ों पर लिखती जातीं। मैं नहीं जानता था कि उन्होंने क्या लिखा, लेकिन इन पेशियों की सर्वाधिक भयानक बात यह थी कि मैं कभी यह नहीं जान पाता था कि गेस्टापों को मेरे दफ्तर की गतिविधियों के बारे में कितना कुछ पहले से ज्ञात था और अब वे मुझसे और क्या-क्या जानना चाहते थे। मैं पहले बता चुका हूं कि अन्तिम क्षण में मैंने सचमुच के ज़रूरी कागज़ात नौकर को देकर अपने चाचा के पास भेजा था। क्या वे मेरे चाचा को मिल गए? क्या वे उन्हें नहीं मिले? कौन-कौन से पत्र इन लोगों को प्राप्त हो गए और मठों के किसी भोंडे पादरी द्वारा कितनी सूचनाएं इन्हें नहीं मिल गई थीं? यह सब जानने का मेरे पास कोई साधन नहीं था।"

"और वे प्रश्न पर प्रश्न पूछकर ढेर लगा देते। फलां मठ के लिए मैंने कितनी 'सिक्युरिटीज़' खरीदी थी? किस बैंक के साथ मेरा लेन-देन था? श्री अमुक और अमुक को मैं जानता हूं या नहीं? क्या मेरा स्विट्ज़रलैण्ड से भी पत्र-व्यवहार था और ईश्वर जाने क्या-क्या?"

"लेकिन सबसे बुरी बात पेशी में पूछे गए ये प्रश्न नहीं थे। सबसे बुरी बात थी इसके बाद अपने उसी शून्य में लौट जाना, उसी कमरे में जहां वही टेबल थी, वही चारपाई थी, वही नल था और दीवारों पर चिपका हुआ वही कागज़ था।"

"गेस्टापो द्वारा ली गई हर पेशी के बाद, उस पेशी में पूछे गए प्रश्नों और अपने उत्तरों पर मैं विचार-विमर्श करता रहता, जोकि पेशी से भी अधिक कष्टदायी था, क्योंकि पेशी तो फिर भी घंटा-भर में समाप्त हो जाती थी, लेकिन इस कष्ट का कोई अन्त ही नहीं था। कहीं ऐसा तो नहीं कि मैंने कोई ऐसी बात कह दी हो, जिससे मेरे किसी मित्र को नुकसान पहुंचने का खतरा हो। मेरे मस्तिष्क में केवल वही सब चक्कर काटता रहता था और आंखों के सामने सदा वही टेबल, वही चारपाई, वही कुर्सी और वही बन्द खिड़की रहती थी। कोई परिवर्तन नहीं, कोई किताब या पत्रिका नहीं, कोई नया चेहरा नहीं, पेंसिल नहीं, जिससे कुछ लिखा ही जा सकता, माचिस की डिब्बी नहीं, जिससे कुछ देर खिलवाड़ ही किया जा सकता, कुछ नहीं, कुछ नहीं, कुछ भी तो नहीं। इस स्थल पर पहुंचकर मैं महसूस करता था कि होटल के एकान्त कमरे वाली यह पद्धति कितने बड़े शैतानी दिमाग की उपज थी, मनुष्य के मनोविज्ञान पर इसका कितना घातक असर होता था! एक सामान्य बन्दीगृह में चाहे जितना शारीरिक श्रम करना पड़ता, यंत्रणा उठानी पड़ती, लेकिन वहां से कम से कम आप अन्य व्यक्तियों के चेहरे तो देख सकते थे। आपके पास स्थान होता, देखने के लिए पेड़ होता, या सितारा होता, या कुछ न कुछ होता है, जबकि यहां की हर वस्तु सदैव वही रहती थी, पागल बना डालने की सीमा तक वही रहती थी। अपने विचारों से पीछा छुड़ाने के लिए यहां कुछ भी नहीं था। बिलकुल यही तो वे लोग चाहते थे। चाहते थे कि मैं अपने विचारों को खामोशी से चबाता रहूं, चबाता रहूं, यहां तक कि मेरा गला घुटने लगे और आखिर मेरे लिए उन्हें उगल देने के अलावा कोई चारा न रहे।

आखिर मैं वह सब स्वीकार कर लूं, जो वे चाहते थे। आखिर मैं सब लोगों के नाम बता दूं और उनके विरूद्ध गवाही दे दूं।"

"धीरे-धीरे मैं महसूस करने लगा कि शून्य के इस भयानक मानसिक दबाव में मेरी नसों की गति धीमी पड़ चली है, तो इसके इलाज के लिए मैं कोई न कोई परिवर्तन तलाशने लगा। जो कुछ मैंने कभी याद किया था, स्वयं को व्यस्त रखने के लिए मैं वही सब दोहराने लगा। मसलन बचपन में सीखे हुए लोक-गीत और स्कूली प्रार्थनाएं, हाई स्कूल के दिनों में पढ़ी हुई होमर की पंक्तियां, दीवानी कानूनों की धाराएं और उपधाराएं आदि, लेकिन किसी सूत्र के अभाव में, मैं किसी पर भी ध्यान केन्द्रित करने में सफल नहीं होता था। सदा एक ही विचार मेरे मस्तिष्क में चक्कर काटता रहता था, कितना है, जो वे जानते हैं? कितना है, जो वे नहीं जानते? कल मैंने क्या कहा था, अगली बार मुझे क्या कहना चाहिए?"

"यह अवर्णनीय स्थिति पूरे चार महीने तक रही। हां, चार महीने। लिखना बहुत आसान है, केवल आधा दर्जन ही तो अक्षर हैं। कहना भी बहुत सरल है, चार महीने, शब्दों का एक जोड़ा ही तो! एक क्षण के भी चौथे हिस्से में ही होंठ इसका उच्चारण कर सकते हैं, चार महीने, लेकिन स्थानहीन और समयहीन स्थिति में अवधि कितनी लम्बी हो जाती है, इसका न कोई वर्णन कर सकता हैं, न इसे नाप सकता है और न इसका प्रदर्शन ही कर सकता है, न किसी और के सामने और न स्वयं के ही सामने और न कोई इसे दूसरे को समझा ही सकता है कि यह आपके चारों तरफ जो कुछ नहीं, और कुछ नहीं, और कुछ नहीं की स्थिति है, सदैव जो वही टेबल और वही चारपाई और वही कुर्सी और वही दीवारें हैं, और सदा वही खामोशी है, और वही पहरेदार है, जो बिना आपकी ओर देखे रोज़ आपका खाना रख जाता है। सदा वही विचार हैं, जो शून्य में आपके चारों तरफ चक्कर काट रहे हैं। यह जो स्थिति है, वह किसी तरह आपको खाए जाती है, नष्ट किए जाती है और उस समय तक खाए जाएगी और नष्ट किए जाएगी, जब तक कि आप एकदम पागल ही नहीं हो जाएं।"

"कुछ सामान्य लक्षण मुझे यह महसूस कराकर बेचैन कर देते थे कि मेरा दिमाग अब ठीक प्रकार काम नहीं कर रहा था। मुझे लगता था कि स्वयं के ऊपर मेरा नियंत्रण ढीला होता जा रहा है, मुझे महसूस होता था कि वह क्षण निकट से निकटतर आता जा रहा था, जब स्वयं को बचाने के लिए, मैं जो कुछ जानता हूं, वह सब और शायद उससे भी कुछ अधिक ही उन्हें बतला दूंगा, जब शून्य के इस गला-घोंट शिकंजे से स्वयं को बचाने के लिए मैं पूरे दर्जन-भर व्यक्तियों और उनके रहस्यों को दुश्मनों पर प्रकट कर दूंगा। मुझे इससे क्या मिलेगा, सिवाय अपनी इस अकेली जान के?)"

"एक शाम तो मैं सचमुच इस सीमा तक पहुंच गया था। पहरेदार जब खाना रखकर जाने लगा, तो मैं निराशा के अतल गड्ढे में डूबा हुआ था, और सहसा उसके पीछे चीख उठा, 'मुझे समिति के सामने ले चलो! मैं सब कुछ बता दूंगा! मैं उन्हें बता दूंगा कि समस्त कागज़ात कहां हैं और धन कहां हैं! मैं उनसे सब कुछ बता दूंगा! सब कुछ!' सौभाग्य से वह इतना दूर जा चुका था कि उसने कुछ नहीं सुना। या शायद वह सुनना चाहता ही नहीं था।"

"इस अतिशय ज़रूरत के क्षण में एक घटना घटी, एक ऐसी अदृश्य घटना, जिसने मुझे इस स्थिति से कुछ छुटकारा दिलाया, भले ही थोड़े समय के लिए सही। यह जुलाई के आखिरी दिनों की बात है। इस दिन अंधेरा था और पानी बरस रहा था। मुझे ये सब बातें विस्तार से याद हैं, क्योंकि जिस गलियारे से मैं पेशी के लिए ले जाया जा रहा था, उसकी खिड़कियों के कांचों पर वर्षा के थपेड़ों की आवाज़ आ रही थी। पेशी के कमरे के बगल वाले कमरे में मुझे प्रतीक्षा करनी पड़ी। पेशी के पहले सदा इसी तरह प्रतीक्षा करवाई जाती थी। यह भी उनकी एक चाल थी। यह प्रतीक्षा प्रत्यक्ष में निरर्थक लगती थी, लेकिन वस्तुतः इसके पीछे एक गहरा उद्देश्य छिपा रहता था। पेशी के पूर्व इस तरह एक-एक, दो-दो और कभी-कभी तीन-तीन घण्टे प्रतीक्षा करवाकर वे अभियुक्त के शरीर को थका डालना और मन-मस्तिष्क को हीन बना डालना चाहते थे। 27 जुलाई के उस बृहस्पतिवार को उन्होंने मुझसे अपेक्षाकृत और अधिक देर प्रतीक्षा करवाई थी। घड़ी दो बार घण्टे बजा चुकी थी।"

"जिस कमरे में खड़ा हुआ मैं प्रतीक्षा कर रहा था, यह कहना अनावश्यक ही होगा कि वे मुझे कभी बैठने की इजाज़त नहीं देते थे, दो घंटे तक लगातार खड़े रहने से, लगता था, टांगों ने मेरे शरीर में छेद कर दिए हों, उसमें दीवार पर एक कैलेण्डर झूल रहा था। मैं आपसे बता नहीं सकता कि किसी भी छिपी हुई या लिखी हुई चीज़ के प्रति मेरी भूख किसी कदर बढ़ी हुई थी, अतः मैं भूखी निगाहों से दीवार पर लटकते उन कुछ अक्षरों और अकों '27 जुलाई' को एकटक घूर रहा था। एक तरह से दो घंटों की यह प्रतीक्षा अभिशाप नहीं वरदान ही थी, क्योंकि यह कमरा कम से कम मेरे कमरे से भिन्न तो था ही। इसलिए इसकी हर वस्तु को मैं चाव से घूर रहा था। इस कमरे का दरवाज़ा अलग ढंग का था, दीवार के पास रखी हुई कुर्सी भी भिन्न प्रकार की थी, कुर्सी की बगल में बायीं ओर कपड़े टांगने का एक स्टैण्ड था, जिस पर उस समय तीन-चार गीले फौजी कोट टंगे हुए थे, मेरे उत्पीड़कों के कोट।"

"मेरी आंखें इन कोटों की हर सिकुड़न को गौर से देख रही थीं। उदाहरण के लिए, मैंने देखा कि एक कोट के गीली कालर से एक बूंद झूल रही थी, मैं कई मिनटों तक सांस रोके यह प्रतीक्षा करता रहा कि वह बूंद उसी तरह झूलती रहेगी या गिर पड़ेगी। आखिरकार वह ढुलक ही गई, फिर मैं कोटों के बटन गिनने लगा और पदों के क्लिों का परस्पर मिलान करने लगा। तब अचानक मैंने ऐसा कुछ देखा, जिसने मेरी दृष्टि को जड़ बना दिया। उनमें से एक कोट की बगली जेब में चौकोर आकार की कोई चीज़ ठुंसी हुई थी। मैं कुछ निकट सरक गया और मैंने पहचान लिया; एक किताब! मेरे घुटने कांपने लगे, किताब!"

"मैंने चार महीनों से किसी किताब को छुआ तक नहीं था, इसलिए एक ऐसी पुस्तक का विचार-मात्र, जिसमें सुव्यवस्थित रूप से सजाए हुए शब्द और वाक्य होंगे, नये और अनजान विचार होंगे, नशीला और जड़ बना देने वाला था। मंत्रमुग्ध-सी मेरी निगाहें जेब के उस फूले हुए हिस्से की तरफ ताक रही थीं, जिसके भीतर किताब थी। आखिर वह क्षण आया, जब मैं अपने लालच पर और अधिक नियंत्रण नहीं रख सका। अपने आप मेरे पैर उस ओर बढ़ने लगे।"

"सौभाग्य से पहरेदार ने मेरे इस विचित्र व्यवहार की ओर ध्यान नहीं दिया, दरअसल उसे यह नितान्त स्वाभाविक ही लगा होगा कि दो घंटे तक लगातार सीधा खड़ा रहने वाला आदमी आखिर दीवार का सहारा लेना ही चाहेगा। मैंने अपने हाथ पीठ पीछे कर लिए और उस फूली हुई जगह को छूकर देखा। निश्चय ही वह एक किताब थी, एक किताब! और तब सहसा यह विचार मेरे मस्तिष्क में कौंध गया, किताब को चुरा लो। अगर कहीं किताब निकालने में सफल हो गए, तो उसे अपनी कोठरी में छिपाकर रख सकोगे और तब उसे पढ़ सकोगे, पढ़ सकोगे, पढ़ सकोगे, आखिरकार पुनः पढ़ सकोगे। कोट से मैंने अपनी पीठ सटा ली और अधिक सटा ली। मेरी निगाहें बराबर पहरेदार पर टिकी हुई थीं। बहुत होशियारी से पीछे छिपे हुए मेरे हाथों में किताब ऊंची उठने लगी, ऊंची उठती गई तब एक झटका, एक बहुत ही हलका और सावधान झटका और दूसरे क्षण वह छोटी-सी किताब मेरे हाथों में थी। अब पहली बार मुझे अपने कार्य से भय लगने लगा, लेकिन अब वापस लौटना असम्भव था। क्या करूं इसका? मैंने किताब को पीठ की ओर से पतलून के भीतर डालना शुरू किया, उसे कमरपेटी के नीचे लगा लिया और कमरपेटी पर फौजी ढंग से अपने दोनों हाथ रख लिए, ताकि चलते समय किताब के नीचे खिसकने का डर न रहे। इसे जांचने के लिए, मैं वहां से एक कदम चला, दो कदम और फिर तीन कदम। मेरी योजना काम कर गई। चलते समय किताब को अपनी जगह पर ही बनाए रखना संभव था, बशर्ते कि मैं अपने दोनों हाथ कमरपेटी पर ज़ोर से दबाए रहूं।"

"तब पेशी शुरू हुई। आज मुझे सदा से अधिक सावधान रहना था, क्योंकि प्रश्नों को उत्तर देने के साथ-साथ मुझे अपना पूरा ध्यान किताब को अपनी जगह पर टिकाए रखने में भी लगाना पड़ रहा था। सौभाग्य से यह पेशी अपेक्षाकृत कम ही समय की हुई और मैं किताब को सुरक्षित रूप से अपने कमरे तक ले आया, हालांकि वापस लौटते समय एक बार गलियारे में किताब पतलून में कमरपेटी से कुछ नीचे खिसक गई थी और मुझे ज़ोर की खांसी का बहाना करना पड़ा था, ताकि झुककर उसे पुनः अपनी जगह पर कमरपेटी के नीचे लगा सकूं। वह क्षण कितना सुखद था, जब मैं उसे लेकर अपने नरक में वापस लौट आया। अकेला होते हुए भी अब मैं आखिरकार अकेला नहीं रहा था!"

"आप निश्चय ही सोचते होंगे कि मेरा सबसे पहला कार्य था किताब को निकालकर हाथ में कसकर पकड़ना, उसकी जांच करना और उसे पढ़ना। बिलकुल नहीं। मैं तो सर्वप्रथम किताब के अपने अधिकार में होने के आनन्द का उपभोग करना चाहता था। मैं यह सोच-सोचकर प्रसन्न होता रहा कि किताब में छोटे-छोटे टाइप में बहुत सारे शब्द होंगे, पतले-पतले बहुत-से कागज़ होंगे, ताकि इनके पढ़ने में भी बहुत समय लग सके। फिर मैंने मन ही मन तमन्ना की कि यह कोई ऐसी चीज़ हो, जिसके पढ़ने में काफ़ी मानसिक शक्ति खर्च करनी पड़े और जिससे मैं कुछ सीख भी सकूं, कुछ याद भी कर सकूं। कितना अच्छा हो अगर, कितना असंभव स्वप्न था यह मेरा! यह किताब गेटे या होमर की लिखी हुई हो। आखिर मैं अपनी उत्सुकता और अपने लालच को अधिक नियंत्रण में नहीं रख सका। मैं चारपाई पर लेट गया कि अगर

पहरेदार अचानक आ भी जाए, तो उसे कोई शक न हो। तब कांपते हाथों से मैंने किताब अपनी कमरपेटी से बाहर निकाली।"

"प्रथम दृष्टि ने न केवल मेरे भीतर गहरी निराशा ही पैदा की वरन् मुझे तीखी झुंझलाहट भी हुई, क्योकि जिसको प्राप्त करने के लिए मुझे इतना खतरा उठाना पड़ा था, वह दरअसल शतरंज के डेढ़ सौ प्रसिद्ध खेलों के संग्रह के अलावा और कुछ नहीं था। अगर कमरे का दरवाज़ा बन्द नहीं होता, या अगर खिड़की ही खुली होती, तो गुस्से में आकर मैंने उसे तत्काल बाहर फेंक दिया होता, क्योंकि इस तरह की निरर्थक चीज़ का और किया ही क्या जा सकता था? अन्य स्कूली लड़कों की तरह मैंने भी समय बिताने के लिए कभी-कभी शतरंज पर हाथ आज़माइश की थी, लेकिन सैद्धान्तिक कूड़ा मेरे किस काम का था?"

"शतरंज अकेले नहीं खेली जा सकती, उसपर भी मोहरों और बिसात के बिना तो बिलकुल ही नहीं। चिढ़कर मैंने जल्दी-जल्दी उसके पृष्ठ पलटने शुरू किए कि शायद उसमें कहीं तो कुछ पढ़ने की सामग्री हो, कोई भूमिका या 'दो शब्द' जैसी ही कोई चीज़ हो, लेकिन विभिन्न प्रसिद्ध खिलाड़ियों द्वारा खेली हुई बाज़ियों की चौकोन प्रतिकृति के अलावा, जिसमें प्रतीकों के रूप में ए 1-ए 2, केटी.-एफ1, केटी.-जी 3 आदि थे, जो मेरे लिए तब अनबूझ थे, उसमें और कुछ भी नहीं था। मुझे तो उस समय यह सब एक ऐसा एलजेब्रा लगा, जिसकी कुंजी का मुझे पता नहीं था। केवल धीरे-धीरे ही मैं यह पता लगा सका कि ए, बी, सी आदि अक्षर सीधे खड़े घरों की पंक्तियों के प्रतीक थे और 1 से 8 तक के अंक आड़े खानों को व्यक्त करते थे और यू अक्षरों और अंकों के ये प्रतीक मिलकर कोहरों की सही स्थिति का पता देते थे तथा इस तरह ये महज़ चित्रित अभिव्यक्तियां भी अन्ततः बोलने लगती हैं।"

"मैंने सोचा कि अगर मैं अपनी कोठरी में ही शतरंज की बिसात का इन्तज़ाम कर सकूं, तो इन अंकों और अक्षरों का उपयोग किया जा सकता है और मुझे यह भगवान की कृपा ही लगी कि मेरी चारपाई की चादर चौखाने की थी। कुछ कोशिश के बाद मैंने उसमें चौंसठ चौकोर खाने छांट लिए। चारपाई के गद्दे को फाड़कर किताब उसके भीतर छिपा दी। तब रोटी के कुछ टुकड़ों से बादशाह, बेगम और अन्य मोहरों की आकृतियां (हालांकि परिणाम हास्यास्पद ही थे!) बनानी शुरू कीं और आखिर काफ़ी परिश्रम और प्रयत्नों के बाद मैं अपनी चारपाई की चादर पर पुस्तक में बताई गई स्थितियों के अनुसार मोहरे सजाने में कामयाब हो गया। मोहरों में भिन्नता लाने के लिए मैंने उनमें से आधों को तरकारी के घोल में रंग लिया था, लेकिन जब मैंने रोटी से बने हुए इन फूहड़ मोहरों के द्वारा छपी हुई बाज़ी के आधार पर खेल आगे बढ़ाना चाहा, तो मैं सफल नहीं हो सका। उन प्रारम्भिक दिनों में तो मैं नितान्त उलझन में पड़ा रहा। हर बाज़ी को आगे बढ़ाने के लिए मुझे हर खेल को दस-दस और बीस-बीस बार एकदम प्रारम्भ से पुनः-पुनः शुरू करना पड़ता था, लेकिन दुनिया में और कौन अभागा होगा, जिसके पास इतना अधिक व्यर्थ का समय था, जितना कि मेरे पास?"

"पूरे छः दिन के बाद मैं एक बाज़ी बिना कोई गलती किए अन्त तक खेलने में कामयाब हो सका। इसके एक सप्ताह के भीतर मुझे मोहरों की भी आवश्यकता नहीं रही और उसके अगले सप्ताह तो चादर के चौखानों की भी ज़रूरत नहीं रही। ए 1, ए 2, सी 7, सी 8 आदि छपे हुए प्रतीकों ने अनायास ही प्लास्टिक के बने हुए गोचरों ने मोहरों का स्थान ले लिया। अगले पखवारे तक मैं किताब में लिखी हुई प्रत्येक बाज़ी को बिना किताब की सहायता के, केवल स्मृति के सहारे खेलने में भी सफल हो गया, जिसे शतरंज की भाषा में 'आंख बन्द करके खेलना' कहते है।"

"तब से इस नये प्राप्त आकर्षण को बिना बाधा के कायम रखने के लिए मैंने अपने दिन को विभक्त कर लिया। दो खेल सुबह, दो खेल शाम को और रात में इनपर विचार-विमर्श। इससे मेरे दिन पहले जैसे खाली नहीं रहे। अब मेरे पास करने को कुछ ऐसा था, जिससे मुझे थकावट नहीं होती थी, क्योंकि शतरंज की एक अद्भुत विशेषता यह है कि मानसिक शक्ति को बहुत सीमित क्षेत्र में बांध लेने के फलस्वरूप, अत्यधिक तनाव और एकाग्रता का दबाव होने पर भी मस्तिष्क अपने क्षेत्र से इंच-भर भी इधर-उधर नहीं होता। क्रमशः मैं शतरंज की सूक्ष्मताओं, उसके आक्रमण और बचाव की असली और दिखावटी चालों को समझने लगा। जल्दी ही मैंने पुस्तक के हर चैम्पियन की व्यक्तिगत विशेषताओं को भी जान लिया। किसी भी चैम्पियन की दो-एक चालों का पता लगते ही मैं बता सकता था कि वह चैम्पियन कौन है, जिस तरह कि किसी कवि की कुछ पंक्तियां सुनते ही एक काव्य-रसिक उस कवि का नाम बता सकता है। जो चीज़ मैंने केवल समय काटने के लिए शुरू की थी, वही अब मेरे लिए आनन्द का स्रोत बन गई और एलेखिन, लास्कर, बोगुलज़ोबोव, और टार्टाकोवर जैसे महान् खिलाड़ियों के व्यक्तित्व प्रिय साथियों की तरह मेरे एकान्त में घुल मिले गए थे।"

"बाज़ियों के अभ्यास करने की नियमितता ने मेरी हास होती बौद्धिक शक्ति को पुन: दुरुस्त कर दिया। मुझे अपना मस्तिष्क पुनः ताज़ा लगने लगा। निरन्तर नियमित और नियंत्रित सोचने-विचारने के कारण काफ़ी तेज़ भी हो गया। इसका प्रत्यक्ष प्रमाण पेशियों के समय के मेरे कुशल और दूरदर्शी व्यवहार से भी मिलने लगा।"

"सुख की यह अवधि, जिसमें मैं दिन-प्रतिदिन किताब में लिखे हुए डेढ़ सौ खेलों को खेलता रहा, करीब ढाई-तीन महीने तक रही। इसके बाद मैं अनपेक्षित रूप से एक मृत स्थल पर पहुंच गया। सहसा मैंने स्वयं को पुनः शून्य के सम्मुख खड़े पाया। चूंकि उस समय तक मैं किताब में लिखी हुई हर बाज़ी को अनगिनत बार खेल चुका था, इसलिए नवीनता और आश्चर्य का आकर्षण समाप्त हो गया, उत्तेजक और प्रेरक शक्ति खतम हो गई। ज्योंही मैं किसी बाज़ी की पहली चाल चलता था कि उसकी समूची चालें मेरी आंखों के सम्मुख नाच उठती थीं। उस बाज़ी में कोई आश्चर्य, कोई तनाव, कोई समस्या शेष नहीं रहती थीं। इस समय मुझे ऐसी ही एक दूसरी किताब की आवश्यकता थी, जिसमें और अधिक नई बाज़ियां लिखी होतीं, लेकिन चूंकि यह असंभव था, इसलिए मेरे पागलपन के लिए महज़ एक ही रास्ता रहा, पुरानी बाज़ियों

को खेलते रहने की अपेक्षा मुझे स्वयं नई बाज़ियों का निर्माण करना पड़ा। मुझे अपने ही साथ, या कहना चाहिए कि अपने ही विरुद्ध, शतरंज खेलने का प्रयास करना पड़ा।"

"मैं नहीं जानता कि आपने कभी इस संभावना पर विचार किया है या नहीं, लेकिन अगर आप इस पर गौर करें तो आपको पता लगेगा कि जिस खेल में संयोग का निर्णायक हाथ होता है, उसमें स्वयं अपने ही विरुद्ध खेलना कितनी बड़ी बेहूदगी है। संक्षेप में, स्वयं अपने ही विरुद्ध शतरंज खेलना उतना ही बड़ा विरोधाभास है, जितना कि स्वयं अपनी छाया को लांघने की कोशिश करना।"

"जो हो, अपनी निराशा में मैं इसी बेहूदा और असंभव बात को करने का महीनों तक प्रयत्न करता रहा। अगर मुझे नितांत पागल बनने से स्वयं को रोकना था, तो इस बेहूदगी को करने के अलावा और कोई रास्ता नहीं था। जिस भयानक स्थिति में मैं था, उसने मुझे मजबूर किया कि मैं स्वयं को 'काले अहं' और 'श्वेत अह' में विभक्त करने का कम से कम प्रयास तो करूं, ताकि उस डरावनी शून्यता के नीचे पिसने से स्वयं को बचा सकूं, जो मेरे ऊपर चढ़ी आ रही थी।"

डॉ० बी० अपनी कुर्सी पर आराम करने के लिए पसर-से गए और क्षण-भर के लिए उन्होंने अपनी आंखें बन्द कर लीं। लगता था मानो एक परेशान करने वाली स्मृति को दबाने के लिए वे अपनी समस्त इच्छा-शक्ति का उपयोग कर रहे हों। कुछ देर बाद वे सीधे होकर बैठ गए।

"हां, तो आशा है मैंने यहां तक अपनी इस कहानी को काफ़ी बोधगम्य बना दिया है, लेकिन मुझे दुःख है कि शेष हिस्से को मैं इतनी ही स्पष्टता से चित्रित कर सकूंगा, इसमें मुझे बहुत सन्देह है। मैं अपनी धारणा आपको पहले ही बता चुका हूं कि स्वयं अपने ही साथ शतरंज खेलना निरी बकवास है, लेकिन इस बकवास की भी एक न्यूनतम संभावना हो सकती है अगर सचमुच की शतरंज की बिसात और मोहरे उपलब्ध हों, क्योंकि बिसात को चूंकि हम छू सकते हैं, देख सकते हैं, इसलिए इससे एक दूरी का, एक भौतिक सीमा-रेखा का भाव पैदा किया जा सकता है, लेकिन मुझे चूंकि ये बाज़ियां एक काल्पनिक बिसात पर ही अपने विरुद्ध खेलनी थीं, इसलिए यह अनिवार्य था कि शतरंज के चौंसठ घरों और प्रत्येक मोहरे की तत्कालीन स्थिति को बराबर अपनी कल्पना में आंखों के सामने कायम रखूं, इसके अतिरिक्त दोनों खिलाड़ियों की भावी संभावित चालों के सम्बन्ध में भी पहले से ही हिसाब-किताब करता चलूं।"

"जिस क्षण से मैंने अपने ही विरुद्ध खेलने का प्रयत्न शुरू किया था, मैंने अनजाने में ही स्वयं को चुनौती देना आरम्भ कर दिया था। मेरे प्रत्येक अहं को, 'काले अंह' और 'श्वेत अहं' को परस्पर एक दूसरे से लड़ना था, एक दूसरे पर विजय पाने का प्रयत्न करना था। जब मेरा 'काला अहं' कोई चाल चलता, तो वह इस अपेक्षा से उत्तेजित हो उठता कि उसके बाद 'श्वेत अंह' कौन-सी चाल चलेगा। जब मेरा एक अहं कोई गलत चाल चल देता, तो दूसरा प्रसन्नता के मारे उछलने लगता था।"

"यह सब आपको व्यर्थ की बकवास लगता होगा और सच भी है कि अगर कोई व्यक्ति सामान्य स्थितियों में इस तरह अपनी चेतना को दो हिस्सों में बांटने का प्रयत्न करे, तो यह

अकल्पनीय ही कहा जाएगा, लेकिन आपको भूलना नहीं चाहिए कि मैं सामान्य से बहुत बुरी तरह दूर हटा दिया गया था और महीनों से ताले के भीतर नितान्त असामान्य स्थितियों में एकाकी रखा जा रहा था। चूंकि अपने ही विरुद्ध खेले जाने वाले इस पागलपन के खेल के अतिरिक्त और कोई रास्ता नहीं था, इसलिए इस तरह के खेल में पाई जाने वाली प्रतिशोध और प्रतिहिंसा की भावना स्वयं मेरे ही ऊपर लागू होने लगी। ज्योंही मेरा 'श्वेत अहं' एक चाल चलता कि ज्वराक्रान्त मरीज़ की तरह मेरा 'काला अंह' अपनी ओर का मोहरा तेज़ी से आगे बढ़ा देता। एक बाज़ी पूरी होती नहीं कि मैं दूसरी बाज़ी के लिए स्वयं को चुनौती देने लगता, क्योंकि मेरा जो भी अहं पराजित होता वह तत्काल प्रतिशोध की भावना से पागल हो उठता।"

"मैं आपसे बता नहीं सकता, अन्दाज़न भी नहीं कि इस पागलपन के फलस्वरूप अपनी कोठरी की उस अवधि के दरमियान मैंने कितनी बाज़ियां खेली होगी। शायद एक हज़ार या शायद उससे भी अधिक। भोर से लेकर रात तक मैं और कुछ भी नहीं सोच पाता था, सिवाय वज़ीरों और पियादों के, हाथियों और बादशाहों के, ए, बी और सी के, शह और मात के। खेल की प्रसन्नता का स्थान खेल के प्रति तीव्र लालसा ने ले लिया और तीव्र लालसा का स्थान खेल की अनिवार्यता ने, उन्मत्त क्रोध ने, एक पागलपन ने, जो न केवल मेरी जागृतावस्था के क्षणों पर वरम मेरी नींदों पर भी छा गया। मैं केवल शतरंज की भाषा में, शतरंज की चालों और शतरंज की समस्याओं में ही सोच सकता था। कभी-कभी मैं रात में अचानक जगता और अपना माथा पसीने से तरबतर पाता और मुझे ज्ञात होता कि मेरी नींद में भी अवचेतन रूप से शतरंज की बाज़ी चल रही थी।"

आखिरकार खेल के बीच मेरी उत्तेजना इस कदर बढ़ने लगी, उन दिनों में सुबह से शाम तक शतरंज खेलने के अलावा और कुछ नहीं करता था कि मैं क्षण-भर भी स्थिर बैठा नहीं रह सकता था। किसी चाल पर विचार करते समय मैं निर्बाध रूप से इधर से उधर चहलकदमी करता रहता था मेरी चाल और तेज़ होती जाती थी, इधर से उधर, उधर से इधर और खेल का निर्णायक क्षण ज्यों-ज्यों निकट आता जाता था, त्यों-त्यों मेरे पैरों की तीव्रता बढ़ती जाती थी। जीतने की, विजय की लालसा, स्वयं पर विजय पाने की लालसा बढ़कर एक किस्म के बावले गुस्से का रूप ले लेती थी। मैं अधीरता से कांपने लगता था, क्योंकि मेरे भीतर का एक अहं सदा ही दूसरे अहं से कुछ सुस्त होता था। मेरा एक अहं मानो दूसरे को चाबुक मार-मारकर आगे बढ़ने के लिए प्रेरित करता और आपको यह एकदम बकवास जैसा लग सकता है, मैं गुस्से से चीखकर कहता, 'जल्दी करो, जल्दी करो!' या 'आगे बढ़ो, बढ़ो आगे!'

आखिर वह समय आया, जब इस पागलपन, इस सनक ने मस्तिष्क के साथ-साथ मेरे शरीर पर भी आक्रमण करना शुरू कर दिया। मेरा वज़न घट गया, रातें निद्राहीन और परेशान रहने लगीं, जागने पर अपनी भारी पलकों को खोलने के लिए मुझे खूब प्रयत्न करना पड़ता। कभी-कभी तो मुझे इतनी कमज़ोरी अनुभव होती कि गिलास हाथ में लेकर मैं बड़ी मुश्किल से

ही उसे होठों तक ले जा पाता, क्योंकि मेरे हाथ बुरी तरह कांपने लगते, लेकिन बाज़ी शुरू हुई नहीं कि एक उन्मत्त शक्ति मेरे ऊपर सवार हो जाती मुट्ठियां बन्द किए मैं तेज़ कदमों से इधर से उधर और उधर से इधर चलने लगता। कभी-कभी तो मुझे अपनी ही आवाज़ सुनाई देती, मानो गहरे कुहासे के उस पार से कोई भारी और गुस्से से फटी हुई आवाज़ में चिल्लाकर मुझसे कह रहा हो, 'शह!' अथवा 'मात!'

यह डरावनी, अवर्णनीय स्थिति अपने चरम पर किस तरह पहुंची, यह मैं आपसे नहीं बता सकूंगा। मुझे केवल इतना मालूम है कि एक सुबह जब मैं जगा तो मुझे लगा कि यह जागरण हमेशा से भिन्न था। मेरा तन मेरे लिए बोझ नहीं था। मैं आराम से और हलकेपन से लेटा हुआ था। मेरी पलकों पर एक ऐसी सुखद थकावट थी, जैसी मैंने महीनों से महसूस नहीं की थी। यह भावना इतनी उत्साहप्रद और आह्लादक थी कि मैं अपनी आंखें खोलने के लिए स्वयं को राज़ी नहीं कर सका। कई मिनटों तक मैं इसी तरह जागृतावस्था में लेटा रहा और इस अनुभूति का आनन्द उठाता रहा। अचानक मुझे लगा कि मेरे पीछे से आवाज़ें आ रही हैं, सजीव मानवीय आवाज़ें, धीमी फुसफुसाती हुई आवाज़ें, जो सचमुच शब्दों का उच्चारण कर रही थीं। आप मेरी प्रसन्नता का अन्दाज़ा नहीं लगा सकते, क्योंकि महीनों गुज़र गए थे, शायद पूरा एक साल हो गया था, जबकि मैंने पहली बार अपने न्यायाधीशों के कठोर, तीखे और फटकारने वाले शब्दों के अलावा दूसरे शब्द सुने थे। 'तुम सपना देख रहे हो,' मैंने स्वयं से कहा, 'तुम सपना देख रहे हो! किसी भी स्थिति में अपनी आखें मत खोलो। इस सपने को इसी तरह जारी रहने दो अन्यथा तुम्हें फिर अपनी वही अभागी कोठरी दिखाई देगी और साथ ही दिखाई देगी वही कुर्सी और टेबल और हाथ धोने का नल और दीवारें और उन पर चिपका हुआ वही एक ही ढर्रे का कागज़। तुम सपना देख रहे हो, योंही सपना देखे जाओ!'

"लेकिन आखिर जीत उत्सुकता की हुई। धीरे से और सावधानी से मैंने अपनी पलकें उठाई, आश्चर्य! यह एक भिन्न कमरा था, जिसमें मैंने स्वयं को पाया, होटल वाली मेरी कोठरी से अधिक लम्बा-चौड़ा और खुला हुआ। एक खुली खिड़की में से प्रकाश स्वच्छन्दता के साथ भीतर आ रहा था और खिड़की के बाहर हवा में झूमते हुए हरे-भरे पेड़ दिखाई दे रहे थे। कमरे के भीतर चारों ओर की दीवारें भी श्वेत और चिकनी थीं। मैं एक नई चारपाई पर आराम से लेटा हुआ था। निश्चय ही यह सपना था। मेरे पीछे मानवीय आवाज़ें फुसफुसा रही थीं।"

"मैंने आश्चर्य से चौंककर ज़रूर कोई हरकत की होगी, क्योंकि मैंने तभी अपनी ओर आते कदमों की आवाज़ें सुनीं। एक औरत आहिस्ता से मेरे पास आई। उसने श्वेत वस्त्र पहन रखे थे और सिर पर एक सफ़ेद कपड़ा बांध रखा था वह ज़रूर नर्स थी। आनन्द की कपकपी-सी मेरी समूची देह में दौड़ गई। पूरे एक वर्ष से मैंने कोई औरत नहीं देखी थी। उसने नम्रता और हौले से कहा, 'शान्त रहिए, हिलिए-डुलिए मत।' मैं भूखी निगाहों से उसके मुंह की ओर घूरता रहा, क्योंकि अपने एक वर्ष के नरकवास के अनुभव से मुझे यह असंभव-सा लगने लगा था कि कोई किसी से प्रेमपूर्वक बोल भी सकता है। वह मेरी ओर देखकर मुस्कराई, हां मुस्कराई उसने

अपने होंठों पर अंगुली रखी और नि:शब्द वापस चली गई। अपने हाथ पर जोर डालकर मैंने उठना चाहा और तब मुझे पता लगा कि मेरे दाहिने हाथ की कलाई और अंगुलियों की जगह एक भारी, बड़ा और सफ़ेद गद्देदार-सा कुछ बंधा हुआ था। एक बार तो मैं बिना कुछ समझे इस भारी-भरकम चीज़ की ओर मुंह बाएं देखता रहा, फिर धीरे-धीरे मेरी समझ में आया कि मैं अस्पताल में हूं। ज़रूर उन्होंने मुझो चोट पहुंचाई होगी, या मैंने स्वयं ही अपने दाहिने हाथ को घायल कर लिया होगा।"

"डॉक्टर दोपहर में आया। वह एक भला और बुज़ुर्ग व्यक्ति था। वह मेरे परिवार को जानता था। उसके बात करने के स्नेहपूर्ण ढंग और सह्मनुभूतिपूर्ण मुस्कराहट से मुझे विश्वास हो गया कि मैं सुरक्षित हाथों में था।"

"डॉक्टर ने दो-एक दिन बाद स्वयं ही मुझे सब कुछ कह सुनाया। पहरेदार ने मेरी कोठरी से आती कुछ चीखें, चिल्लाहटें सुनीं, तो उसने सोचा कि मैं किसी ऐसी ऐसे व्यक्ति से लड़ रहा था, जो मेरी कोठरी के भीतर घुस गया था, लेकिन ज्योंही वह दरवाज़े पर पहुंचा कि मैं पागल की तरह उसकी ओर झपटा और कुछ चिल्लाया, जिसका अर्थ कुछ यूं था, क्या तुम चाल नहीं चलोगे, बदमाश, डरपोक?' फिर मैंने उसका गला धर दबाया था और इस बुरी तरह उसे पीटने लगा था कि उसे सहायता के लिए चिल्लाना पड़ा। जब वे मुझे डाक्टरी जांच के लिए घसीटकर ले जा रहे थे, तो मैंने स्वयं को सहसा उनकी गिरफ्त से छुड़ा लिया और गलियारे की खिड़की से जा टकराया, जिससे मेरे हाथ में ज़ख्म हो गया, देखो यह गहरी चोट का निशान! अस्पताल के प्रारम्भिक दिनों में मैं एक किस्म के दिमागी ज्वर से आक्रान्त रहा, लेकिन अब डॉक्टर को मेरी मानसिक शक्तियां सुव्यवस्थित लग रही थीं। 'निश्चय ही', डॉक्टर ने अन्त में दबी आवाज़ में कहा था, 'मैं ऊपर के अधिकारी वर्ग को यह नहीं कहने जा रहा हूं अन्यथा वे अब भी आ सकते हैं और आपको वहीं पुन: ले जा सकते हैं।' मुझ पर भरोसा रखें, मैं भरसक कोई कसर नहीं उठा रखूंगा।"

"उस सहृदय डॉक्टर ने मेरे उत्पीड़कों से क्या कहा, यह मुझे पता नहीं। जो हो, वह जो कुछ प्राप्त करना चाहता था, आखिर उसने प्राप्त कर ही लिया, यानी मेरा छुटकारा। मुझे केवल एक समझौते पर हस्ताक्षर करने पड़े कि मैं एक पखवारे के भीतर देश छोड़ दूंगा और उस अवधि में मुझे इतनी सारी औपचारिक बातें पूरी करनी पड़ीं, मसलन फ़ौजी सर्टिफिकेट, पुलिस, कर, स्वास्थ्य सम्बन्धी सर्टिफिकेट, पासपोर्ट, वीसा आदि कि बीते हुए पर विचार करने का मेरे पास समय ही नहीं बचा था। जब कभी मैं अपनी कैद के दिनों पर विचार करना चाहता भी था, तो लगता था कि मेरे दिमाग की रोशनी बुझ जाती थी। केवल कई सप्ताहों के बाद, दरअसल केवल अभी इस जहाज़ पर मैंने यह साहस किया है कि इस सारे बीते हुए और भुगते हुए पर एक बार सम्पूर्ण रूप से विचार कर जाऊं।"

"यह सब सुनने के बाद शायद आप समझ गए होंगे कि मैंने क्यों आपके मित्रों के साथ इस तरह का विचित्र व्यवहार किया। यह केवल संयोग ही था कि मैं उस समय धूम्रपान कक्ष के

भीतर से जा रहा था और मैंने उनको शतरंज की बिसात के पास बैठे देखा। आश्चर्य और भय से मेरे पैर वहीं पर जैसे गड़ गए। क्योंकि मैं एकदम ही भूल गया था कि सचमुच की बिसात और मोहरों से भी शतरंज खेली जा सकती है, बिलकुल भूल ही गया था कि इस खेल में दो अलग देह वाले व्यक्ति एक दूसरे के आमने-सामने बैठकर खेलते हैं। सचमुच मुझे यह समझने में कई मिनट लग गए कि जो कुछ ये,व्यक्ति खेल रहे हैं, यह वही है, जो मैं अपनी असहायावस्था के दिनों में अपने ही विरुद्ध खेलता रहा हूं। मैं मंत्रमुग्ध-सा बिसात की ओर घूरता रहा और मैंने वहां अपने काल्पनिक मोहरों, बादशाह, वजीर, हाथी, बेगम, पियादों आदि को काठ के बने हुए सचमुच के मोहरों के रूप में देखा। क्रमशः मेरी यह उत्सुकता बढ़ती ही गई कि खिलाड़ियों के बीच की इस सचमुच की प्रतियोगिता को देखूं। इसके बाद ही मैंने आपके खेल में वह अवांछनीय और अशिष्ट बाधा दी थी, लेकिन आपके मित्र की वह गलत चाल मेरे कलेजे में कटार की चोट-सी लगी थी। मेरे भीतर की किसी अनजान शक्ति ने ही उनका साथ पकड़ने के लिए मुझे प्रेरित किया। ठीक उसी तरह जैसे किसी बच्चे को रेलिंग के ऊपर से झुकते देखकर अनायास ही हमारा हाथ उसे पकड़ने के लिए आगे बढ़ जाता है। केवल बाद में ही मुझे अपनी इस धृष्टता का अहसास हुआ था।"

मैंने अविलम्ब डॉ० बी० को आश्वासन दिया कि इस घटना से हम सबको प्रसन्नता ही हुई, क्योंकि इसी के कारण उनसे हमारा परिचय हुआ और उनकी जीवन-कथा सुनने के बाद तो अब मैं और भी अधिक चाहता हूं कि कल वाली शतरंज की बाज़ी के समय उनका खेल पुनः देखने का अवसर पा सकूं।

"सचमुच, आपको अधिक आशा नहीं करनी चाहिए। मैं केवल यह देखना चाहता हूं कि क्या मैं सामान्य तरीके से शतरंज खेल भी सकता हूं? ऐसी बाज़ी, जिसमें सचमुच की बिसात और मोहरे हों और एक जीवित विरोधी हो, क्योंकि अब मुझे और भी अधिक इसका शक हो रहा है कि जो सैकड़ों-हज़ारों बाज़ियां मैंने उस कोठरी में अपने विरुद्ध खेली थीं, वे क्या सचमुच की बाज़ियां थीं, या महज़ एक तरह का ज्वराक्रान्त सपना था। आपको निश्चय ही गम्भीरता से इसका विश्वास नहीं करना चाहिए कि मैं एक चैम्पियन के विरूद्ध खड़ा हो सकूंगा कि मैं संसार के महानतम खिलाड़ी से बराबर के स्तर पर जूझ सकूंगा। मेरी रुचि और मेरा आकर्षण केवल यह जानने में है कि मेरी कोठरी में जो कुछ तब हुआ था, क्या वह सचमुच शतरंज का खेल था या महज़ पागलपन।"

ठीक तभी रात के भोजन के लिए यात्रियों को बुलाने वाले घंटी बजी। हमारा वार्तालाप ज़रूर पूरे दो घंटे चला होगा, क्योंकि डॉ० बी० ने अपनी कहानी मुझे अधिक विस्तार से सुनाई थी। मैंने पूरे उत्साह से उनको धन्यवाद दिया और जाने की इजाज़त मांगी। अभी मैंने डेक भी पार नहीं किया था कि डॉ. बी. को पुन: अपनी बगल में पाया। स्पष्ट ही वे काफ़ी घबराए हुए थे और हकला-हकलाकर मुझसे कह रहे थे, "बस, एक बात और। क्या आप पहले से ही अपने मित्रों से कह देंगे, ताकि उन्हें बाद में यह अशिष्ट नहीं लगे कि मैं केवल एक ही बाज़ी

खेलूंगा...मैं दुबारा उसी उत्तेजनापूर्ण खेल की स्थिति में नहीं डूबना चाहता, जिसकी याद से भी मुझे डर लगता है। इसके अलावा...इसके अलावा, डॉक्टर ने भी मुझे मना किया था, स्पष्ट मना किया था। जो एक बार किसी पागल बना देने वाली लत का शिकार हो जाता है, उसे बाद में हमेशा खतरा बना रहता है और शतरंज के ज़हर के रोगी को तो, चाहे वह एक बार स्वस्थ ही करार दे दिया गया हो, सदा-सदा के लिए शतरंज की बिसात से स्वयं को दूर रखना चाहिए। तो आप समझ गए न, केवल यह एक अन्तिम प्रयोगात्मक बाज़ी और उसके बाद बस।"

दूसरे दिन हम लोग निश्चत समय पर, यानी ठीक तीन बजे धूम्रपान-कक्ष में इकट्ठे हो गए। हमारे दल में इस शाही खेल के दो प्रेमी और बढ़ गए थे। ये दो व्यक्ति उसी जहाज़ के दो अफसर थे, जिन्होंने केवल इस खेल को देखने के लिए ही अपने कार्य से विशेष रूप से अवकाश लिया था। ज़ेन्तोविक भी पिछले दिन के प्रतिकूल ठीक समय पर ही आ गया। रंगों के चुनाव के बाद एक प्रसिद्ध चैम्पियन और एक अनजान व्यक्ति के बीच की यह स्मरणीय बाज़ी शुरू हुई।

खेल आगे बढ़ा तो दोनों विरोधियों के खेलने के ढंग से उन दोनों के बीच के बौद्धिक अन्तर का स्पष्ट पता चलने लगा। ज़ेन्तोविक सम्पूर्ण समय पत्थर के ढोंके की तरह अचल रहा। उसकी आखें एकटक शतरंज की बिसात पर टिकी रहीं। लगता था कि प्रत्येक चाल के लिए सोचने में उसे प्राय: शारीरिक श्रम करना पड़ता था, जिसके लिए उसके प्रत्येक अंग को अतिशय एकाग्र होकर उस एक ओर लगना पड़ता था। दूसरी ओर डॉ० बी० नितान्त निश्चिन्त और आराम से थे। वे पूर्ण निश्चिन्तता से खेल रहे थे, हर चाल के बारे में हम लोगों को सामान्य बातचीत की तरह समझाते जा रहे थे। वे लापरवाही से सिगरेट जलाते और जब उनकी चाल आती तो महज़ मिनट-भर के लिए बिसात पर उड़ती-सी नज़र डाल लेते। हर बार लगता था कि जिस चाल की उन्हें अपेक्षा थी, ठीक वही चाल उनके विरोधी ने चली है।

प्रारम्भ की चालें बहुत जल्दी-जल्दी पूरी हो गईं। सातवीं या आठवीं चाल के बाद लगा कि एक निश्चित योजना रूप ले रही थी। ज़ेन्तोविक अपने चिन्तन के क्षणों को बढ़ाता जा रहा था। तब हमने अनुमान लगाया कि परस्पर एक दूसरे पर हावी होने का संघर्ष प्रारंभ होने लगा था, लेकिन ज्यों-ज्यों खेल आगे बढ़ता जा रहा था, त्यों-त्यों हमारे जैसे सामान्य दर्शकों की निराशा बढ़ती ही जा रही थी, क्योंकि चालों का महत्त्व हमारे लिए उसी अनुपात से घटता जा रहा था। हम यह नहीं समझ पा रहे थे कि प्रत्येक चाल के पीछे उनका क्या उद्देश्य था, या कि कौन जीत रहा था, कौन हार रहा था। हम केवल यह देखते थे कि दुश्मन की सीमा पर आक्रमण करने के लिए कुछ मोहरे आगे बढ़ते थे, लेकिन चूंकि इन पहुंचे हुए खिलाड़ियों की हर चाल एक विशेष योजना के अन्तर्गत चली हुई होती थी और आगे की चार-पांच चालों का ही एक अंग होती थी, इसलिए उनके आगे-पीछे हटने के आन्तरिक महत्त्व को समझना हमारे वश की बात नहीं थी।

एक निर्मम थकान हम सब पर छाती जा रही थी, विशेषकर ज़ेन्तोविक द्वारा चिन्तन के लिए प्रत्येक चाल के समय ली जाने वाली लम्बी अवधि के कारण इसका असर हमारे मित्र पर भी पड़ रहा था और उनमें अब झुंझलाहट के आसार स्पष्ट नज़र आने लगे थे। मैंने कुछ परेशानी से गौर किया कि बाज़ी जितनी ही लम्बी फैलती जा रही थी, उनकी बेचैनी भी उतनी ही बढ़ती जा रही थी। उनका बार-बार अपनी कुर्सी पर हिलना-डुलना, परेशान होकर लगातार सिगरेट पर सिगरेट सुलगाना, अक्सर कुछ टिप्पणी लिखने के लिए पेंसिल पकड़ना आदि सब इसी आन्तरिक बेचैनी के आसार थे। वे जल के गिलास पर गिलास मंगाते और तत्काल निगल जाते। स्पष्ट था कि उनका मस्तिष्क ज़ेन्तोविक की अपेक्षा हज़ार गुणा अधिक फुर्ती से कार्य कर रहा था। हर बार जब ज़ेन्तोविक अनन्त चिन्तन के बाद अपने भारी हाथ से चाल चलने को होता, तो हमारा मित्र किसी ऐसे व्यक्ति की तरह मुस्कराता जो अपनी दीर्घ-अपेक्षित बात को ही सही होते हुए पाकर मुस्कराता है, फिर तत्काल अपनी चाल-चल देता। अपने तीक्ष्ण मस्तिष्क में उसने उस हर संभावना पर विचार कर लिया था जो हमारे विरोधी के लिए संभव हो सकती थी।

ज़ेन्तोविक अपना निर्णय लेने में जितनी ही देर करता, डॉ० बी० की अधीरता उतनी ही बढ़ती जाती और प्रतीक्षा के इन क्षणों में उनके होंठ गुस्से से सिकुड़ने लगते थे, लेकिन ज़ेन्तोविक ने अपनी ओर से जल्दी नहीं दिखाने की मानो कसम खा रखी थी। वह खामोशी और दृढ़ता से चिन्तन करता रहा और मैदान में मोहरों की संख्या जितनी ही कम होती गई, उसके चिन्तन के क्षण भी उतने ही अधिक बढ़ते गए।

डेढ़ घंटे के बाद बयालीस की चाल तक पहुंचते न पहुंचते खेल में होने वाली चालों के प्रति हमारी रुचि एकदम समाप्त हो चुकी थी और हम लोग बहुत कुछ उदासीन भाव से खामोश बैठे थे। जहाज़ी अफसरों में से एक तो कभी का जा चुका था, दूसरा किताब पढ़ रहा था और जब कोई मोहरा चला जाता केवल तभी नज़र उठाकर देख लेता था। तब ज़ेन्तोविक की चाल के बाद सहसा ही अनपेक्षित घट गया। ज्योंही डॉ० बी० ने देखा कि ज़ेन्तोविक ने बड़े पादरी को चलने के लिए छुआ है, त्योंही वह अपने शिकार पर झपटनेवली बिल्ली की तरह झुक गया। उसकी समूची देह कांपने लगी। अभी ज़ेन्तोविक ने अपनी चाल चली ही थी कि उसने अपनी बेगम को आगे ढलेक दिया और ज़ोर से तथा विजयोल्लास से कहा, "यह लो! काम तमाम हुआ!" फिर अपनी कुर्सी पर पीछे की ओर कमर टिका ली, सीने पर दोनों बाहें मिला लीं और ज़ेन्तोविक की ओर चुनौती के भाव से देखा। बोलते समय उसकी आंखों की पुतलियां गहरी लाल रोशनी से चमक रही थीं।

जिस चाल के सम्बन्ध में इतने ज़ोर से घोषणा की गई थी, उसके वास्तविक महत्त्व को समझने के लिए हम सब उत्सुकता से शतरंज की बिसात पर झुक गए। प्रथम दृष्टि में हमें कोई सीधा खतरा दिखाई नहीं दिया, तो हमारे मित्र के कथन का संकेत किसी भावी विकास की

ओर था, जिसे अभी से समझ लेना हमारे जैसे लघुदृष्टि वाले शौकिया खिलाड़ियों के वश की बात नहीं थी। हममें केवल ज़ेन्तोविक ही था, जो इस चुनौती से भी उत्तेजित नहीं हुआ और उसी तरह जड़ बना रहा, मानो 'काम तमाम हुआ' उसने सुना ही न हो। सब सांस रोक बैठे थे, और अचानक टेबल की घड़ी की टिक-टिक सुनाई देने लगी, जो चालों के मिनटों का हिसाब रखने के लिए वहां रखी हुई थी। तीन मिनट गुज़र गए, सात मिनट, आठ मिनट ज़ेन्तोविक स्थिर बैठा था।

यह खामोश प्रतीक्षा हमारे मित्र को भी उतनी ही असहनीय लग रही थी, जितनी कि हमें। उसने अपनी कुर्सी पीछे खिसकाई, तेज़ी से उठा और धूम्रपान-कक्ष को रौंदने लगा पहले धीरे-धीरे और फिर क्रमशः तेज़ और अधिक तेज़। सब उपस्थित लोगों ने आश्चर्य से उसकी ओर देखा, लेकिन मेरी बेचैनी सबसे अधिक थी, क्योंकि मैंने जान लिया कि उन्मत्तता के बावजूद उसकी चहलकदमी एक निश्चित विस्तार से इधर-उधर नहीं हट रही थी। कांपकर, मैंने पहचान लिया कि यह उसकी कोठरी वाली चहलकदमी की ही अचेतन पुनरावृत्ति थी। कैद के उन दिनों बिलकुल इसी तरह वह एक पिंजरे में बंद पशु की तरह इधर से उधर चक्कर काटता रहा होगा। उसकी मुट्ठियां ठीक इसी तरह भिची रही होंगीं और कंधे झुके हुए रहे होंगे। ठीक इसी तरह वह हज़ारों बार आगे और पीछे चलता रहा होगा। उसकी लकवा मारी-सी, लेकिन साथ ही ज्वराक्रान्त दृष्टि में पागलपन की लाल रोशनियां इसी तरह जलती रही होंगी, फिर भी उसका मानसिक नियंत्रण पूरी तरह व्यवस्थित लगता था, क्योंकि रह-रह कर वह अधीरता से टेबल की ओर यह देखने के लिए मुड़ता था कि ज़ेन्तोविक ने अपना निर्णय लिया या नहीं, लेकिन समय फैलता-फैलता नौ मिनट तक पहुंच गया और तब दस मिनट तक।

इसके बाद अन्त में, जो घटा वह कुछ ऐसा था, जिसकी इसके पूर्व किसी ने भी अपेक्षा नहीं की थी। ज़ेन्तोविक ने अपना भारी हाथ धीरे-धीरे ऊंचा उठाया, जो तब तक टेबल पर निर्जीव-सा पड़ा था। हम सांस रोके उसकी चाल की प्रतीक्षा कर रहे थे। तो भी ज़ेन्तोविक ने कोई मोहरा नहीं चला, बल्कि उसकी जगह, अपने हाथ के पिछले हिस्से से एक धीमी, दृढ़ मार द्वारा बिसात के ऊपर से सारे मोहरे उलट-पलट दिए। हमें यह समझने में कुछ समय लग गया कि उसने दरअसल बाज़ी छोड़ दी थी। उसने यह सोचकर पहले ही आत्मसमर्पण कर दिया कि हम सब उसे मात खाते हुए नहीं देख सकें। असंभव संभव हो गया था। विश्वविजेता खिलाड़ी, असंख्य टूर्नामेण्टों के विजयी खिलाड़ी ने एक अनजान व्यक्ति के सामने हथियार डाल दिए थे। एक ऐसे आदमी के सामने, जिसने बीस या पचीस वर्षों से शतरंज को छुआ तक नहीं था। हमारे मित्र ने, उस अनाम, अज्ञात, अदने व्यक्ति ने, धरती के सबसे बड़े शतरंज के खिलाड़ी को खुली लड़ाई में हरा दिया था।

उत्तेजना के वशीभूत होकर हममें से प्रत्येक एक-एक करके अपने आप उठकर खड़ा हो गया। प्रत्येक के मन में यह भावना थी कि उसे कुछ न कुछ करके या कहके अपने भीतर के इस आह्लादक धक्के को अभिव्यक्ति देनी चाहिए। केवल एक व्यक्ति पत्थर की तरह जड़ और

निश्चिन्त बैठा रहा, ज़ेन्तोविक। एक नपी-तुली अवधि के बाद उसने अपना सिर उठाया और हमारे मित्र की ओर पथरीली दृष्टि से देखा।

"दूसरी बाज़ी ?" उसने पूछा।

"निश्चय ही।" डॉ० बी० ने जिस उत्साह से उत्तर दिया, उससे मुझे कुछ परेशानी महसूस हुई और इसके पूर्व कि मैं उसे एक ही बाज़ी खेलने वाली उसकी प्रतिज्ञा की बात याद दिलाऊं, वह बैठ चुका था और ज्वराक्रान्त व्यक्ति की सी तेज़ी से मोहरे ठीक करने लगा। वह उन्हें कुछ इतनी उतावली से रख रहा था कि उसकी कांपती हुई अंगुलियों से एक पियादा दो बार फिसलकर फर्श पर गिर गया। उसकी अस्वाभाविक उत्तेजना से मुझे जो बेचैनी महसूस हुई थी, उसने अब कुछ-कुछ भय का रूप ले लिया, क्योंकि इसके पूर्व को यह शान्त और शिष्ट व्यक्ति स्पष्टत: अब उग्र बन गया था। उसके मुंह की ऐंठन में अब पहले की अपेक्षा अधिक तेज़ी पर आ गई थी और उसका अंगप्रत्यंग इस तरह कांप रहा था, मानो उसे तेज ज्वर हो।"

"अब मत खेलिए," मैंने हौले से कहा, "अब और अधिक नहीं। आज के लिए आप काफ़ी खेल चुके हैं। इसी में आपको ज़रूरत से ज़्यादा श्रम पड़ चुका है।"

"श्रम ! हा-हा !" वह ज़ोर से और घृणा से हंसा, "इस मरियल चाल वाली बाज़ी में जितना समय लगा है, उतने में मैं सत्रह बाज़ियां खेल सकता था। क्योंजी, क्या आपका इस ज़िन्दगी में चाल चलने का इरादा नहीं है ?"

ये अन्तिम शब्द उत्तेजित या करीब-करीब अशिष्ट लहजे में ज़ेन्तोविक से कहे गए थे। ज़ेन्तोविक ने उसकी ओर शान्ति और स्थिरता से देखा, लेकिन उस दृढ़ दृष्टि में कुछ कसी हुई मुट्ठी का सा भाव था। एक क्षण में वहां एक नया तत्त्व प्रवेश कर गया। एक खतरनाक तनाव, एक तीखी घृणा। अब वे केवल दो खिलाड़ी ही नहीं थे, बल्कि दो ऐसे दुश्मन थे, जो एक दूसरे को नष्ट करने की कसम खाए हुए हों। पहली ही चाल चलने के पूर्व ज़ेन्तोविक काफ़ी देर तक झिझकता रहा और मेरी यह निश्चित धारणा थी कि वह जानबूझकर देर कर रहा था। निश्चय ही इस मंजे हुए खिलाड़ी ने काफ़ी पहले ही जान लिया था कि इस तरह की देरी से उसके विरोधी को झुंझलाहट और थकान महसूस होने लगती थी। निहायत सामान्य और सरलतम प्रारम्भिक चाल के लिए भी उसने पूरे चार मिनट लिए और तब बादशाह वाले पियादे को दो घर चला। तत्काल हमारे मित्र ने भी अपना बादशाह वाला पियादा चला। उसके बाद पुन: ज़ेन्तोविक खामोश होकर बैठ गया। वह खामोशी से धीरे-धीरे सोचता रहा और जैसाकि मुझे क्रमशः अधिक महसूस होता जा रहा था, वह दुष्टतापूर्ण धीमी गति से सोच रहा था। डॉ० बी० ने अभी-अभी पानी का गिलास गले के नीचे उतारा था। मुझे याद आया कि इसी तरह की ज्वराक्रान्त प्यास उसे अपनी कैदखाने वाली कोठरी में भी लगती थी। असामान्य उत्तेजना का हर लक्षण स्पष्टतः दिखाई दे रहा था। उसके माथे पर पसीना झलक आया था और हाथ का घाव वाला निशान और अधिक लाल होकर उभर आया था। फिर भी वह स्वयं को नियंत्रण में रखे हुए था। चौथी चाल तक पहुंचने पर जब ज़ेन्तोविक फिर उबा डालने की हद तक सोचता रहा, तो डॉ० बी० स्वयं को भूल गया और फट पड़ा, "क्या आप कभी चलेंगे भी ?"

ज़ेन्तोविक ने रुखाई से अपनी निगाहें ऊपर उठाई, "जैसाकि मुझे याद है, हम लोगों ने दस मिनट की सीमा स्वीकार की थी। इससे कम न करने का मेरा सदा सिद्धान्त रहा है।"

डॉ० बी० ने अपने होंठ काट लिए। मैंने गौर किया कि वह क्रमशः बढ़ती बेचैनी के साथ टेबल के नीचे अपने जूते का तल्ला उठा-गिरा रहा था। अपनी घबराहट पर मैं नियंत्रण नहीं रख सका, क्योंकि उसके भीतर उबलते पागलपन का मुझे स्पष्ट आभास मिल रहा था। आठवीं चाल के पास दुबारा भिड़न्त हुई। प्रतीक्षा के बढ़ते क्षणों के साथ डॉ० बी० का आत्मनियंत्रण घटता जा रहा था। वह अपने भीतरी तनाव को अब अधिक देर छिपा नहीं पा रहा था। अपनी सीट पर वह बेचैनी महसूस कर रहा था। अवचेतन रूप से उसकी अंगुलियों ने टेबल पर तबला बजाना शुरू कर दिया। ज़ेन्तोविक ने पुन: अपना किसानों जैसा सिर ऊपर उठाया।

"क्या मैं आपसे यह तबला बन्द करने को कह सकता हूं? इससे मुझे बाधा पहुंचती है। इसके जारी रहते समय में खेल नहीं सकता।"

"हा-हा!" डॉ० बी० ने हंसकर जवाब दिया, "यह तो कोई भी देख सकता है।"

ज़ेन्तोविक का चेहरा लाल हो उठा, "आपके इस कथन का मतलब क्या है?" उसने बुरा मानते हुए तेज़ी से पूछा।

डॉ० बी० दोबारा एक नफरत-भरी और तीखी हंसी हंसे, "कुछ नहीं सिवाय इसके कि आप स्पष्टत: घबरा गए हैं।"

ज़ेन्तोविक ने अपना सिर झुका लिया। कुछ कहा नहीं। पूरे सात मिनट बीत जाने के बाद उसने अपनी चाल चली और इसी जनाज़े की सी चाल से खेल आगे घिसटता रहा। ज़ेन्तोविक क्रमशः अधिक जड़ होता जा रहा था। अन्त में वह प्रत्येक चाल के लिए अधिकतम समय लेने लगा। हर अवकाश के बाद हमारे मित्र का व्यवहार अजीब से अजीबतर होता गया। लगता था, मानो अब उसे इस खेल में कोई रुचि नहीं रही थी, बल्कि उसका ध्यान इससे भिन्न किसी और ही खेल में लगा हुआ था। उसने अपनी उत्तेजनापूर्ण चहलकदमी बन्द कर दी और स्थिर होकर बैठ गया। सूनी और प्रायः पागलपनपूर्ण दृष्टि से शून्य में ताकता हुआ वह अनवरत अबूझ शब्द बड़बड़ा रहा था। या तो वह अनन्त चालों के योग का जोड़-तोड़ मिलाने में लगा हुआ था अथवा और मेरा अन्दरूनी शक यही था, वह नितान्त दूसरी बाज़ियां खेलने में मशगूल था, क्योंकि प्रत्येक बार जब ज़ेन्तोविक अपनी चाल चलने को होता, तो उसे खोई स्थिति से होश में आने के लिए याद दिलाना पड़ता था। मेरा यह विश्वास बढ़ता गया कि अपने पागलपन के इस अनुत्तेजित प्रभाव के अन्तर्गत वह ज़ेन्तोविक के बारे में और हम सबके बारे में भी सब कुछ भूल चुका है और किसी भी क्षण यह स्थिति भयानक विस्फोट का रूप ले सकती है। सचमुच उन्नीसवीं चल के पास आखिर यह संकट आ ही पहुंचा। ज़ेन्तोविक ने अभी अपनी चाल चली ही थी कि डॉ० बी०) ने शतरंज की बिसात पर महज़ एक उड़ती-सी नज़र डाली और सहसा अपना बड़ा पादरी तीन घर आगे चला और इतनी ज़ोर से चिल्लाया कि हम सब चौंक उठे, "शह! शह! बचाओ अपने बादशाह को!"

एक असाधारण चाल की अपेक्षा में हर आंख बिसात पर जम गई। तब एक मिनट के बाद एक अनपेक्षित विकास दृष्टिगोचर हुआ। बहुत धीमे से ज़ेन्तोविक ने अपना सिर तिरछा किया और जैसाकि उसने इसके पूर्व एक बार भी नहीं किया था, एक चेहरे से दूसरे चेहरे की ओर देखा। लगा कि कुछ ऐसा था, जिससे उसे बेहद मज़ा मिल रहा था, क्योंकि बहुत हौले-हौले करके उसके होंठों पर एक संतुष्ट और घृणा-भरी मुस्कान थिरक उठी। जब वह उस विजय का पूरा मज़ा ले चुका, जो हमारे लिए अभी तक अबूझ थी, तो उसने दिखावटी सम्मानपूर्वक हमें सम्बोधित करते हुए कहा, "अफसोस! लेकिन मुझे तो कोई शह दिखाई नहीं दे रही। शायद आपमें से किसी सज्जन को मेरा बादशाह शह में दिखाई देता हो!"

हमने पहले शतरंज की तरफ और तब नज़र उठाकर बेचैनी से डॉ० बी० की ओर देखा। ज़ेन्तोविक के बादशाह और डॉ० बी० के बड़े पादरी के बीच में एक पियादा था, एक बच्चा भी यह देख सकता था, इस तरह बादशाह के शह में होने की संभावना नहीं थी। हम सबने परस्पर एक दूसरे की ओर देखा। अपनी उत्तेजना में हमारे मित्र ने कहीं कोई मोहरा अपनी निश्चित चाल से एक घर इधर या उधर, कम या अधिक तो नहीं चल दिया? डॉ० बी० ने हमारी खामोशी पर गौर किया और तब बिसात की ओर घूरकर देखा और रुक-रुककर कहा, "लेकिन बादशाह को एफ 7 के घर में रहना चाहिए, यह गलत है, सब गलत हैं, आपकी चाल गलत थी। सारे मोहरे ही गलत जगह पर रखे हुए हैं, पियादे को जी 5 के घर में रहना चाहिए, न कि जी 4 के घर में। क्यों, यह तो नितान्त भिन्न बाज़ी है.... यह तो...।"

अचानक वह बोलता-बोलता रुक गया। मैंने ज़ोर से उसका हाथ पकड़ लिया था, बल्कि मैंने उसके हाथ पर इतनी ज़ोर से चिकौटी काट दी थी कि अपनी उस ज्वाराक्रान्त उलझन में भी उसे मेरी पकड़ का अहसास हुए बिना नहीं रहा। वह मुड़ा और उसने एक स्वप्नचारी की तरह मेरी ओर देखा।

"क्या है, तुम क्या चाहते हो?"

मैंने केवल 'याद रखिए' कहा और ठीक उसी समय उसके हाथ वाले घाव के निशान पर हौले से अपनी अंगुली फिराई। अनायास ही उसकी आंखें मेरे संकेत-स्थल की ओर गई और उस रक्तिम लाल निशान पर उसकी दृष्टि जम गई। सहसा वह कांपने लगा और उसकी समूची देह हिल उठी।

"भगवान के लिए," वह ज़र्द होंठों से फुसफुसाया, "क्या मैंने कोई मूर्खतापूर्ण बात की या कही है? क्या यह सम्भव है कि मैं पुन...?"

"नहीं," मैंने धीमी आवाज़ में कहा, "लेकिन आपको यह खेल तत्काल रोक देना होगा। यही काफ़ी हो चुका है। स्मरण कीजिए, डॉक्टर ने आपसे क्या कहा था?"

एकदम डॉ० बी० उठकर खड़ा हो गया, "अपनी इस भोंडी गलती के लिए मैं आपसे क्षमा-याचना करता हूं," उसने ज़ेन्तोविक की ओर कुछ झुकते हुए अपनी उसी पुरानी नम्र आवाज़ में कहा, "जो कुछ मैंने कहा था, वह निश्चय ही स्पष्ट बकवास था। यह कहना अनावश्यक ही है

कि बाज़ी आपकी है," फिर मुड़कर हमसे कहा, "आप सज्जनों से भी मैं क्षमा मांगता हूं, लेकिन मैंने पहले ही आप लोगों को चेता दिया था कि मुझसे अधिक कुछ की उम्मीद न रखें। इस निरादर के लिए क्षमा करें, यह अन्तिम बार है कि मैं शतरंज के मोह के वशीभूत हुआ हूं।"

उसने झुककर अभिवादन किया और अपने उसी विनीत एवं रहस्यमय ढंग से चला गया, जिस तरह कि प्रथम बार हमारे सामने प्रकट हुआ था। केवल मैं जानता था कि क्यों यह आदमी अब भविष्य में कभी शतरंज का मोहरा छुएगा तक नहीं, जबकि मेरे बाकी सब साथी कुछ उलझन में खोए-से खड़े थे, किसी खतरनाक और असूखकर स्थिति से बाल-बाल बच जाने वाले, अनिश्चित अस्पष्ट-सी भावना वाले व्यक्तियों की तरह।

"एक नम्बर का बेवकूफ!" मैकआइवर निराशा से बड़बड़ाया।

सबसे अन्त में ज़ेन्तोविक अपूर्ण बाज़ी की ओर तिरछी दृष्टि से देखता हुआ अपनी कुर्सी से उठा।

"बहुत पुरी बात है," उसने उदारता से कहा, "इस आक्रमण की योजना खराब बिलकुल भी नहीं थी। एक नौसिखिए की दृष्टि से इस आदमी में निश्चय ही ढेर-सारी प्रतिभा है।"

बीते दिन

मेरे छात्रों और साथियों की ही कृपा थी यह। उनके द्वारा भेंट की गई सुन्दर जिल्द से मढ़ी' पुस्तक वहां रखी है। मेरी साठवीं वर्षगांठ और प्राध्यापक के स्थान पर मेरी नियुक्ति की तीसवीं वार्षिकी के अवसर के उपलक्ष में वे यह पुस्तक आज ही लाए हैं। यह पुस्तक एक विस्तृत साहित्यिक इतिहास होने के साथ-साथ एक जीवन गाथा भी है। इसमें सभी कुछ है—अत्यन्त महत्त्वपूर्ण निबन्ध, स्मरणीय भाषण, वर्ष की उत्तमोत्तम पुस्तकों की समीक्षाएं। कुछ ही छोड़ा नहीं गया है। मेरा सम्पूर्ण कार्यकलाप प्रस्तुत है। कदम दर कदम मेरे इस वर्तमान क्षण तक पहुंचने वाली सीढ़ी की तरह। यदि मैं इस पूर्णता से प्रभावित और आकर्षित नहीं होता, तो यह मेरी कृतघ्नता होगी। बहुत-सी बातें जो मेरी विस्मृति के गढ़े में पहुंच चुकी हैं, अपने स्थान पर पुनर्स्थापित की गई है। मुझे स्वीकारना होगा कि मैं बूढ़ा इस उपहार को देखकर उतना ही गर्वित हूं, जितना उस दिन हुआ था, जब मेरे विद्यार्थी जीवन में एक अध्यापक ने मुझे अध्ययन और ज्ञान के प्रति अत्यधिक जिज्ञासु और सुयोग्य घोषित करते हुए एक प्रमाण-पत्र दिया था।

इन दो सौ पृष्ठों को उलटते-उलटते और उसमें छापे अपने चित्रों पर विचार करते हुए मैं मुस्कराए बिना नहीं रह सका। क्या सच ही यह मेरा जीवन था? क्या यह आरम्भ से आज तक इसी प्रकार सहज और सोद्देश्य पगडंडियों से गुज़रता रहा था? मेरा यह अनुभव बिल्कुल वैसा ही था, जैसा सबसे पहली बार ग्रामोफोन से अपनी ही आवाज़ सुनने पर हुआ था। मेरी अपनी आवाज़, बेशक! किन्तु ऐसी आवाज़ जिसे अन्य व्यक्ति सुनते थे, वैसी नहीं, जिसे मैं स्वयं ही अपने प्राण-रक्त में घुली-मिली सुनता हूं। इसलिए एक बार फिर (जिसने मनुष्य को उसके कार्यों के बीच देखकर और उनके बौद्धिक सांचे की स्पष्टता समझाने की नीयत से चित्रित करने में जीवन का अधिकांश समय व्यतीत किया है) अनुभव से यह समझ सका कि हममें से प्रत्येक का अन्तर्मन कितना अधिक अबूझ है, प्लास्टिक की सैल, जिसमें से गीत की प्रेरणा निष्कासित होती है। हम अनन्त असंख्ये क्षणों में जीते हैं, किन्तु इन असंख्य क्षणों में कोई एक ही क्षण ऐसा होता है, जो हमारे अन्त:लोक को चरम प्रदान करता है। क्षण, जैसा कि स्टेण्डहॉल ने कहा

है, उसमें रक्त का चरम ठोस आकार ग्रहण करता है। प्रसव का-सा जादुई क्षण और उसकी तरह किसी के अपने शरीर के तपते अन्तर में छिपा अदृश्य, अस्पृश्य, अग्राह्य एक अद्‌भुत अनुभव। आत्मा का कोई बीजगणित उसे हल नहीं कर सकता, कोई रसायन-विद्या उसे समझा नहीं सकती। हमारे अपने लिए भी वह अबूझ ही रह जाता है।

इस पुस्तक में, जो मेरे जन्म दिवस पर उपहार में दी गयी है, मेरी मानसिक प्रगति के उस भेद भरे तथ्य का कोई उल्लेख नहीं है। इसीलिए मैं उसके पृष्ठ पलटता हूं और मुस्कराता हूं। इसमें जो कुछ है, सच है, फिर भी इसमें सत्य का अभाव है। यह मेरा वर्णन करती है, मुझे अभिव्यक्त नहीं करती। यह मेरे विषय में बातें करती है, मुझे उघाड़ती नहीं। इसकी विशद विषय-सूची में दो सौ नाम हैं, किन्तु उस व्यक्ति का नाम नहीं है, जिसने मेरे प्राणों को रचनात्मक प्रोत्साहन दिया, जिसने मेरे भाग्य का निर्णय मेरे लिए किया और जो अब फिर मुझे नयी शक्ति के साथ मेरी युवावस्था में लौटा रहा है, पुकार रहा है। सभी विषयों की बात हैं, सिवाय उसके, जिसकी सांसे मेरे शब्दों को प्राण देती है। मुझे एकाएक ही पता चलता है कि यह मौन बड़ा कायर है। ज़िन्दगी के अधिकांश में मैं लोगों की रुचियों को शब्द देता रहा हूं। गुज़री सदियों के महत् व्यक्तित्व मेरे द्वारा पुनर्जीवित किए गए हैं। इस प्रकार समसामयिकों के लिए वे जीवित हो गए हैं, किन्तु मैंने उस व्यक्ति के लिए, जो मेरे लिए किसी से भी अधिक यथार्थ था, वास्तविक था, यह सब नहीं किया। कुछ भी नहीं किया, मैंने उसके लिए।

उस व्यक्ति को, उस प्राणप्रिय छाया को मैं अपना खून दूंगा, जैसा कि होमर के नायकों के युग में होता था कि वह मुझसे फिर एक बार बोले, कि वह जो कभी का बूढ़ा होकर मर गया है, मुझसे जो अपनी बारी में बूढ़ा हो चला हूं फिर एक बार बोल उठे। मैं इसमें कुछ और पृष्ठ जोड़ दूंगा, इसमें जो सर्वजन्म बातें हैं, मैं अपने विचार लोक का इतिहास जोडूंगा, अपनी आत्म स्वीकारोक्ति जोडूंगा और उसके लिए मैं अपनी युवावस्था की सच्ची कहानी अपने आप को सुनाऊंगा।

आरम्भ करने से पूर्व मैं एक बार फिर इस पुस्तक के पृष्ठ को फड़फड़ाता हूं। यह पुस्तक तो मेरा जीवन-वृत होने का दावा कर रही है, फिर मैं अपनी हंसी नहीं रोक पाता। इस प्रकार का असत्य प्रारम्भ करके वे मेरे अस्तित्व की वास्तविकता तक पैठने की आशा कैसे कर सकते हैं? एक पुराना सहपाठी (जो मेरी ही तरह अब प्रिवी काउन्सलर है) घोषणा करता है कि उन प्रारम्भिक दिनों में मैं ज्ञानार्जन के उत्कट उत्साह के कारण अपने साथियों में विशिष्ट महत्व रखता था। मेरे पुराने मित्र! तुम्हारी स्मृति तुम्हें धोखा दे रही है। मेरी युवावस्था में मानवता मेरे लिए नितान्त अरुचिकर थी। मात्र विवशता से ही मैं वह सब पढ़ता था, छिपे-छिपे अपने दांत पीस-पीस कर। मेरे पिता उस समय उत्तर जर्मनी के एक छोटे से नगर में अध्यापक थे। घर की आजीविका ही इस पर निर्भर थी। मुझे बचपन से ही अध्ययन और साहित्य के प्रति अरुचि रही थी। यह प्रकृति का नियम है। सृजनात्मक शक्ति की सुरक्षा के लिए प्रकृति बच्चों को अजीब तरह से पिता की रुचि के प्रति आक्रोश से भर देती है। सहज, बिना प्रयास के पारम्परिक संस्कारों को अपनाने में एक पीढ़ी से दूसरी पीढ़ी को सभी उपलब्धियों के दान-

प्रतिदान में प्रकृति प्रोत्साहन नहीं देती। वह विरोध का बीज बोती है और बच्चों को अपने पूर्वजों के पदचिन्हों पर अग्रसर होने की अनुमति तभी देती है, जब बच्चे अपने श्रम से अनेक चक्करदार मार्गों का निर्माण कर चुकते हैं। मेरे लिए यह पर्याप्त था कि मेरे पिता ज्ञान के उपासक थे। मुझे इतना समझाने में समर्थ कि वे जिसे ज्ञान कहते थे, वह विचारों-धारणाओं के साथ एक निरा छल था। जाने क्यों वे सदा क्लासिक्स का ही आदर्श प्रस्तुत करते थे और मुझे वे प्राचीन महानताएं रेत की तरह सूखी और घिनौनी लगती थीं। पुस्तकों से घिरा मैं पुस्तकों से घृणा करता था। मेरे पिता का प्रयत्न रहता था कि मैं बौद्धिकता का अनुसरण करूं। उनके प्रयत्नों के विपरीत मैं सभी पारम्परिक संस्कृतियों का विद्रोही हो गया।

इस प्रकार के अपने मानसिक विचारों के रहते यह आश्चर्य की बात नहीं होती कि बिना किसी विशेष योग्यता के बड़ी मुश्किल से मैट्रिक पास करने के बाद मैं आगे की पढ़ाई से भाग खड़ा होता। मैं कोई अफसर बनना चाहता था या समुद्र की ओर जाना चाहता था या फिर इंजीनियर बनना, फिर भी इनमें से किसी काम के प्रति मेरी आन्तरिक प्रवृति नहीं थी। यह मात्र इसलिए था कि मैं ज्ञानार्जन के उस सैदान्तिक और सपाट रूप को पसन्द नहीं करता था। इसलिए मैंने किसी ऐसे पेशे के प्रति अपनी उत्सुकता प्रकट की, जिसमें ज्ञान का उपयोग किया जा सके, किन्तु पिता, जिनमें विद्या प्राप्त करने के प्रति अटूट आस्था थी, मुझे विश्वविद्यालय में भेजने की बात पर ही अड़े रहे। मैं उन्हें इतना ही मना सका कि मैं क्लासिक्स के स्थान पर किसी आधुनिक विषय, विशेषत: अंग्रेज़ी का अध्ययन करूं। इस समझौते के पीछे मेरा अपना आशय मात्र इतना ही था कि सागरजीवी जाति की उस भाषा के ज्ञान से मेरे लिए सागरिक जीवन प्राप्त करना आसान होगा।

अत: इस सब चक्कर में, बर्लिन की इस प्रथम अवधि में, इस मैत्रीपूर्ण निश्चय से अधिक भ्रान्तिपूर्ण बात क्या हो सकती थी? आभार है उन योग्य प्राध्यापकों का कि मैं मानवीय अक्षरों का मूल तथ्य प्राप्त कर सका। मैं व्यक्तिगत स्वतन्त्रता से अपनी भावना की तुष्टि में समर्थ हुआ, फिर अपने प्राध्यापकों और शिक्षकों की क्या परवाह करता? एक बार मैं भाषण-कक्ष में गया था, जहां के गन्दे वातावरण, धर्मोपदेशों की सी ऊब और भाषण की अव्यवस्था ने मुझे इतना उबाया कि मेरे लिए जागे रहना कठिन हो गया। यह तो मैं फिर से उसी स्कूली वातावरण में उलझ गया था, जहां से मेरा पिण्ड अभी-अभी छूटा था। वैसे कक्षा को यहां थियेटर नाम दिया गया था। एक ऊंचे डैस्क से बाल की खाल निकालने वाली निरर्थक झड़ी लग रही थी। मुझे लगा कि रेत की एक धारा प्राध्यापक के पतले होंठों से बह रही थी। मोटी पुस्तक में से पढ़े गए उसके शब्दों की वह धारा इतने ध्यान से तैयार की गयी थी, ऐसी सम थी वह कि दमघोटू वातावरण की सृष्टि कर रही थी। पुरातन काल के उस अखाड़े में, उस ऊसर अल्पज्ञता में स्कूल के दिनों की मेरी पुरानी भावना जाग गई, ऐसी भावना जैसे मैं अनजाने ही किसी श्मशान में पहुंच गया हूं, जहां भावना-शून्य हाथ किसी मुर्दे के ढांचे का निर्दयता के साथ परीक्षण कर रहे हैं। यह आत्मरक्षा की प्रवृति थी और स्वभाव से ही वह तीव्रतर हो गयी, जब मैं भाषण-कक्ष से निकल कर शहर की गलियों में पहुंचा।

चालीस वर्ष पूर्व का बर्लिन जो आज अपनी नयी प्राप्ति से आश्चर्यचकित कर देता है, अपने अपरिपक्व, अधूरे पौरुष के साथ अपने कोने-कोने से चिंगारियां बिखेर रहा था। ऐसा शहर मुझे प्रभावित किए बिना कैसे रह सकता था! मेरे अपने पौरुष-मद जैसा, उस पौरुष जैसा, जिसकी अनुभूति मुझे अभी-अभी हुई थी। वह नगर और मैं अकस्मात ही प्रोटेस्टेण्ट नियमों से जकड़े संकीर्ण, शूद्र, बुर्जुआपन से मुक्त हुए थे और समय से पूर्व ही अपनी शक्तियों, सम्भावनाओं की निधि पा गए थे। मैं एक उत्साही युवक, जो पुरुषत्व की सीमा में प्रवेश कर रहा था, बर्लिन की ही भांति कांपने, झूलने लगा। एक डाइनेमो की तरह, जो निरन्तर हिलता रहता है। मैंने कभी बर्लिन को उतना प्यार नहीं किया। मानवता के गरमाए शहद के छत्ते की तरह मेरा अंग-अंग विस्तार के लिए ललक रहा था। हर उत्साही युवक में यह अनुभूति होती है। किसी दैत्याकार स्त्री के आलिंगन से भी अधिक शक्तिशाली, जहां किसी उत्साही युवक को इस प्रकार अपनी शक्तियों के प्रयोग का अवसर मिले। यह नटखट शहर स्वयं उसी शक्ति से उद्वेलित हो रहा था। जब मैं उसकी बांहों में जा गिरा, तो उसने भी मुझे जोरों से जकड़ लिया। वह पत्थर का होते हुए भी इतना ऊष्ण था। सवेरे से रात तक मैं उसकी गलियों में भटकता, झीलों को देखता और उसके गुप्ततम स्थानों पर जाता। (अपने विद्यार्थी जीवन के उद्देश्यों की उपेक्षा करके) मैं अन्वेषण के लिए दुःसाहसिकता में कूद पड़ा था, यह किसी प्रेत बाधा से कम नहीं थी।

इन सब निरर्थकताओं से मैं अपने आवेश को ही संतुष्टि दे रहा था।

बहुत बचपन से ही मुझ में एक साथ एक से अधिक बातों में रुचि ले पाने की क्षमता का अभाव रहा है। मैं सदैव ही क्षणों में जीता रहा हूं। सदैव औरों पर शासन करने की मेरी प्रवृत्ति रही है। जो आज भी वैसी ही है। आज भी किसी समस्या में आकण्ठ उलझने पर मैं अपने दांत इस तरह पीसने लगता हैं, जैसे मेरे दांतों के बीच उसी समस्या का गूदा दबा है।

अत: बहुत पहले ही बर्लिन में स्वतन्त्रता की भावना ने मुझे ऐसा जकड़ लिया कि मैं इस भाषण-कक्ष का बंधन नहीं सह सका। यहां तक कि अपने क्वार्टर में भी मैं स्वयं को जकड़ा हुआ अनुभव करता था। किसी दुःसाहसिक कार्य के अभाव में मुझे अपना समय व्यर्थ जाता प्रतीत होता। एक किशोर अभी-अभी गांव के अपने पगहे से मुक्त हुआ था, अत: तुरन्त ही गर्व के साथ मैंने अपना समय एक वयस्क की तरह बिताने का निश्चय कर लिया। मैं विद्यार्थियों की एक परिषद् में सम्मिलित हो गया था। मैं बिल्कुल थका हुरा, किन्तु प्रयत्न किया कि कुछ साहसी, बेपरवाह और लम्पट बन जाऊं। शहर में एक सप्ताह भी नहीं हुआ था कि पैदाइशी शहरी की तरह, आश्चर्यजनक गति से एक पुराने शराबी की तरह शराबख़ानों में पहुंचने लगा।

इस प्रकार मेरे जीवन में औरतों का प्रवेश स्वाभाविक था, तिस पर मैं एक सुन्दर, आकर्षक युवक था। लम्बा, इकहरा, गालों पर अब तक तांबई रंग के रेशे थे। चाल-ढाल किसी पहलवान की तरह शानदार थी। इसलिए पिंजरों में पले उन लकड़ू और भद्दी आकृतियों वाले अन्य लोगों की तुलना में ख़ूब चमका। वे लोग रविवार के दिनों हेलेन्सी और हुण्डी केली के नाचघरों में मेरे प्रतिद्वन्द्वी होते। उन दिनों ये नाचघर शहर से बाहर होते थे। कभी मैकलनबर्ग की किसी

दूध-सी गोरी-चिट्टी नौकरानी को मैं नाव के बाद घण्टा-भर के लिए अपने कमरे में ले जाता, तो कभी किसी यहूदिन अथवा अन्य बाजारू लड़की को। उनमें से अधिकतर लड़कियां मुझे बिना किसी कठिनाई के ही प्राप्त हो जाती थीं। बाद में मैं उन्हें अपने सहपाठियों को सौंप देता।

इस अनपेक्षित विजय में कल के एक डरपोक छात्र के लिए शराब का-सा नशा था। इस प्रकार की सस्ती सफलताओं के अनुभव के साथ-साथ मेरा साहस बढ़ता गया। अन्त में ये गलियां मेरे लिए साहसहीन शिकारगाहों से अधिक नहीं रह गयीं।

ऐसे ही एक अवसर पर जब मैं एक सुन्दर लड़की का पीछा कर रहा था, तो अनजाने ही मैंने अपने आपको विश्वविद्यालय भवन के सम्मुख पाया। इस विचार पर कि कब से मैंने इस सम्मान्य देहरी पर कदम नहीं रखा है, मैं हंसे बिना नहीं रह सका। उद्दण्डता के साथ मैं अपने जैसे ही एक युवक के पास गया। उसने भाषण कक्ष में चलने का प्रस्ताव रखा। हमने यूं ही दरवाज़े में से झांका। वे सब कितने भद्दे लग रहे थे। सौ-डेढ़ सौ झुकी पीठों वाले विद्यार्थी, जो असीम श्रद्धा के साथ उस भूरी दाढ़ी वाले प्राध्यापक का धर्मोपदेश सुन रहे थे। उसके भाषण की धारा को उसके श्रद्धालु भक्तों पर ही बहने देने के लिए मैंने तुरन्त द्वार बन्द कर दिया और अपने मित्र के साथ अपनी प्रिय गलियों में भटकने चल दिया।

कभी-कभी मैं सोचता हूं कि जिस प्रकार उन महीनों में मैंने अपना समय बर्बाद किया था, वैसी मूर्खता किसी अन्य युवक ने शायद ही कभी हो। मैंने कभी कोई किताब नहीं खोली, कभी समझदारी का कोई शब्द नहीं उच्चारा, कभी कोई ढंग की बात नहीं सोची। मैं जानबूझ कर बुद्धिजीवियों की संगति टाल कर स्वयं को निषिद्ध और नये-नये आकर्षणों के लिए स्वतन्त्र रखता था। हाल ही में स्वतन्त्रता प्राप्त हर उत्साह युवक के लिए अपने शरीर का नशा व समय को निरर्थक मनोरंजनों में नष्ट करने की प्रवृति स्वाभाविक्र ही होती है।

इस प्रकार के मनोरंजकों के प्रति मेरा आकर्षण इतना अधिक था कि यदि इनमें बाधा नहीं पड़ती और इनका अन्त नहीं हुआ होता, तो कोई भयानक विपत्ति आ सकती थी।

वह अवसर (आज मैं उसे अत्यधिक भाग्यशाली अवसर मानता हूं) था कि मेरे पिता बर्लिन में प्रधानाध्यापकों की एक कान्फ्रेन्स में शिक्षा मंत्रालय द्वारा एक दिन के लिए बुलाए गए थे। एक स्कूल मास्टर के लिए इससे बड़ी बात क्या हो सकती थी कि उन्होंने इस अवसर का लाभ उठाकर मुझे अकस्मात् चौंका दिया। यह आश्चर्य और भी पूर्णता को प्राप्त हुआ कि अधिकांश शामों की तरह उस शाम भी मेरे कमरे में एक लड़की थी। वह ऐसा क्षण था कि मैं किसी भी तरह किसी का स्वागत करने की स्थिति में नहीं था। तभी किसी ने मेरे कमरे का द्वार खटखटाया। मेरे कमरे का मार्ग घर के रसोई घर से होकर था, जो कि पर्दे द्वारा कमरे से अलग किया गया था। इस विश्वास में कि कोई साथी होगा, मैंने खीझकर कहा, "नहीं है घर पर।"

आगन्तुक ने कुछ रुक कर फिर दरवाज़ा खटखटाया, फिर धैर्य खोकर एक बार और। क्रोध में भरकर मैंने पैण्ट पहनी और आगन्तुक को बाहर से ही टालने की गरज से दरवाज़े पर आया।

पैण्ट की पट्टियां लटक रहीं थी, कमीज़ के ऊपर वाले बटन खुले थे, पैर नंगे थे। मैंने दरवाज़ा पूरा खोल दिया। उस अंधेरे रास्ते पर मेरे पिता खड़े थे। यूं मैं साफ़-साफ़ कुछ नहीं देख पा रहा था, किन्तु उन्हें चीन्हने में मुझसे कोई भूल नहीं हुई। उनके चश्मे के शीशे मेरे कमरे से आ रही रोशनी में चमक रहे थे। क्रोध में जो वाक्य मैंने तैयार किए थे, वे मेरे होंठों पर ही मर गए। एक क्षण तो मैं जड़ ही हो गया, फिर उनसे आग्रह किया कि वे कुछ देर रसोईघर में ही रूकें, ताकि मैं अपना कमरा ठीक कर सकूं। यद्यपि वहां काफ़ी अंधेरा था, किन्तु मेरा विश्वास था कि वे अवश्य ही परिस्थिति को भांप गए थे। उनके मौन, गम्भीर व्यवहार, हाथ मिला पाने में असमर्थता, चौंकी हुई आकृति तथा जिस प्रकार वे पर्दे के पीछे होते हुए रसोई में गए, इन सब बातों से मेरा विश्वास दृढ़ हो गया।

वहां तेज आग पर उबलती कॉफी आदि के सामने उस बूढ़े व्यक्ति को दस मिनट तक खड़े रहना पड़ा। वे मिनट हम दोनों को ही शर्म से गाड़े दे रहे थे। कपड़े पहनने पर मैंने उस लड़की को चटपट उस पर्दे वाले मार्ग से बाहर भगा दिया। जब वह जल्दी-जल्दी बाहर जा रही थी, तो पिता जी उसकी पदचाप सुन रहे थे, पर्दे का हिलना देख रहे थे। उसके जाने के बाद भी उन्हें अन्दर बुलाने से पूर्व मुझे चीज़ों को व्यवस्थित करना था। उन्हें अन्दर बुलाते समय मैं, जितना शर्मिंदा हुआ, उतना अपने जीवन में कभी नहीं हुआ था।

उस समय भी पिता जी ने मेरे साथ बड़ा ही अच्छा व्यवहार किया। मैं आज भी उनके उस व्यवहार के प्रति कृतज्ञ हूं। उनकी मृत्यु हुए कई वर्ष बीत चुके हैं। अब उनके विषय में सोचते समय मैं उनके उस रूप को याद नहीं करता, जब मैं स्कूल में पढ़ता था और उन्हें मात्र एक भूल सुधारने वाला यन्त्र, दोष निकालने वाला और एक ऐसा अभिमानी समझता था, जिसकी सारी गुणज्ञता मात्र भूल सुधारने में ही निहित थी। जब मैं याद करता हूं कि किस प्रकार इतने क्रोधावेश के उपरान्त भी उन्होंने संयम के साथ मेरे कमरे में प्रवेश किया था, तो उनकी बहुत ही मानवीय तस्वीर मेरी आंखों के सामने खिंच जाती है। दस्ताने व हैट उनके हाथ में थे, जिन्हें वे कहीं रखना चाह रहे थे, फिर उनके हाव-भाव से साफ़ प्रतीत हुआ कि अपनी चीज़ का स्पर्श उस माहौल में किसी दूसरी चीज़ से नहीं होने देना चाहते हैं। मैंने उन्हें बैठने के लिए कुर्सी दी थी। उन्होंने कुछ कहे बिना एक पराई-सी दृष्टि मेरे कमरे के सामान पर डाली।

कुछ क्षण उस सर्द सन्नाटे में खड़े रहने के बाद वे अपना चश्मा उतार कर उसके शीशे साफ करने लगे। यह उनकी हिचकिचाहट का संकेत था। मैंने यह भी देखा कि चश्मा पहनने से पूर्व उन्होंने अपनी मुट्ठियों से अपनी आंखें पोंछी हैं। हम दोनों ही एक-दूसरे की ओर देखते हुए लजा रहे थे। दोनों की ही जीभ तालू से चिपक गयी थीं। मुझे सबसे बड़ा डर यह था कि वे अभी नफ़रत से तेज़ आवाज़ में अपना धारा-प्रवाह उपदेश आरम्भ कर देंगे, जैसा मैंने उन्हें कई बार स्कूल में देते सुना था, किन्तु इस अवसर पर (इसके लिए मैं एक बार फिर उनके प्रति कृतज्ञता ज्ञापित करता हूं) वे चुप ही रहे। उनकी आंखें भी शान्त प्रतीत हुई। अन्त में वे मेरी किताबों की आलमारी के पास गये। कुछ को निकाल कर देखा। एक दृष्टि ही पर्याप्त थी। उनमें से अधिकांश अछूती ही रखी थीं।

"मुझे अपनी नोटबुक दो!"

कमरे में आने के बाद वे यह पहला वाक्य ही बोले थे। कांपते हुए मैंने उन्हें अपनी नोटबुक पकड़ाई। उसमें सिर्फ एक ही लेक्चर के नोट्स थे। उन पृष्ठों को देख और यह समझ कर कि वही सब कुछ था, उन्होंने चुपचाप उसे एक मेज़ पर रख दिया और फिर कुर्सी खींच कर बैठ गये। उन्होंने क्रोध में भरकर नहीं, उदास गम्भीरता से मुझे देखा और पूछा, "अच्छा, तुम इस सबसे आखिर समझते क्या हो? इससे होगा क्या?"

इस शान्त प्रश्न ने मुझे झकझोर दिया। यदि वे मुझे बुरा-भला कहते, तो मैं गर्म हो जाता। यदि उन्होंने प्रताड़ना दी होती, घृणा दर्शायी होती, तो मैं भी घृणा से भरकर उत्तर देता, किन्तु इन शान्त प्रश्नों ने मेरा सारा गर्व चूर कर दिया। उनके संतुलन ने मुझमें श्रद्धा भर दी। मुझे अब ठीक-ठीक याद नहीं कि मैंने क्या उत्तर दिया! मैं उस वार्तालाप को उद्धृत करने का प्रयत्न भी यहां नहीं करूंगा। इस प्रकार के मानसिक आघातों के समय अनुभूतियों का विस्फोट हो जाता है। वह सब लिखना नीचता होगी। वे शब्द निम्नस्तरीय ध्वनि देंगे। कुछ शब्द होते हैं, जो एक बार बोले जाने पर सच्चाई प्रकट करते हैं, किन्तु दोहराने में वे बड़े कठिन हो जाते हैं। यही एकमात्र स्पष्ट और औचित्यपूर्ण वार्तालाप था, जो मैंने अपने पिता के साथ अपने जीवन में किया था।

मुझे यह स्वीकारने में कोई संकोच नहीं कि उस दिन मैंने सारा निर्णय उन्हीं पर छोड़ दिया था। उन्होंने मुझे सलाह दी कि मैं बर्लिन छोड़ दूं और आगामी सत्र में किसी छोटे प्रान्तीय विश्वविद्यालय में प्रवेश ले लूं। उन्होंने विश्वासपूर्वक कहा कि उस स्थिति में मैं अवश्य ही कुछ प्राप्त कर सकूंगा और अपने प्रयत्न में सफल हो सकूंगा। उनके विश्वास ने मुझे गहरे तक छू लिया। मैंने अनुभव किया कि अब तक उस वृद्ध के प्रति अत्यधिक अन्याय किया है। मात्र अन्याय किया है अपने उस वृद्ध के प्रति, जिसकी सारी अच्छाइयां एक कठोर आवरण में छिपी थीं। आंसुओं को रोकने के प्रयत्न में मैंने होंठ काट लिए। अब वे कुछ स्वस्थ हो गये थे। उन्होने अपना हाथ बढ़ाया और एक वात्सल्यपूर्ण स्पर्श के बाद तुरंत कमरे से बाहर हो गये। मुझमें उनके पीछे जाने का साहस नहीं था। अपने होंठों का खून पौंछता मैं वहीं खड़ा रहा।

यह पहला बड़ा आघात था, जो मैंने उन्नीस वर्ष की आयु में अनुभव किया था। पिताजी ने मेरे विरुद्ध एक शब्द तक नहीं कहा था, किन्तु यह शान्त घटना मेरे उन तीन महीनों में बने पौरुष, स्वतन्त्र और शेखी के विशाल ताश-महल के तहस-नहस करने के लिए पर्याप्त थी। मेरी आत्म-शक्ति को दी गई यह चेतावनी, मुझे अपने तुच्छ आमोद-प्रमोद छोड़ देने के निर्णय के लिए पर्याप्त थी। मैं अपनी बिखरी शक्तियों को शिक्षा के लिए संचित करने को छटपटाने लगा। मन हुआ कि अपने आपको एक गम्भीर, शान्त, शिष्ट एवं सशक्त व्यक्ति के रूप में प्रकटूं। किसी वैरागी की-सी व्यग्रता के साथ मैं अध्ययन में जुट गया। मैं ज्ञान के प्रति अपने इस तीव्र उन्माद से अब तक अपरिचित ही था। मैंने कभी कल्पना तक नहीं की थी कि इस अपूर्व संसार में कई आश्चर्यजनक साहसिकताएँ तथा भयानक विपत्तियां एक अद्भुत साहसी की प्रतीक्षा कर रही थीं।

पिताजी की सलाह से मैं अगले सत्र में मध्य जर्मनी के एक नगर में गया। उसकी साहित्यिक प्रतिष्ठा उसके विस्तार की तुलना में बहुत अधिक थी। वहां विश्वविद्यालय के इर्द-गिर्द बने कुछ घरों के झुरमुट के अतिरिक्त कुछ नहीं था। अपना सामान स्टेशन पर ही छोड़कर मैं यह देखने अपनी संस्था में पहुंचा कि देखूं तो सही, बर्लिन की अपेक्षा यहां का जीवन कितना ठोस है! दो ही घण्टों में मैंने अपना नाम वहां लिखवा लिया और कई अध्यापकों से मिला। मैं मात्र अंग्रेज़ी के अध्यापक से नहीं मिल सका। पता चला कि शाम को चार बजे उनसे उनकी कक्षा में मिला जा सकता है।

पहले मैं पढ़ाई से जितना दूर भागता था, अब उतना ही अधिक उसके लिए उत्सुक था। अत: ठीक चार बजे मैं वहां पहुंच गया। इस बीच मैं उस छोटे-से शान्त नगर में घूमता रहा। चपरासी ने मुझे कक्षा का द्वार बताया। मैंने द्वार खटखटाया। लगा, मुझे किसी ने अन्दर बुलाया है। मैं अन्दर चला गया।

किन्तु मुझसे भूल हुई थी। किसी ने मुझे अन्दर आने के लिए नहीं कहा था। प्राध्यापक बीस से अधिक विद्यार्थियों के झुण्ड को बिना किसी पूर्व तैयारी के भाषण दे रहे थे। यह समझ कर कि मैं बिना बुलाए ही अन्दर आ गया हूं, वापिस मुड़ रहा था। तभी मैंने सोचा कि अब लौटने पर तो और भी गड़बड़ होगी। इसलिए बिना किसी की नज़र में पड़े चुपचाप द्वार के पास जा खड़ा हुआ।

भाषण किसी साधारण विवाद में बदल गया था, यह वक्ता और श्रोताओं के रुख से ही स्पष्ट था, जो उन्हें बेतरतीबी से घेरे हुए थे। प्राध्यापक किसी ऊंचे चबूतरे से भाषण नहीं दे रहे थे, बल्कि एक मेज पर अपने पैर लटकाए आराम से बैठे थे। वार्तालाप स्वयं ही स्वागत भाषण में बदल गया था और श्रोता पूरे ध्यान से सुन रहे थे। मैं शीघ्र ही अपनी स्थिति को भूल, भाषण में डूब गया। अनजाने ही पास चला गया। मैं मात्र उनकी बातें ही नहीं सुनना चाहता था, हाव-भाव भी देखना चाहता था। शब्दों के साथ-साथ उनके हाथ भी पंख की तरह एक लय में उठ और गिर रहे थे। विवाद जैसे-जैसे गहराता गया, लगा कि वक्ता उस लकड़ी की मेज़ पर नहीं, किसी भागते घोड़े पर बैठा, शिकारी कुत्ते के स्थान पर अपने विलक्षण रूपकों से अपना बौद्धिक शिकार खेल रहा है। मैंने इतने प्रभावमय उत्साह से बोलते कभी किसी को नहीं सुना था। 'आह्लाद' शब्द का वास्तविक भाव में पहली बार समझ सका था। ऐसा आह्लाद कि मनुष्य अपनी भावनाओं के प्रवाह में बह जाए।

मेरे लिए एक भाषण को आह्लादमय समझना, यह समझना कि भावपूर्ण वार्ता तात्विक शक्ति का रूप धारण कर सकती है, एक नयी बात थी और इस नवीनता ने मुझे मुग्ध कर दिया। बिना जाने कि मैं क्या कर रहा हूं, जिज्ञासा से भी सशक्त किसी शक्ति से खिंचकर मोहविष्ट तन्द्रा में बंधा मैं ध्यान-मग्न श्रोताओं के बीच आ पहुंचा। मेरी ही तरह अन्य सभी प्राध्यापक की बातों के अतिरिक्त कुछ देख-सुन नहीं रहे थे। वक्ता से कुछ ही दूर खड़े रहकर मैं उसकी वाग्धारा में बह चला। निश्चय ही किसी छात्र ने शेक्सपियर को एक छान्दिक अभिव्यक्ति के रूप में वर्णित किया होगा और इस पर प्राध्यापक ने विरोध-स्वरूप यह कहा था कि महान्

अंग्रेज़ी नाटककार किसी और संसार से उल्कापात की तरह नहीं प्रकटा था, वरन् वह एक गौरवमय अभिव्यक्ति था, पूरी पीढ़ी का एक आत्मिक अंशज, गहरे तक भावाकुलता से उद्वेलित एक सम्पूर्ण साकार काल! संक्षेप में उन्होंने शेक्सपियर के इंगलैण्ड का रेखा-चित्र बना दिया। बताया कि हर व्यक्ति-जीवन की तरह, हर राष्ट्र के जीवन में भी वह दानवी-क्षण आता है, जब सारी शक्तियां घटनाओं के सम्पूर्ण क्रम में एक दृढ़ विश्वास के लिए केन्द्रित हो जाती हैं। अकस्मात ही विश्व का विस्तार फैल गया। एक नया देश खोज निकाला गया। जिस समय पुरानी दुनिया की शक्ति पोप-विनाश के भय से आक्रान्त थी, सागर पार एक अंग्रेज ने यह देख कर कि स्पेनी जहाज़ी-बेड़ा बिखर चुका है, नयी सम्भावनाओं की रक्षा की। विश्व का विस्तार बढ़ा था और मानव की आत्मा को भी इस विराटता के अनुरूप विस्तारित होना था, सारी अच्छाइयों और बुराइयों के अन्तर्तम में फैलना था।

इस विराटता की भावना से भरकर अंग्रेज़ों ने भी स्पेन के विजेताओं की तरह इच्छा की। उन्हें एक नयी भाषा, एक नयी शक्ति की आवश्यकता अनुभव हुई। इस प्रकार रात और दिन के बीच की इस नयी भाषा को बोलने वाले कवि, नाटककार और अन्य विद्वान् प्रकट हुए। पचास-सौ पूरी पीढ़ी की पीढ़ी, पूर्णतः मुक्त, बंधन-विहीन पारम्परिक उद्यानों में भटकते हुए, घिसी-पिटी कविताएं लिखने वाले पुराने दरबारी कवियों से एकदम भिन्न!

इन नयों ने थियेटर में तहलका मचा दिया। उन्होंने उन अखाड़ों में अपना अधिकार जमाया, जो अब तक मात्र रीछों की कुश्ती और इसी प्रकार की अन्य निर्दय खेलों के लिए नियत थे। उनके लेखन में खून बिखर रहा है। उनका नाटक एक ऐसा विशाल सरकस है, जिसमें भावनाओं के वनैले पशु एक-दूसरे को पूरे जंगलीपन से चीर-फाड़ रहे हैं। इन भावोद्वेलित हृदयों का क्रोध सिंह के समान है। हर व्यक्ति दूसरे को बर्बरता और प्रचुरता में पछाड़ने का प्रयत्न करता है। किसी भी विषय; और हर विषय पर अब लिख जा सकता है। इन रचनाओं में व्यभिचार, हत्या, जघन्यतम अपराध, मनुष्य की धमनियों के निरंकुश तुमुल, सभी खुलकर खेलते हैं। अखाड़ों में खुले छोड़ दिये गये, भूखे जंगली पशुओं की तरह एलिज़ाबेथ के काल वाले उन कवियों कीं भयंकर भावनाएं दहाड़ती हुई उस घेरे में चक्कर काटती हैं।

एक भयंकर विस्फोट था वह, किन्तु पचासों वर्ष तक चलने वाला, रक्त का प्रबल उबाल, अकस्मात् उच्चरित एक स्तोत्र, बर्बरता का एकमात्र विस्फोट, जो सारी सृष्टि को समेट कर कँपा देता है। अकेली, आवाज़ें कठिनाई से सुन पड़ती हैं, अकेली आकृतियाँ कठिनाई से दिखाई देती हैं, इस शक्ति पुंज में! हर एक-दूसरे से आग पकड़ता है, हर एक-दूसरे से सीखता है, चुराता है, अपने प्रतिद्वन्द्वी को पीछे छोड़, हर व्यक्ति आगे निकल जाना चाहता है, फिर भी वे सब एक ही उत्सव के आत्मिक अंश हैं। बंधन-मुक्त दास, अपने समय के विद्वानों द्वारा आगे बढ़ाये गए।

उन्हें गहरी, अंधेरी नहरों से निकाल कर शहर के सीमा-प्रवेश में ला खड़ा किया गया। कुछ को महलों में से खींच लाया गया। बेन जॉन्सन के बाबा सीमा-प्रान्त के कुलीन परिवार से थे, जब कि उसके सौतेले पिता ईंटें घड़ने वाले। मार्लो एक मोची का पुत्र था, मेसिंजर पेम्ब्रोक के

एक सरदार के कुटुम्ब से सम्बद्ध परिवार का कुलीन व्यक्ति था। फिलिप सिडनी के पिता आयरलैण्ड के लॉर्ड डिप्टी और वेल्स के लॉर्ड प्रेसिडेण्ट थे। एक भंवर ने लाकर उन्हें एक जगह इकट्ठा कर दिया था।

हर बार वे सब प्रसिद्ध और प्रशंसित हो उठे, धन के ढेर उनके सामने लग गये और दूसरे समय में वे कीड और हेवुड की तरह निर्धन हो गये। एडमण्ड स्पेन्सर की तरह भूख से बेहोश होकर गली में गिर पड़े। वे हैं पिलपिले व्यक्ति, वेश्यागामी, अभिनेता, धोखेबाज़! किन्तु सभी आरम्भ से अन्त तक कवि हैं। शेक्सपियर भी इन्हीं में का एक बिन्दु है। कोई ज़मीन नहीं, कोई अवसर नहीं, जहां एक-एक कार्य तेज़ी से दूसरे का पीछा करता है। ऐसे कोलाहल में गाने की कोई सम्भावना नहीं, जहां एक भाव दूसरे को तूफान की तरह झकझोरता है। तब जितना अकस्मात, जिस प्रकार उछलते, कांपते, ऐंठते हुए मानवता का यह अद्भुत विस्फोट आरम्भ हुआ था, समाप्त भी हो गया।

नाटक खत्म हुआ। इंगलैण्ड थक गया और अब सौ वर्षों से टैक्स का मटमैला पानी उन आत्माओं के ऊपर से शान्तिपूर्वक बह रहा है। एक ही भयानक आक्रमण के साथ पूरी पीढ़ी ने समस्त भावनाओं की ऊंचाइयां और गहराइयां नाप डालीं। उन्मत्त आत्मा उबलने लगी। विश्रान्तिकाले आना ही चाहिए था। प्यूरिटनों ने थियेटर बन्द कर दिये। और इस प्रकार एक भाव-विह्वल वाणी का उद्गम बन्द कर दिया। बाइबिल फिर अपने रुप में प्रकटी। एक पवित्र कार्य, जिसने प्रत्येक युग की पवित्र स्वीकृतियों को इतनी मानवीय अभिव्यक्ति दी है और जिसमें एक साथ सबके लिए एक अग्रगामी जाति के मानव कल्याण के लिए अपने अनुभव जुटा दिये हैं।

और तब अचानक ही वक्ता ने हमें सम्बोधित कर कहा, "अब समझे कि मैं अपना पाठ्यक्रम शुरू से ही क्यों नहीं प्रारम्भ करता? क्यों मैं ऐतिहासिक क्रम में आर्थरियन कथाओं और चौसर से अपना पाठ आरम्भ नहीं करके, सारे नियमों का उल्लंघन कर अपनी बात एलिज़ाबेथ काल वालों से आरंभ करता हूं? क्या तुम समझे कि क्यों मैं यह आग्रह करता हूं कि तुम लोग सबसे पहले एलिज़ाबेथ के समय के रचनाकारों से पूर्णत: परिचित हो लो? तुम्हें उन जीवन्त व्यक्तित्वों के साथ जीना चाहिए। बिना व्यक्तिगत अनुभवों के, बिना उन्हें कल्पना द्वारा फिर से जिए, अतीत को समझा नहीं जा सकता। बिना किसी अर्थ और अनुकूल वातावरण के, बिना उसकी ऐतिहासिक महत्ता को समझे, शब्द का अपना कोई मूल्य नहीं होता? मेरे नन्हें साथियों, यदि तुम किसी देश या किसी भाषा को पूर्णत: समझना चाहते हो, तो तुम्हें सर्वप्रथम उसके सुन्दरतम का अध्ययन करना चाहिए, उसके पूर्ण यौवन में, उसकी आत्यन्तिक भावनाओं की अभिव्यक्ति में? तुम्हें उस भाषा को समझना चाहिए, जो उसके कवियों द्वारा काल्पनिक कृतियों में प्रयुक्त होती है। उन कवियों द्वारा, जो अपनी भाषा को पूर्णता प्रदान करते है? उनकी कविता तुम्हारे हृदय का रक्त बन जानी चाहिए, तुम्हारे जीवन की सांस बन जानी चाहिए। तभी, केवल तभी, तुम उस भाषा को पूर्णत: समझ सकोगे?"

इंगलैण्ड एलिज़ाबेथ है, शेक्सपियर है, इंगलैण्ड शेक्सपियर का है। उससे पूर्व जो भी अंग्रेज़ी साहित्य में था, मात्र भूमिका थी, तैयारी थी और जो कुछ बाद में आया, वह इस पूर्णता की अनुकृति थी। किन्तु युवकों, तुम एलिज़ाबेथ युग की कृतियों में पश्चिम के जीवन्त यौवन की प्रतीति करोगे। तुम्हें वह करनी चाहिए। हम सिद्धान्तों को, मनुष्य को मात्र उनके अन्दर की अग्नि से, मात्र उनकी भावनाओं से समझ सकते हैं। आत्मा रक्त से जन्मती है, विचार भावनाओं से और भावनाएं उत्साह से। इसीलिए तुम्हें शेक्सपियर तथा एलिज़ाबेथ काल के महान् सर्जकों से अपना अध्ययन आरम्भना चाहिए। वही तुम युवकों को वास्तव में युवा बनाएंगे। सर्वप्रथम उत्साह, फिर श्रम। सर्वप्रथम शेक्सपियर! सर्वश्रेष्ठ शेक्सपियर! संसार का सार शेक्सपियर! तभी तुम अंग्रेज़ी भाषा का विस्तृत अध्ययन कर सकोगे।

आज के लिए इतना ही पर्याप्त है। विदा!

मेज़ पर से उछल कर वे खड़े हो गये और चलने के लिए अपने हाथ हिलाए। विद्यार्थियों के उस झुंड को जिस जादू ने बांध रखा था, एकाएक टूट गया। कुर्सियां सरकने-खड़कने लगीं। मेज़ें ज़मीन पर गिरने लगीं। विद्यार्थी गहरी सांसें ज़ोर-ज़ोर से लेने लगे। गले साफ़ किए जाने लगे। बातें शुरू हो गईं। इस शोर-गुल से स्पष्ट था कि वक्ता के वक्तृत्व का जादू कितना गहरा था। कुछ विद्यार्थी उन्हें धन्यवाद देने, उन्हें घेर कर खड़े हो गए। कुछ प्रश्न पूछने को। कुछ उनकी बातों पर चर्चा करने लगे। कोई भी निष्क्रिय नहीं रहा। कोई अप्रभावित नहीं था, उनके विद्युतमय वेग से, जो अब भी वातावरण पर छाया था।

मैं स्वयं हिल तक नहीं पा रहा था।

मैं तीव्र भावावेग से पूर्ण व्यक्ति, जीवन में पहली बार एक अध्यापक, अपने से काफ़ी बड़े व्यक्ति पर इस प्रकार मुग्ध हुआ था। जीवन में पहली बार मैं किसी ऐसे व्यक्ति के सम्पर्क में आया था, जिसके प्रति नतमस्तक होने में मुझे कर्तव्य के साथ आनन्द की भी अनुभूति हो रही थी। मेरी धमनियां धड़क रही थीं। मैं अपने अंग-अंग में उन धड़कनों की लय सुन रहा था। अन्ततः मैं धीरे-धीरे हिला और ऐसे कोण पर पहुंचा, जहां से उनका चेहरा देख सकूं, क्योंकि आश्चर्य ही है कि उनके वक्तृत्व के दौरान मैंने शायद ही उनकी आकृति की ओर ध्यान दिया हो, जो कि मेरे लिए उनकी बात का अंग ही थी। अब भी मैं उनके चेहरे की एक हलकी-सी झलक मात्र ही पा सका था। वह खिड़की के सामने विद्यार्थियों की ओर आधे मुड़े खड़े थे। उनके हाथ दो विद्यार्थियों के कंधों पर शिथिल पड़े थे। जिस सहजता के साथ वे खड़े थे, उसमें इतनी आत्मीयता और आकर्षण था कि मैं किसी पण्डित में वैसी सम्भावना की आशा भी नहीं कर सकता था।

इसी बीच विद्यार्थियों ने मुझे देख लिया। उनके सम्मुख अपने आप को अजनबी प्रतीत न होने देने की इच्छा से मैं अध्यापक के और भी पास चला गया और उनसे कुछ बोल पाने के अवसर की प्रतीक्षा करने लगा। अब उनका चेहरा मुझे स्पष्ट दिखाई दे रहा था। उनका सिर अपने उभरे हुए मस्तक और दोनों ओर पीछे को लहराते सफ़ेद बालों के साथ किसी रोमन

मूर्ति की याद दिलाता था। इस प्रकार सिर का ऊर्ध्व भाग अत्यधिक बुद्धिमानों का-सा था, सशक्त और प्रभावपूर्ण, किन्तु घनी भौहों के नीचे चेहरा कोमल होता चला गया था। चिकनी और गोल ठुड्डी, भाव-प्रवण मुख तथा मुस्कराते, कांपते होंठों के कारण बहुत कुछ नारी-सुलभ; इस प्रकार उनकी आकृति के द्विमुखी प्रभाव थे। बायां हाथ मेज़ पर आराम कर रहा था, किन्तु आराम करना ग़लत संज्ञा होगी। पास से देखने पर पता चलता था कि उसमें हलकी-सी कंपकंपाहट हो रही थी, अंगुलियां (एक पुरुष के लिए बहुत कोमल, बहुत नाजुक) बात के दौरान मेज़ पर आकृतियां बनती जा रही थीं। क्या वह व्याकुल और व्यग्र थे? क्या अब तक उनकी उत्तेजना समाप्त नहीं हुई थी? ख़ैर, उनके हाथों के कम्पन और असंयम में तथा विद्यार्थियों की बातें सुनते समय, उनकी मुखाकृति की शान्ति और स्थिरता में एक विरोध था।

अन्ततः मेरी भी बारी आ ही गयी। मैंने उन्हें अपना नाम बताया। एक नवागन्तुक के रूप में अपना परिचय दिया। उनकी आंखें स्वागत-स्वरूप ऊपर उठीं। उन्होंने दो-तीन क्षण मुझे ध्यान से घूरा, जैसे मुखाकृति का निरीक्षण किया हो। अन्ततः मैं उनकी इस निरीक्षक दृष्टि से लजा गया। यह देखकर उन्होंने कोमल मुस्क़ान द्वारा मुझे अपनी उलझन से मुक्त कर दिया।

"तो तुम मेरे विद्यार्थियों में सम्मिलित होना चाहते हो? हमें अच्छी तरह बातें करनी होंगी। मुझे कुछ देर के लिए क्षमा करो। यदि तुम बाहर मेरी प्रतीक्षा कर सको, तो हम साथ-साथ चलेंगे।" उन्होंने अपना छोटा, कोमल हाथ मेरी तरफ बढ़ाया, जो मेरे हाथ में एक क्षण के लिए कांप-सा गया?

काफ़ी उत्तेजित-सा मैं दस मिनट तक उनकी प्रतीक्षा करता बाहर खड़ा रहा। मेरी पिछली पढ़ाई के बारे में पूछेंगे, तो मैं क्या कहूंगा? मैं कैसे उन्हें बताऊंगा कि साहित्य, न तो कार्य और न ही खेल के रूप में मेरी रुचि का विषय रहा है? यदि····यदि वे मुझसे घृणा करने लगे तो? जिस सर्किल में अब मैं प्रवेश पाने के लिए इतना तड़प रहा हूं, उसके द्वार तो कहीं वह बन्द नहीं कर देंगे? ···किन्तु लौटते ही उन्होंने अपने सहानुभूतिपूर्ण व्यवहार से मेरी सारी व्यग्रता समाप्त कर दी। मैं उनसे कुछ भी नहीं छिपा सका और बिना उनके पूछे ही मैंने सब कुछ स्वीकार लिया कि इससे पूर्व मैंने विश्वविद्यालय का पूरा सत्र बर्बाद कर दिया। उन्होंने मुझे स्नेह से देखा और प्रोत्साहन भरी मुस्कान के साथ कहा, "ठीक-ठीक, रुकना तो संगीत का अनिवार्य अंग है।" तब मुझे लज्जित करने वाले प्रसंग को वहीं समाप्त कर देने की दृष्टि से मुझसे मेरे घर और मेरे आवास के विषय में कुछ बातें कीं। जब मैंने बताया कि अभी कोई कमरा नहीं मिला है, तो वे बोले, "शायद मैं तुम्हारी सहायता कर सकूंगा। जहां मैं रहता हूं, वहीं बहरी बुढ़िया के पास एक कमरा किराए के लिए खाली है। विद्यार्थी हमेशा उसके यहां आराम से रहते हैं? तुम्हारे लिए वह कमरा बहुत अच्छा रहेगा। मेरे लिए कोई और काम हो तो बताओ। यदि तुम अपना कार्य अच्छी तरह करने का निश्चय करो, तो यह मेरे लिए आनन्द की बात होगी।"

अपने घर के द्वार पर उन्होंने फिर मुझसे हाथ मिलाया और मेरी पढ़ाई के विषय में बातें करने के लिए मुझसे अगली शाम मिलने को कहा। मैं उनकी इस अप्रत्याशित उदारता से इतना विह्वल और कृतज्ञ अनुभव कर रहा था कि अलग होते समय जब मैंने उनसे हाथ मिलाया और अपना हैट उतारा, तो धन्यवाद का एक शब्द तक मेरे मुंह से नहीं निकला।

मैंने वह कमरा ले लिया। ठीक नहीं भी होता, तो भी मैं उसे ही लेता, उसे आकर्षक व्यक्तित्व के निकट रहने के लिए, जिन्होंने मुझे एक ही घण्टे में इतना कुछ दे दिया था, जितना अन्य सभी ने मिलकर अब तक नहीं दिया था। वैसे सच्चाई यह थी कि कमरा बहुत ही बढ़िया था। वह मेरे अध्यापक के निवास के ऊपर, ऊपरी मंज़िल पर था। लकड़ी की छत के आगे निकले हुए पाखों के कारण वहां कुछ अंधेरा अवश्य था, किन्तु वहां से अन्य छतों का पूरा दृश्य और गिरजे के पीछे की हरियाली, बादल-भरा खुला आकाश दिखाई देते थे और ये सब मुझे सागर-तट के अपने घर की याद दिलाते थे। बहरी मकान-मालकिन एक ममतामय स्त्री थी, जो अपने किरायेदारों के साथ मातृत्व भरा व्यवहार करती थी। मैं शीघ्र ही उसका आत्मीय बन गया और एक ही घण्टे में मेरा सारा सामान ऊपर पहुंच गया।

खाना और यहां तक कि धूम्रपान तक भूलकर मैं पूरी शाम वहीं रुका रहा। मेरे सन्दूक में शेक्सपियर का एक ग्रन्थ था। वर्षों से मैंने उसके नाटक नहीं पड़े थे, किन्तु अब मैं उन्हें पढ़ने को व्यग्र हो रहा था। उसी दोपहर जो कुछ मैंने सुना था, उसके सन्दर्भ में अब सारे शब्दों और वाक्यों के नये ही अर्थ निकल रहे थे। इस प्रकार के कायाकल्प का अनुमान लगाया जा सकता है। मेरे सम्मुख एक नयी सृष्टि उद्‌घाटित हुई थी। शब्द मेरी ओर ऐसे दौड़ रहे थे, जैसे शताब्दियों से मेरी खोज में रहे हों। कविताएं मेरी धमनियों में आग की लहरों-सी तब तक भटकती रहीं, जब तक मैंने अपनी धमनियों में वैसे ही अलौकिक प्रकाश-पुंज को अनुभव नहीं किया, जो कभी-कभी स्वप्न में झलक जाता है। मैं कांप गया। मुझे आवेश का ज्वर चढ़ रहा था। यह सब उस वार्त्ता को सुनने का परिणाम था। उसने मुझे मदहोश कर दिया था। नशा अब भी वैसा ही था।

जब मैंने कुछ अंशों को जोर से पढ़ा, तो लगा कि अनजाने ही मेरा कंठ-स्वर अपने अध्यापक की नक़ल कर रहा था। पंक्तियों की स्वर लय वही थी, जो उन्होंने प्रयुक्त किए थे और उनके द्वारा प्रयुक्त संकेतों की नक़ल कर रहे थे। मानो एक ही घण्टे में मैंने वह दीवार तोड़ गिराई थी, जिसके कारण मैं अब तक इस आध्यात्मिक सृष्टि से अलग था। एक नया भाव जाग गया था। ऐसा भाव, जो बिना किसी व्यवधान के इन पूरे चालीस वर्षों में ज्यों का त्यों रहा है। पूरी मानव जाति के प्रति एक उल्लसित सहानुभूति। मैंने केरियोलानस वाला अध्याय खोला और यह जानकर मुझे अपूर्व आनन्द और आश्चर्य हुआ कि मुझमें रोमन पूर्वजों के सारे गुण विद्यमान हैं, अब वे भले ही हमें अजीब लगें, गर्व, उद्दण्डता, क्रोध, घृणा, तिरस्कार, सारा नमक, सारा सीसा, सारा सोना, भावनाओं की सारी धातुएं! अकस्मात ही इस जादू को जान लेने और उसे समझ लेने का नया ही आनन्द! आंखों में जलन होने तक मैं पढ़ता ही रहा। देखा, साढ़े तीन

बजे हैं। मैं अपनी इस नयी शक्ति पर, जिसने पूरे छः घण्टे तक मेरी इन्द्रियों को बांध रखा था, मैं स्वयं विस्मय-विमूढ़ हो गया। रोशनी बुझा दी, किन्तु कल्पना आकृतियां एक के ऊपर एक दौड़ती रहीं। नये दिन की प्रतीक्षा में, जब मैं इस नवीन सृष्टि में प्रवेश का अधिकारी होने वाला था, मैं सो तक नहीं सका।

सवेरा निराशा लाया। अपनी उत्सुकता के वशीभूत हो मैं सबसे पहले भाषण कक्ष में पहुंचा, जहां मेरे अध्यापक का भाषण होना था। उनके आने पर मैं बेतरह चौंक गया। क्या यह वही व्यक्ति था, जिससे एक दिन पूर्व ही मेरा परिचय हुआ था? क्या मेरी मनस्थिति के आवेश ने उन्हें बदल दिया था? क्या किसी जादू ने उन्हें केरियोलानस बना दिया था। एक ऐसा व्यक्ति, जो बिजलियां फेंकता था, जो वीरों की तरह साहसी था, जो किसी से भी मुठभेड़ होने पर विजय को वरता था। वहीं शव थके कदमों से वहां प्रवेश कर रहा था। एक थका, बूढ़ा व्यक्ति था। लगा, उनके रूप की सारी चमक समाप्त हो गयी है। वे थके हारे, एकदम बीमार दिखाई दे रहे थे। अपनी अगली बेंच से मैं उनके चेहरे की झुर्रियां और आंखों के नीचे की काली छाया अच्छी तरह देख सकता था। पलकें खूब भारी हो रही थीं। होंठ पीले हो कर पपड़ा गए थे। स्वर में गूंज की कमी थी। उनके उल्लास को क्या हो गया था? उनके व्यवहार के आनन्दातिरेक को क्या हो गया था? निश्चय ही यह तो कोई और ही कंठ-स्वर था, जैसे उनके भाषण के विषय के वशीभूत हो वहां एक थकी ऊब छा रही थी।

मैं बहुत परेशान था। यह तो वह व्यक्ति नहीं था, जिसकी प्रतीक्षा मैं अपने प्रथम जागरण के क्षण से ही कर रहा था। यह वह सितारा नहीं था, जिसका चित्र मेरी स्मृति ने खींचा था। कुछ नहीं, बस एक घिसा-पिटा प्राध्यापक, जो अपनी रूखी बातें कर रहा था। कल वाले स्वर की प्रतीक्षा में, जिसने मेरी भावनाओं को उद्वेलित कर गहरे तक छू दिया था, मैं ध्यानपूर्वक सुनता रहा। मैं और अधिक ध्यान से उनके चेहरे को खोजने लगा कि कहीं मुझे भ्रम तो नहीं हो गया है। हां, निश्चय ही, चेहरा तो वही था, किन्तु अर्थ-शून्य, सृजनात्मकता से रिक्त, थका, एक वृद्ध का सपाट चेहरा। यह कैसे हो सकता है? क्या एक आदमी एक क्षण में युवा और दूसरे क्षण में वृद्ध हो सकता है? क्या आत्मा का उफान इतना शक्तिशाली हो सकता है कि उसे भाषण में व्यक्त करते समय चेहरा भी बदल जाए? दस-बीस वर्ष छोटा हो जाए?

इस समस्या ने मुझे झंझोड़ दिया। मैं इस दुर्बोध प्राणी के विषय में अधिकाधिक जानने के लिए छटपटाने लगा। भाषण समाप्त होते ही वे हममें से किसी की ओर देखे बिना ही चल दिए। मैं पुस्तकालय की ओर लपका और उनसे उनकी रचनाएं मांगी। शायद वे उस समय थकावट से चूर थे। शायद वह सारे दिन ही बीमार रहे हों और इसीलिए उनकी आग में पानी पड़ गया है। अन्ततः मैं इस पहेली का हल अवश्य ही पा सकता हूं। नौकर ने मुझे पुस्तकें दी। आश्चर्य हुआ कि बीस वर्षों में उन्होंने इतने-से पतले-पतले संग्रह ही प्रकाशित करवाए हैं; भूमिकाएं, आमुख, एक विवाद कि पैरिकल्स शेक्सपियर की ही कृति है या नहीं, शैली और होल्डरलिन का तुलनात्मक अध्ययन (वह वास्तव में तभी लिखी गयी थी, जब होल्डरलिन को

जर्मनी में बहुत कम ख्याति मिली थी और जब इंगलैण्ड में शैली को पर्याप्त सम्मान नहीं मिला था) तथा कुछ अन्य साहित्यिक और भाषा-विज्ञान सम्बन्धी टिप्पणियां। प्रत्येक पुस्तक में एक रचना के दो भागों में प्रकाशन की घोषणा थी—ग्लोब थियेटर, उसका इतिहास, उसके नाटक और नाटककार। सबसे पहले इसकी घोषणा बीस वर्ष पूर्व हुई थी, जब मैंने पुस्तकालयाध्यक्ष से उस पुस्तक की मांग की तो बताया गया कि अब तक वह अप्रकाशित है। मैं निराश तो काफ़ी हो चुका था, फिर भी प्राप्त पुस्तकों के पृष्ठ इस आशा से पलटने लगा कि शायद कहीं कल वाली ध्वनि की अनुगूंज मिल जाए, किन्तु वहां एक पैण्डुलम की-सी लगातार चलने वाली रूखी गति के अतिरिक्त कुछ नहीं था। पढ़ते-पढ़ते मैं सांसें खींचता रहा। इस प्रकार किसी पर रीझ कर बह निकलने की अपनी तत्परता पर मुझे इतना क्रोध आ रहा था कि अपने आप को पीट डालूं।

किन्तु दोपहर बाद कक्षा में वह फिर कल वाले व्यक्तित्व में ही प्रकटे। काफ़ी देर तक वे कुछ नहीं बोले। अंग्रेज़ी तरीके से उसने एक विवाद प्रतियोगिता आयोजित की थी। उसने अपने प्रिय शेक्सपियर के लेखन से ही एक विषय चुना था कि क्या उसके प्रसिद्ध नाटक के पात्र ट्रॉइलस और क्रेसिडा को प्रहसन स्वरूप माना जाना चाहिए? और फिर उस नाटक को व्यंग्य माना जाए या घृणा के ओट में छिपी दुखान्त कृति? उनके नेतृत्व में विवाद तेज़ होता गया और अब तक जो नितान्त बौद्धिक मतभेद था, अब तीव्र भावनाओं से ओत-प्रोत होता गया। मतभेद ने गर्मा-गर्म बहस का रूप ले लिया। विवाद इतना कटु हो गया कि हाथापाई की नौबत आती प्रतीत हुई। जब चिंगारियां भड़कने लगीं, तो वे एकदम बीच में कूद पड़े। वे फिर विवाद को उसी बौद्धिक धरातल पर ले गए। इस प्रकार अचानक उन्होंने अपना स्थान उस विवादास्पद भट्टी के मध्य बना लिया। स्वयं बुरी तरह प्रभावित होकर, साथ ही युवावस्था के उत्साह से परिपूर्ण तूफानी लहरों के स्वामी उन विवादियों को भी प्रोत्साहित और कमी प्रतिबन्धित करते हुए।

मुझ पर झुके। हाथ बांधे, वे एक-एक चेहरे में झांकते जा रहे थे। गर्दन हिलाते, एक पर मुस्कराते, दूसरे को उत्तर के लिए उकसाते, प्रोत्साहित करते हुए। पिछले दिन की तरह उनकी आंखें उत्तेजना से चमक रही थीं। मुझे लगा कि अपने आपको चुप रखने के लिए उन्हें अपने पर बड़ा नियन्त्रण रखना पड़ रहा था, जो उनके वक्ष पर बंधे हाथों से स्पष्ट था। उनके होंठों के कोने फड़क उठते थे। अन्ततः उनकी उत्तेजना जीत गयी। वे विवाद के बीच में कूद पड़े। हाथ घुमाकर उस सारे शोर को रोक दिया। शान्ति छा जाने पर सारे तर्कों का संक्षेप प्रस्तुत किया। बोलते समय उनके चेहरे की सारी झुर्रियां गायब हो गईं और वे पहले दिन वाले व्यक्ति बन गये। पीठ सीधी हो गयी। लम्बाई बढ़ी हुई दीखने लगी। अपनी ही बातों के जादू ने जैसे उन्हें बांध लिया।

अब मैं समझा कि क्यों उनके सुबह के भाषण और दोपहर के इस विवाद में इतना विरोध था। क्यों उनकी रचनाओं में प्राण नहीं थे। जब वे कोई औपचारिक व्याख्यान देते हैं या अकेले होकर लिखते हैं, तो उनके गम्भीर और दब्बू स्वभाव को उत्तेजित करने को कुछ नहीं होता,

किन्तु यहां हम सब के बीच उनकी गंभीरता की दीवारें टूट गयी थीं। उनके उत्साह को जगाने के लिए हमारा उत्साह आवश्यक था। हमारी अबाधता उन्हें मुक्त करने के लिए अनिवार्य थी, हमारी यौवन की प्रेरणा उन्हें पुनर्जागृत कर सकती थी। किसी मंजीरे बजाने वाले की तरह पीतल की रकाबियों की ताल से उत्प्रेरित हो वे और भी जोश में भर कर बोलने लगे और धीरे-धीरे अधिकाधिक स्पष्ट और चित्रात्मक होते गए। सुनते समय की हमारी सांस-रोक चुप्पी उनके विजयोल्लास के लिए एक एड़ थी।

उन्होंने शेक़्सपियर पर गोएथे के एक 'उद्धरण' के साथ अपनी बात समाप्त की। फिर हमारा उत्साह फूट पड़ा। पिछले दिन की तरह ही वे इस कार्य से थक चुके थे। मेज़ पर झुका उनका चेहरा पीला पड़ गया, पर अब भी वह उत्तेजना से फड़क रहा था। ऐसे क्षण में उनसे बोलते मुझे भय लगा, पर उनकी आंखें अकस्मात मुझ पर आ टिकीं। मेरे चेहरे पर के श्रद्धा-भाव ने उन्हें खुश किया होगा, क्योंकि वे धीमे से मुस्कराये, मेरी ओर झुके, अपना हाथ मेरे कंधे पर रख कर याद दिलाया कि शाम मुझे उनसे मिलना है।

ठीक सात बजे मैं उनके यहां पहुंचा। मैं वहां पहली बार गया था। एक डरपोक और शर्मीले लड़के के सम्मान के लिए इससे अधिक और क्या हो सकता है! मैं उनके अध्ययन-कक्ष में पहुंचा। रोशनी वहां इतनी धुंधली थी कि मैं वहां कांच की आलमारियों में रखी असंख्य पुस्तकों की मात्र पीठ ही देख सका। लिखने की मेज़ के ऊपर दीवार पर एथेन्स के स्कूल का एक चित्र टंगा था। बाद में मुझे पता चला कि वह उन्हें बहुत प्रिय था, क्योंकि वह अध्यापन के सारे तरीकों का आदर्श था और मस्तिष्क की सम्पूर्ण मूर्तिमत्ता का प्रतीक! मैंने वह पहले कभी नहीं देखा था। मुझे अपने प्राध्यापक और उस चित्र के सुकरात में बहुत ही साम्य दिखाई दिया। एक दीवार पर जर्मनी के किसी पुराने क़लाकार द्वारा अंकित संत सेवेस्शियन का चित्र था। देखा कि वहां हर्षोल्लसित सौन्दर्य के साथ दुखपूर्ण सौन्दर्य का सान्निध्य यूं ही नहीं था।

शेष कमरा खाली था। मैं चुपचाप धड़कते हृदय से प्रतीक्षा करता रहा। वह वातावरण मुझसे एक नये आत्मिक सौन्दर्य की सांकेतिक भाषा में बात कर रहा था। परोक्ष में मैं भी जैसे उनके बहुत समीप पहुंच गया। तभी मेरे अध्यापक वहां आ पहुंचे। उन्होंने एक बार फिर मुझे गहरी और आत्मीय दृष्टि से देखा, जिसके पीछे एक ढकी हुई आग झांक रही थी। आग, जिसने मेरे अन्तर्मन को पिघला दिया। कुछ ही देर में मैं उनसे ऐसे बातें करने लगा, जैसे वे मेरे पुराने मित्र हों। उन्होंने जब बर्लिन की मेरी पढ़ाई के विषय में पूछा, तो मैंने एकदम (मैं स्वयं चौंका) अपने पिताजी के आकस्मिक आगमन वाली घटना कह सुनाई। तब उस अजनबी के सम्मुख मैंने अपना पवित्र निश्चय फिर दोहराया कि मैं अध्ययन में डूब जाना चाहता हूं। मैं उनसे बहुत ही प्रभावित हो गया था।

"निश्चय ही। तत्परता पूर्वक, किन्तु सबसे पहले मैं आशा करता हूं, स्नेह पूर्वक। जो व्यक्ति बिना भाव विभोर हुए पढ़ता है, वह एक मिथ्याडम्बरी से अधिक कभी कुछ नहीं बन सकता। हमें ज्ञान की तहों में पैठना है, प्यार से प्रेरित होकर।"

उनका स्वर अधिक से अधिक मीठा होता गया। कमरा अधिकाधिक अंधकारमय होता गया। उन्होंने अपनी युवावस्था के दिनों के विषय में बताया कि कैसे मूर्खता की थी और बहुत बाद में अपनी वास्तविक रुचि को चीन्हा था। उन्होंने कहा कि मुझे मात्र साहस संजोना है और वे मेरी पूरी-पूरी सहायता करेंगे। मुझे कभी अपनी कठिनाइयां उनको बताते नहीं हिचकना चाहिए। मुझ से कभी कोई इतनी सहृदयता से नहीं बोला था। किसी ने मुझे इतना नहीं समझा था। मैं कृतज्ञता से कांप गया। खुश था कि वहां अंधेरा हो चुका था, क्योंकि मेरी आंखें छलछला आई थीं।

मुझे समय का भी भान नहीं हुआ। मैं शायद वहां घण्टों बैठी रहता कि तभी द्वार पर थपथपाहट हुई। द्वार खुला और वहां धुंधली-सी आकृति प्रकटी। खड़े होकर मेरे अध्यापक ने परिचय करवाया, "मेरी पत्नी।"

वह छायाकृति निकट आई और मैंने अपने हाथ में एक क्षण के लिए छोटे-से हाथ का अनुभव किया। वह बोली, "खाना तैयार है।"

"ठीक है-ठीक है।" उन्होंने चिढ़चिढ़े स्वर में उत्तर दिया। स्वर उनका रूखा और ठंडा हो गया। जिस व्यक्ति ने मुझे रूखाई से विदा किया, वह वही बूढ़ा, थका अध्येता था, जिन्होंने सवेरे भाषण दिया था।

अगला पखवाड़ा अध्ययन करने में ही बीता। मैं शायद ही कभी कमरा छोड़ता था। खाना-पीना भूलकर मैं पढ़ता ही रहता। यहां तक कि सोना भी मुझे समय नष्ट करना प्रतीत होता। मैं काफी कम समय ही उस पर नष्ट करता था। मैं किसी पूर्व लोक-कथा के उस राजकुमार की तरह व्यवहार कर रहा था जो जादुई महल के चप्पे-चप्पे को छान डालता है। हर दरवाज़ा उसे और अधिक आश्चर्यजनक कक्ष में पहुंचा देता है। जो हीरे-जवाहरात और अन्य खज़ानों से भरा है। वह धीरज खोकर एक से दूसरे में चलता चला जाता है कि अब अन्त आया, अब अन्त आया। मैं भी उसी प्रकार जल्दी-जल्दी, एक के बाद दूसरी किताब घोटता रहा। अब मेरी उद्दण्डता आध्यात्मिकता में परिवर्तित हो चली थी। मैं समझ रहा था कि इस संसार का विस्तार कितना अलंघ्य है। यह आनन्द मेरे पिछले कामुक आनन्दों से किसी भी रूप में कम नहीं था। मैं डर रहा था कि मैं कभी भी इस नये आनन्द को सम्पूर्णता में नहीं पा सकूंगा। इसीलिए मैंने सोने तथा अन्य शारीरिक मनोरंजनों आदि का सारा समय पढ़ाई में ही ख़र्च करना आरम्भ कर दिया। अन्ततः मैं समय का मूल्य समझ गया था और अब उसका पूरा-पूरा लाभ उठाना चाह रहा था, किन्तु इस अध्यवसाय का एक कारण दिखावा भी था। अपने अध्यापक की दृष्टि में अच्छा बनना चाहता था। किसी प्रकार मैं उन्हें निराश नहीं कर सकता था। चाहता था, जिस प्रकार उन्होंने मेरी प्रशंसा पाई थी, मैं भी पाऊं। उन्हें प्रभावित, आश्चर्यचकित कर दूं।

एक बहुत ही छोटी-सी घटना ने मेरी परीक्षा ले ली। यदि अपने किसी भाषा में वह ऐसे छवि का उल्लेख कर देते, जिसे मैं नहीं जानता था, तो मैं सारी दोपहर उसी कवि को पढ़ता रहता था ताकि दूसरे दिन की बहस में मैं अपने ज्ञान का उपयोग कर सकूं। कोई विद्यार्थी शायद

ही यह सब समझ पाता कि उनकी कोई भी प्रत्यक्ष या परोक्ष इच्छा मेरे लिए आदेश होती थी। उन्होंने एक बार इतना ही कहा कि कैसे युवक धूम्रपान करते हैं और मैंने तुरत अपनी सिगरेटें फेंक दीं और हमेशा के लिए तम्बाकू का प्रयोग त्याग दिया। उनकी एक-एक बात मेरे लिए वेद-वाक्य होती थी। मैं उनकी हर इच्छा से आदेशित हो रहा था। मैं सदैव उनकी आकृति को, उनके हर उच्चारण को ध्यान से देखता, सुनता और अपनी स्मृति में सहेजता रहता। मैं उन्हें अपना एकमात्र पथ-प्रदर्शक मानता था और अपने सहपाठियों को अपना शत्रु, क्योंकि मुझे उन्हें पछाड़ना है, पीछे छोड़ देना है।

क्या वे यह समझ गये थे कि उनका मेरे लिए क्या महत्व है, या मैंने उनका स्नेह जीत लिया था ? मैं नहीं बता सकता कि वे क्यों मुझे इतना महत्व देने लगे थे। शाम की बहस में वह मुझे अधिकाधिक भाग लेने को प्रोत्साहित करते। अक्सर शाम के समय वह मुझे बात के लिए अपने कमरे में बुला लेते। कभी वे आलमारी से कोई पुस्तक निकाल कर कोई कविता या कोई अंश पढ़ने लगते। कभी कोई उलझी समस्या ले बैठते।

इस परम् उत्साहमय शागिर्दी के पहले पखवाड़े में मैंने कला की अनिवार्यता के विषय में इतना अधिक सीख लिया, जितना अब तक के जीवन में नहीं सीख पाया था। इस पूरे घण्टे-भर जो आंख झपकते बीत जाता था, हम सदैव अकेले ही रहते थे। आठ बजे दरवाज़े पर थपथपाहट के साथ उनकी पत्नी कहती कि खाना तैयार है, किन्तु एक बार के बाद वह कभी कमरे में नहीं आई।

एक पखवाड़ा बीत गया। शुरू गर्मी का मौसम बहुत गर्म हो गया और जैसा मैं कह चुका हूँ, मेरे दिन और मेरी रातें बीतती रहीं। तब मेरी शक्ति एकदम कुंठित हो गयी। मेरे अध्यापक ने मुझे पहले ही अतिरिक्त उत्साह के प्रति चेतावनी दे दी थी। कहा था कि मुझे बीच-बीच में पढ़ाई रोक देनी चाहिए। उस सुबह मुझे पता चला कि उनकी बात कितनी ठीक थी। मैं गहरी नींद से भारी भारी-सा होकर उठा और पढ़ना आरम्भ करने पर लगा कि अक्षर धुंधलाने लगे हैं। अपने अध्यापक की सलाह के अनुसार मैंने वह दिन खुले में बिताने का विचार किया। पहले मैं शहर के पुराने भागों की ओर गया। अपने हाथ पैरों की जकड़न खोलने के लिए मैं चर्च की सैंकड़ों सीढ़ियाँ चढ़ गया। वहाँ से मुझे हरियाले विस्तार के बीच एक झील चमकती दिखाई दी। सागर तट पर जन्मा-पला मैं तैराकी का शौकीन था ही। पानी की एक झलक मुझमें डुबकी लगाने की प्रेरणा जगाने को पर्याप्त थी। झील के किनारे पर नहाने का प्रबन्ध था। पानी में पहुंचते ही मुझे अपनी शक्तियाँ जागती हुई प्रतीत हुईं। हफ्तों से मेरे पुट्ठे अकर्मण्य रहे थे। अब वे कार्य करने लगे। नंगे शरीर पर धूप, हवा और पानी की बूँदों के पड़ते ही, आधे घण्टे में ही मेरा शरीर किसी भी नालायकी के लिए उद्यत युवक की तरह हो गया। किताबें और विज्ञान सब भूल गया मैं। अपने अदम्य स्वभाव के साथ मैंने अपने आप को एक ऐसे व्यायाम में डुबा दिया जो मैं अर्से से भूल चुका था। दो घण्टे तक मैं पानी में रहा और शायद तीस बार मैंने वहाँ ऊपर से छलाँगें लगाई। हर बार मेरी शक्ति बढ़ती जा रही थी। दो बार मैं झील के दूसरे तट तक जाकर लौटा।

अब भी मैं ज़रा नहीं थका था। मेरी मांसपेशियाँ अब भी तनी थीं, किसी नये विश्राम की प्रतीक्षा में। मैं जैसे किसी नयी साहसिकता के लिए आतुर हो रहा था।

उसी समय निकट के जनाने स्नानघर से कुछ स्वर उठे। मैंने चारों और देखा। वहाँ एक सुन्दरी डुबकी लगा रही थी। एक क्षण के लिए वहाँ पानी उछला, फिर एक सुन्दर आकृति उभरी और बड़ी तत्परता से वह झील के मध्य स्थित एक छोटे-से द्वीप की ओर बढ़ चली। "पीछा करो। पकड़ो।" की भावना ने ज़ोर पकड़ा, और दूसरे ही क्षण मैं उसके पीछे हो लिया। उसने बड़ी तेज़ी से द्वीप का चक्कर लगाया, और फिर तेज़ी से किनारे की ओर मुड़ चली। उसकी इच्छा को भाँप कर, मैं और शक्ति से तैरने लगा। मैं उसे पकड़ लेता कि तभी उसने डुबकी लगा ली, इसलिए कि वह जनाने भाग में पहुँच जाय, जहाँ मैं यानी कोई पुरूष नहीं जा सकता था। वह लकड़ी की सीढ़ियों से ऊपर चढ़ी। क्षण भर साँस लेने को रुकी। फिर मुड़ी, मुझे विजय-मुद्रा से देखती, शैतानी से मुस्कुराती हुई। धूप की चौंध और उसके टोपी पहनने के तरीके के कारण मैं उसका चेहरा ठीक से नहीं देख सका, किन्तु विजयोल्लास का उसका भाव स्पष्ट दिखाई दे रहा था।

मैं खीझ भी रहा था, खुश भी हो रहा था। बर्लिन छोड़ने के बाद पहली बार मैंने किसी स्त्री का चेतावनीपूर्ण दृष्टि-आक्षेप देखा था। तीन झपट्टों में ही मैं मर्दाने भाग में पहुँच गया और बिना बदन सुखाए ही कपड़े पहन लिये, क्योंकि मुझे प्रवेश-द्वार पर पहुँचने की जल्दी थी। अपने प्रतिद्वन्द्वी की प्रतीक्षा में मुझे दस मिनट रुकना पड़ा। मुझे देख कर उसने अपनी चाल तेज़ कर दी। उसका इरादा था कि वह मुझे बोलने का अवसर न दे। जितनी फुर्ती से वह तैर रही थी, उसी फुर्ती से चल भी रही थी। उसे पकड़ने के लिए मुझे भी काफ़ी तेज़ चलना पड़ा। अन्त में सड़क के एक मोड़ पर मैंने उसे पकड़ लिया। हैट उतारा और पूछा कि क्या मैं उसके साथ चल सकता हूँ?

बिना रुके मेरा मज़ाक-सा उड़ाती वह बोली, "मुझे कोई ऐतराज़ नहीं। वैसे मैं तुम्हारे लिए अधिक तेज़ नहीं चल रही हूँ। मैं बहुत ही जल्दी में हूँ।"

उसके हाव-भाव से प्रोत्साहित हो, मेरा साहस बढ़ा और मैंने उससे दर्जनों प्रश्न पूछ डाले। अधिकांश उनमें से मूर्खतापूर्ण थे, जिनका उत्तर उसने बड़े ही विनोदपूर्ण ढंग से दिया कि मैं आगे नहीं बढ़ सका। बर्लिन के मेरे अनुभव कुछ और ही थे और यहाँ, इतनी तेज़ चाल के साथ इतना सहज, स्वच्छन्द वार्तालाप मेरे लिए नयी बात थी। तब दूसरी बार मैंने सोचा कि मुझे उसमें कुछ अधिक ही मिला है।

किन्तु अभी इससे भी कुछ बुरा होने वाला था। अपने निरर्थक प्रश्नों को छोड़कर मैंने पूछा कि वह कहाँ रहती है?

अपनी चंचल आँखों से मुझे भरपूर देखते और मुस्कराते हुए उसने कुछ भी न छिपाते हुए उत्तर दिया, "मैं आपके निकटतम पड़ोसियों में से हूँ।"

मैंने उसे ध्यान से देखा। उसकी आँखें फिर मुझ पर घूमीं, यही देखने को कि क्या उसका निशाना ठीक बैठा है। अपने बर्लिन के विश्वास ने मेरी रक्षा की। मैंने उससे पूछा कि मैं उसे परेशान तो नहीं कर रहा?

"बिल्कुल नहीं।" उसने हँसते हुए कहा, "सिर्फ दो गलियाँ और हैं, फिर हम आराम से साथ चलेंगे।"

मेरा सिर चकराने लगा था। चल पाना दुश्वार हो रहा था, किन्तु इस समय संभलना और अधिक आवश्यक था। मैं उसके साथ-साथ चलता रहा। अन्ततः हमारा घर आ गया। वह रुकी और अपना हाथ बढ़ाते हुए धीरे-से बोली, "साथ चलने के लिए धन्यवाद। मेरे पति शाम छ: बजे से तुम्हारी प्रतीक्षा कर रहे हैं।"

मैं बुरी तरह लजा गया। क्षमायाचना का कोई शब्द बोलने से पूर्व ही वह ऊपर चढ़ने लगी थी। मैं वहीं खड़ा अपनी बकवास पर खीझे जा रहा था। मैंने उससे पूछा था कि क्या वह कोई बाज़ारू लड़की है? क्या वह अगले रविवार मेरे साथ बाहर घूमने चलेगी? मैंने उसकी सुन्दरता की प्रशंसा की थी। भावावेश में मैं बिना रुके बोलता ही रहा था। कहा था, "मैं बड़ा एकाकी छात्र हूँ।" अपनी मुर्खता पर अब मैं क्रोध से उबल रहा था। वह मुझ पर हँसते हुए घर चली गयी थी। मेरी सारी नालायक़ियों और मूर्खता की बात अपने पति को बताने। उस व्यक्ति को, जिसको शुभ सम्मति की मुझे संसार में सबसे अधिक चिन्ता थी। अच्छा होता, मैं बीच बाज़ार में कोड़ों से पीटा जाता, उसकी आँखों में ऐसा हास्यस्पद बनने की अपेक्षा।

शाम तक मैं गलियों में भटकता रहा। यह समय बड़ा भयानक था। क्षण-क्षण पर यही सोच रहा था कि कैसे वह व्यंग्यपूर्ण मुस्कान से मेरा स्वागत करेंगे, क्योंकि वह व्यंग्य की कला में बहुत निपुण थे। किसी अभागे ने फाँसी के तख़्ते पर चढ़ते समय भी ऐसा अनुभव नहीं किया होगा, जैसा मैंने उनके घर की सीढ़ियाँ चढ़ते समय किया। सन्तुलित होने का प्रयत्न करते हुए मैं उनके अध्ययन कक्ष में पहुँचा। दूसरे कमरे की आहटों से मेरी व्याकुलता और बढ़ गई। मैंने कल्पना में ही उसके स्कर्ट के लहराने का स्वर सुना। निश्चय ही वह वहाँ खड़ी होगी मेरी घबराहट को देखने, मुझ पर हँसने के लिए। मुझ पर फटकार पड़ते देखकर खुश होने के लिए।

अन्त में मेरे अध्यापक अन्दर आए।

"क्या बात है?" उन्होंने पूछा, "तुम इतने पीले दिखाई दे रहे हो?"

"कुछ नहीं।" कहकर मैं उनकी फटकार की प्रतीक्षा करने लगा, किन्तु वैसा कुछ नहीं हुआ। वह सदैव की तरह मुझसे बातें करते रहे। उनके शब्दों में कहीं व्यंग्य नहीं था। आश्चर्य से, फिर खुशी से मैंने समझ लिया कि उनकी पत्नी ने उनसे कुछ नहीं कहा।

आठ बजे उसने द्वार पर थपकी दी। मैंने विदा ली। एक बार फिर मेरा कलेजा मुंह को आ गया। मेरे बाहर आने पर वह मेरे पास से गुज़री। मैंने उसे शाम का नमस्कार किया। उसने भी मित्रतापूर्ण मुस्कराहट के साथ अभिवादन किया। मेरा दिल अन्दर-ही-अन्दर डूबने लगा, क्योंकि मैंने इस क्षमा को एक शर्त के रूप में स्वीकारा, निरन्तर मौन की एक शर्त।

उसी क्षण से मेरी विचारधारा ने नया मोड़ लिया। अब तक अपनी लड़कपनभरी श्रद्धा के कारण मैं अपने अध्यापक को किसी और ही संसार का प्राणी समझता रहा था। इसीलिए उनके निजी, सांसारिक जीवन की ओर ध्यान देने की बात कभी मेरे मन में ही नहीं आई थी। अतिरिक्त श्रद्धा के कारण उनके अस्तित्व को मैंने सदैव इस भौतिक संसार से एकदम परे रखा था, समझा था। जैसे कोई युवक पहली बार किसी के प्यार में बंध जाए और कल्पना में अपनी प्रिया को अपने संसर्ग में आने वाली हज़ारों अन्य स्त्रियों की भाँति उघाड़ने का साहस करे, मैंने भी उनके निजी जीवन में चोरी से दृष्टिपात करने का साहस किया। मैंने उन्हें अति पवित्र, तुच्छताओं और परिस्थितिगत बाधाओं से परे शब्द का वाहक, रचनात्मक आत्मा का साकार रूप ही माना था। अब इस नयी घटना के कारण उनकी पत्नी मेरे मार्ग में आ गई थी। मैं उनके पारिवारिक जीवन के निकट-दर्शन (विचार-विमर्श, चिन्तन) से अपने आपको रोक नहीं सकता था। अपनी इच्छा, अपनी आत्मा के विरूद्ध मैं उनके कार्यों की जासूसी करने को बेचैनी से उद्यत हो रहा था। इस जासूसी का तत्काल परिणाम यह हुआ कि उनका चित्र उलझ गया, क्योंकि उनका निजी जीवन विचित्र था, चौंका देने वाला, अति दुर्बोध।

शीघ्र ही मैं उनके यहाँ एक रात्रि-भोजन पर निमन्त्रित हुआ। उस दम्पति को एक साथ देखने पर मुझे लगा कि उनके सम्बन्धों में कुछ अनुचित है। जैसे-जैसे मैं उनके परिवार के घेरे के निकटतर होता गया, मेरी यह धारणा दृढ़ होती गई। ऐसा नहीं था कि शब्दों या कार्यों में उनके तनाव का या मानसिक द्वन्द्व का कोई स्पष्ट चिन्ह दृष्टिगोचर होता हो। इस प्रकार के चिन्हों की नितान्त अनुपस्थिति दृष्टव्य थी। यही एक पहेली थी।

सर्वग्राही उदासीनता और भाव-शून्यता ने वातावरण को किसी बड़े से बड़े झगड़े और शत्रुता के तुफ़ान या अवरुद्ध घृणा से भी अधिक बोझिल बना दिया था। बाहरी रूप में उनके बीच क्रोध या चिढ़ का कोई भाव नहीं था। अधिकाधिक यह विश्वास मुझे होने लगा था कि दोनों ही एक दूसरे से टूट चुके हैं। जब कभी वे एक दूसरे से बात करते, ऐसे अवसर बहुत ही कम आते थे, तो उनका सम्भाषण उखड़ा-उखड़ा होता था। कभी वे साथ-साथ आत्मीयतापूर्वक हाथ में हाथ लिए घूमते नहीं देखे गए। मैं दम्पति के साथ भोजन कर रहा होता, तो मेरे अध्यापक मुझसे भी बोलने में कंजूसी करने लगते। बातचीत शुष्क हो जाती। एक भारी चुप्पी व्याप जाती। ऐसी चुप्पी कि कोई भी भंग करने का साहस नहीं कर पाता। ऐसी चुप्पी, जो वहाँ से हटने के बाद भी घण्टों मेरे प्राणों को दबोचे रहती।

इस सबसे बढ़कर मैं उस व्यक्ति के एकाकीपन से दुःखी हो गया था। स्वभाव से वह खर्चीले थे फिर भी उनका कोई मित्र नहीं था। छात्र ही उनके साथी, उनका आश्वासन थे। अपने बराबर के साथियों के साथ उनकी बातचीत नितान्त व्यावहारिक धरातल पर होती थी। इससे अधिक कुछ नहीं। वह कभी उनमें से किसी के साथ भोजन नहीं करते थे। कई-कई दिन तक वे मात्र विश्वविद्यालय जाने भर के लिए ही घर से बाहर निकलते। अपने सारे विचार, सारे भाव केवल अपने तक सीमित रखते, सम्भाषण या लेखन के रूप में उन्हें कोई अभिव्यक्ति नहीं

देते। विद्यार्थियों के घेरे के बीच मैं अब उनके उद्भेदी वार्तालापों का कारण समझ रहा था। उस समय वह लम्बी घुटन के बाद अपने दिमाग में घुमड़ रहे विचारों का स्रोत्र खोल देते थे। विचार तब उग्र वेग से टूट पड़ते थे बहने लगते थे। वह उस घोड़े की तरह थे, जो अस्तबल का अभ्यस्त बना देने के बाद पहली बार बाहर निकाला जाता है। इसीलिए जब अतन्त: उसके मौन का ताला टूटता, रुका हुआ पानी शब्दों की मूसलाधार झडी की तरह फट पड़ता था।

घर में वह बहुत कम बोलते, कम-से-कम अपनी पत्नी के साथ। यद्यपि अभी मैं अपरिपक्व आयु का युवक ही था, फिर भी इतना तो समझ ही रहा था कि दोनों के बीच कोई छाया है, अबूझ, अदृष्ट, फिर भी अलंघ्य दीवार-सी। पहली बार मुझे यह ध्यान आया कि उनके वैवाहिक सम्बन्ध में कोई गहरा भेद हो सकता है। बिना किसी विशेष निमन्त्रण के उनकी पत्नी उनके अध्ययन कक्ष में प्रवेश करने का साहस नहीं करती थी, जैसे देहरी पर कोई तान्त्रिक-यन्त्र लगा दिया गया हो। स्पष्ट था कि वह उनकी बौद्धिक दुनिया से एकदम बाहर कर दी गयी थी।

अपनी पत्नी की उपस्थिति में मेरे अध्यापक भी अपने कार्य आदि के विषय में किसी को कोई बात नहीं करने देते थे। मुझे सबसे अधिक घबराहट तब होती, जब पत्नी के आने पर वह अपनी बात को किसी भी जोशीले वाक्य के बीच एकदम बन्द कर देते। इस रूप में उनका व्यवहार स्पष्टत: तिरस्कारपूर्ण होता था, जिसे छिपाने का लेशमात्र भी शिष्टाचार नहीं निभाया जाता था। ऐसा लगता कि पत्नी के सामने ही द्वार बन्द कर दिया गया है, यद्यपि यह यही प्रकट करती थी कि उसने इस ओर ध्यान ही नहीं दिया है। वह एक गौरवमयी युवा नारी थी। मृदु, कोमल, इकहरी, फुर्तीली, हलके कदमों वाली। वह फुर्ती से ऊपर नीचे आती-जाती और सदैव व्यस्त रहती थी, फिर भी उसके पास पर्याप्त अवकाश रहता था। वह प्राय: थियेटर जाती और कई प्रकार के अन्य बाहरी कार्यक्रमों में भाग लेती। यद्यपि इस समय वह लगभग पैंतीस वर्ष की हो चुकी होगी, उसमें कभी भी पुस्तकों के प्रति कोई रुचि का आभास नहीं मिला। न ही यह लगा कि वह अपने पारिवारिक जीवन या शान्तिपूर्ण वातावरण के प्रति चिन्तित है। वह सदैव ही गाते हुए होठों पर हँसी बिखेरती, अपनी जीभ की नोक पर कोई व्यंग्य लिए, नाच रही होती, झील में तैर रही होती, तेज़ी से चल रही होती और इस या उस रूप में आवेशपूर्ण कार्य कर रही होती।

वह कभी मुझसे गम्भीरतापूर्वक कोई बात नहीं करती थी। हर बार मुझे चिढ़ाती रहती जैसे मैं कोई भद्दा युवक होऊँ, या फिर आश्चर्यजनक शक्ति के, या सहिष्णुतापूर्ण कार्यों में मेरी स्पर्धा करती। पति-पत्नी के स्वभाव और रुचियाँ एकदम विपरीत थीं। मैं प्राय: इस गुत्थी को सुलझाने में उलझा रहता कि अन्तत: क्या था, जिसने इन दोनों को एक कर दिया। यूं सच्चाई यह थी कि मेरे अपने लिए यह अद्भुत विरोधाभास सहायक ही थी। जब भारी दिमागी व्यस्तता के बाद मैं अपने अध्यापक की पत्नी से बात करता, तो लगता कि मेरी भौंहों पर से लोहे का भारी टोप उतर गया है।

आध्यात्म की बातों में पूरी तरह खो जाने के बाद अब मैं फिर इस बाह्य संसार में लौटा था, जहाँ दिन की रोशनी की रंगीनियाँ बिखरी थीं। साधारण जीवन की दिव्य रम्यता अपने स्वरूप में प्रकट हुई और हँसी के ठहाकों ने, जिन्हें मैं अपने अध्यापक के उत्तेजक सान्निध्य में लगभग भूल ही चुका था, मुझे आध्यात्मिकता के सर्वग्राही ग्रास से मुक्त कर दिया। वह और भी साथी थे। संक्षेप में वह मुझसे मात्र महत्त्वहीन विषयों पर ही बातें किया करती थीं।

हम अक्सर साथ-साथ थियेटर जाते। हमारा यह साथ सभी तनावों से मुक्त था। मात्र एक ही चीज़ हमारे बीच बाधक थी और वह था अध्यापक के बारे में नाममात्र का भी उल्लेख। जब भी मैं उनके विषय में कुछ बोलता, वह मेरी सारी रुचि समाप्त कर देती, भयानक मौन की एक दीवार से, या फिर जब मैं अध्यापक के प्रति कोई उत्साह दर्शाता तो वह अर्द्ध मुस्कान से मुझे ठण्डा कर देती। उसने कभी मुझे अपने निकट नहीं आने दिया, कभी अपना विश्वासभाजन नहीं बनाया, उसने कभी मुझसे मेरे अध्यापक के विषय में एक शब्द भी नहीं कहा। जिस प्रकार मेरे अध्यापक ने उसके सामने दीवार खड़ी कर दी थी, उसने भी वैसा ही किया था। जिस वर ने इस दम्पति को पन्द्रह वर्षों से आश्रय दे रखा था, उसी घर ने इस भेद को भी संजो रखा था।

यह भेद जितना गहरा था, उतना ही उद्दीपक भी। उनके जीवन की वास्तविकताओं पर पर्दा खींच दिया गया था, किन्तु मैंने देखा कि पीछे से उठती ठंडी-ठंडी सांसों से काँप-काँप जा रहा था। जब भी मैं किसी परिणाम पर पहुँचने को होता कि निदान मेरे हाथ से फिसल जाता। एक युवक के लिए इस प्रकार के गम्भीर खिलवाड़ से अधिक विचलित करने वाली स्थिति और क्या हो सकती थी?

शून्य में टटोलना बन्द करके कल्पना किसी निश्चित उद्देश्य पर एकाग्र होती है और शतरंज के उत्तेजनापूर्ण खेल से आनन्दित होती है। उन दिनों मुझमें जैसे नयी इन्द्रियाँ जागी थीं। एक नयी भनक, जो हर स्वर की फुसफुसाहट को अनूठी कोमलता के साथ समझने की कोशिश करती। एक तेज़ दृष्टि, एक संदेहपूर्ण कौतूहल, जो कोने-कोने को टटोलता और अंधेरे को कौंचता रहता। बार-बार मैं सोचता कि मैंने पहेली का समाधान पा लिया है और फिर देखता कि वहाँ तो कुछ भी नहीं है, तो लगता मेरी धमनियाँ जैसे कट गयी हैं, रिस रही हैं।

जब पिछली बातें याद करता हूँ, तो मुझे अपने उस चरम कौतूहल के कारण अपने आप को दोष देने का कोई कारण नज़र नहीं आता। उसमें कोई नीचता नहीं थी। कोई वासनात्मक पक्ष नहीं था मेरी उत्कंठा का। जिसने मुझे झकझोर दिया था, वह एक छिपी उत्सुकता थी, एक उलझी और संकोचपूर्ण करूणा थी, एक संदिग्ध और व्यथित विश्वास कि मेरे अध्यापक और उनकी पत्नी, दोनों आपस में यातना पा रहे थे। जितना ही मैं उनके निकट जाता, मुझे उनके प्यारे मुख पर दुख की छाया नज़र आती थी। एक गहरी उदासीनता के स्पष्ट लक्षण बड़ी कुलीनता से संयमित मुझे नज़र आते। वहाँ एक ऐसी यातना उपस्थित दिखाई देती, जो कभी चिढ़चिड़ाहट या क्रोध में प्रवृत्त नहीं होती थी।

आरम्भ में जिस प्रकार मैं उनके धाराप्रवाह संभाषण के कारण उनकी ओर आकर्षित हुआ था, अब जब मैं उन्हें अधिक अच्छी तरह समझ रहा था, तो उनका मौन, उनका छिपाया गया दु:ख मुझे प्रभावित और दुखी कर रहे थे। एक विशिष्ट और पौरुषेय यातना से अधिक कोई चीज़ किसी युवा को विचलित नहीं करती। मिशिलेंजलो के विचारक अपने से विचारों की गहराई में झाँकते हुए, बीथोवन के बेतरह खिंचे होंठ, ये विश्व की यातना के दर्दनाक पर्दे किसी युवक की भावनाओं को मोज़ार्ट के तरल संगीत या लियोनार्ड की आकृतियों से विकीर्णित शुभ रोशनी से भी अधिक छूते हैं। स्वयं सौन्दर्यमय होने के नाते एक युवक को आकार परिवर्तन की आवश्यकता नहीं होती। जीवनी शक्ति के अतिमार के कारण वह शौक द्वारा आकर्षित होता है और अपने अनुभवों में पीड़ा के आलिंगनों को स्वीकारने के लिए उद्यत रहता है। इसीलिए यौवन सदैव खतरों के लिए प्रस्तुत रहता है और मानसिक यातना के साथ स्नेह का हाथ मिलाने को सदैव उत्सुक।

यह पहला अवसर था कि मैंने इस प्रकार की घनीभूत यातना देखी थी। मध्यमवर्ग की सुख-सुविधाओं में पला-बढ़ा था मैं यातना मेरे जीवन में साधारण जीवन के हास्यस्पद नक़ाब में लिपटकर ही आयी थी, हलके से व्यंग्य की तरह लिपटी हुई द्वेष का पीला लबादा पहने हुए या अपने छिटपुट सिक्कों को खनकाते हुए, किन्तु अब यातना के जिस रूप को देख-समझ रहा था, वह आदर्श थी, यह मैं आरम्भ में ही समझ गया था। जब भी मैं उनके कमरे में गया, जाने कहाँ वह खोए रहते कि दरवाज़ा खटखटाने पर उत्तर देना तक भूल जाते मुझे सकुचाते, हिचकिचाते, बिना बुलाए ही अन्दर चले जाना पड़ता था। मैं प्राय: उन्हें उनके खोयेपन में चौंका देता था। ऐसे क्षणों में, मेरा यह अध्यापक संसार के लिए मर चुका होता था। मेरे पास जाने पर वह मेरी पदचापों पर ध्यान नहीं देते, न ही मेरे सहमे अभिवादन का उत्तर। होश में आने पर वे कुछ औपचारिक शब्द कहते, अपनी हिचक को छिपाने के लिए और प्रश्नों से बचने के लिए कमरे में इधर से उधर टहलते हुए अजीब बातें करने लगते। देर तक उनके चहरे पर कोई छाया घूमती रहती और जब तक हमारी बातचीत आवेशपूर्ण नहीं हो जाती, वह वैसे ही खोये रहते।

प्रायः वह समझ जाते कि मैं उनके यातना में डूब ठंडी-ठंडी सांसों से बुरी तरह विचलित हो गया हूँ। मेरे आचरण से वह शायद भाँप गये कि मैं उनके दुःख को बाँटना चाहता हूँ। अत: कई बार आवेशपूर्ण वार्तालाप के बीच ही चुप होकर वह मुझे एकटक स्नेहपूर्वक देखने लगते। मैं उनकी करुण दृष्टि की स्नेहार्द्रता से विचलित हो जाता। ऐसे में मेरा हाथ अपने हाथ में ले लेते और तब तक लिए रहते, जब तक मेरा मौन नहीं टूटता। बार-बार मैं सोचता, 'अब, अब अन्तत: अब, वह कुछ बोलेंगे।' किन्तु प्रतीक्षित शब्दों की जगह एक रूखी, क्षुब्ध दृष्टि ले लेती या फिर कोई सर्द व्यंग्यपूर्ण शब्द। वह यद्यपि स्वयं उत्साही थे, मुझमें भी उन्होंने ही उत्साह जगाया और भड़काया था, किन्तु वे अकस्मात ही उसे धो-पोंछ देते, मानो लिखी गई

इबारत में कोई बड़ी गलती रह गई हो। उनका विश्वासभाजन बनने की जितनी ही उत्कट व्यग्रता मुझ में थी, वह मुझे उतनी ही कठोरता से दूर फेंक देते। कहते कि वह समझ नहीं रहे कि मैं क्या कह रहा हूँ कि मुझे बढ़ा-चढ़ा कर नहीं बोलना चाहिए, संक्षिप्त हो जाना चाहिए। वह ऐसी कटुक्तियाँ कहते कि मैं ग्लानि से भर जाता। ऐसे क्षणों में मुझे कितनी पीड़ा होती थी, मैं कह नहीं सकता। वे अनुभव, वे क्षण बड़े भयानक होते थे और मुझे लगता कि मैं घनिष्ठता के लिए जितना तड़पता हूँ, वह मुझे उतनी ही कटुता से पीछे धकेल रहे हैं। उनके भेद उनके अपने थे और वह मुझे यह समझा देते कि मुझे आवश्यक दूरी बनाये रखनी है।

मेरा विश्वास दृढ़तर होता गया। एक अजीब, एक कुटिल भेद इस व्यक्ति के मन की गहराइयों में दफ़न है, जो इतना जादूई असर करता है। उनकी छिपी, चोर दृष्टि प्रकट कर रही थी कि वहाँ कुछ छिपा है। जब मैं कृतज्ञतापूर्वक उनसे मिलने गया, तो उनके उत्साहपूर्ण कदम जैसे धीरे-धीरे पीछे लौट गए। उनकी पत्नी की यदाकदा की कड़वाहटों से भी यह स्पष्ट हो गया था कि वहाँ कोई भेद है। उनके विषय में बात करते समय उनके साथियों की गम्भीरता उनकी प्रशंसा किये जाने पर साथियों के रोष से, तथा सैकड़ों अन्य बातों से स्पष्ट हो गया कि वहाँ कुछ है, कुछ है। मेरी व्यग्रता बढ़ती गयी, बढ़ती गयी। उनका यदाकदा भाग छूटना मेरे लिए और भी दुर्बोध्य था। एक सुबह थियेटर हॉल के द्वार पर सूचना टंगी थी कि दो दिन तक कोई भाषण नहीं होगा। अन्य विद्यार्थियों ने तो इसे साधारण रूप में स्वीकार कर लिया, किन्तु मैं जो पिछली रात तक अपने अध्यापक के साथ था, डरा कि कहीं वह बीमार तो नहीं हो गए। मैं जल्दी-जल्दी घर दौड़ा। मेरे व्याकुल प्रश्नों का उत्तर उनकी पत्नी ने तिरछी मुस्कान से दिया, "यह कोई नयी बात नहीं है। तुम अभी इसके अभ्यस्त नहीं हुए हो।" वह रूखाई से बोली।

साथियों से पता चला कि सच ही इस प्रकार बिना सूचना दिए गायब हो जाना और अनुपस्थिति पर क्षमा याचना के लिए एक तार भेज देना उनके लिए बहुत साधारण बात है। ऐसे ही एक अवसर पर एक विद्यार्थी उनसे सवेरे के चार बजे बर्लिन की गलियों में मिला था। एक अन्य अवसर पर उन्हें किसी कस्बे की एक सराय में देखा गया था। वस्तुत: कोई नहीं जानता था कि वे कहाँ जाते थे? क्यों जाते थे? वे अचानक ही एक या दो दिन के लिए गायब हो जाते, बस।

इन सब बातों ने मुझे जैसे बीमार कर दिया और उन दो दिनों में जब कि वह बाहर गए हुए थे, मैं बेचैन हो भटकता रहा। कोई काम मुझसे नहीं हो सका। उनके दूर रहने पर मुझे मेरी पढ़ाई-लिखाई अर्थहीन लगने लगी। अजीब-अजीब अटकलें लगाते मेरा दिमाग थक गया। मैं जैसे क्रोध और घृणा से उबलने लगा, क्योंकि उन्होंने अपने आप को मुझसे तोड़ लिया था। मैं उनके विश्वास के लिए इतना व्याकुल और व्यग्र था, किन्तु एक बाहरी व्यक्ति से अधिक कुछ भी नहीं जानता था। मैं बार-बार अपने आपको याद दिलाने लगा कि एक विद्यार्थी को अपने अध्यापक के कामों में दखल देने का कोई अधिकार नहीं है कि अपने कृपा भाव के कारण वह पहले ही अपने कर्त्तव्य से सौ गुना अधिक कर चुके हैं, किन्तु सभी तर्क व्यर्थ। मैं दिन-भर में

कोई बारह बार यह पूछने गया कि वह लौट आए या नहीं। जब उनकी पत्नी रोष में भर कर उत्तर देने लगी, तभी मैंने अपनी निष्फल पूछताछ बन्द की। मैं आधी रात तक उनकी पदचाप की प्रतीक्षा में जागता रहा और अगली सुबह बिना यह पूछे कि लौट आए हैं या नहीं, दरवाज़े के चक्कर काटता रहा।

अन्त में तीसरे दिन वह अप्रत्याशित रूप से जब मेरे कमरे में आए तो मैं घबरा गया। वह मेरी भावुकता से चिढ़ गए थे और शीघ्र ही बात को समाप्त कर देना चाहते थे, किन्तु वह मुझसे नज़रें चुराने लगे और बात अटक-अटक कर चलती रही। यद्यपि हम दोनों ही उनकी अनुपस्थिति के विषय में कोई संकेत नहीं दे रहे थे, हमारी अव्यक्तता ही एक छिपी आड़ बन गयी थी। उनके बाहर जाते ही मेरी उत्सुकता फिर भभक उठी और तभी से वह दिन में मेरे सोच और रातों में मेरे सपनों का विषय बन गयी।

अधिक जानने की इस इच्छा ने मुझे हफ़्तों दबोचे रखा। मेरा सम्पूर्ण अस्तित्व उनके भयानक गुप्त भेद को पाने के लिए तड़प रहा था, जो मुझे चट्टानी मौन के नीचे दबा प्रतीत होता था। अन्त में एक शुभ घड़ी में उनकी भीतरी दुनिया में प्रवेश का मुझे पहला अवसर मिला।

धुंधलका होने तक मैं उनके कमरे में बैठा रहा था, फिर उन्होंने एक ताला बन्द आलमारी में से शेक्सपियर के सॉनेट का एक संग्रह निकाला। पहले उसमें से कुछ सॉनेट मुझे पढ़ कर सुनाए, फिर उनका अनुवाद किया और टिप्पणियों के साथ उनके बहुत ही गूढ़ अर्थ बताए, विषय पर ऐसा जादूई प्रकाश डालते हुए कि अपनी प्रसन्नता और मोह के बीच भी मैं यह सोचे बिना नहीं रह सका कि मेरे अध्यापक की बुद्धिमानी मात्र कंजूसी से बोले गए शब्दों में ही अभिव्यक्ति पा सकती है। मैंने साहस बटोर कर उनसे पूछ ही लिया कि क्यों उन्होंने अब तक 'ग्लोब थियेटर का इतिहास' पूरा नहीं लिखा? मुझे शीघ्र ही पता चल गया कि अनचाहे और अनजाने ही मैंने उनके घाव को कुरेद दिया है। उनके चेहरे के भावों से यह स्पष्ट हो गया। खड़े होकर वह कमरे में चहलकदमी करने लगे, फिर मेरे निकट आ कर मुझे ध्यान से देखने लगे, किन्तु कुछ भी बोलना उनके लिए कठिन हो रहा था। अन्ततः उन्होंने कहा, "मैं कोई महान् रचना अब नहीं कर सकता। उसका समय अब बीत गया है। जवानी में ही वैसी रूपरेखा बना सका था। अब मात्र क्षणिक आवेशों का व्यक्ति रह गया हूँ और किसी बड़े प्रयत्न के योग्य मैं नहीं रहा। मैं बहुत शक्तिशाली था, किन्तु अब वे दिन सदा-सदा के लिए चले गए हैं। मैं अब सिर्फ़ बात कर सकता हूँ, इसलिए कभी-कभी बह जाता हूँ किन्तु दिनों-दिन बैठकर लिखना, अकेले-अकेले, अब वह असम्भव है।"

अस्वीकृति की इस दृष्टि ने मुझे गहरे तक हिला दिया। मैंने उनकी बात यह कहकर काट दी कि अपनी सामर्थ्य को शब्द देने की सामर्थ्य उनमें है कि उन्हें मात्र औरों के विचारों की अनुगूँज ही नहीं बने रहना चाहिए, अपने मौलिक सृजन को भी अभिव्यक्ति देनी चाहिए।

उन्होंने फिर निराशा से दोहराया, "नहीं, मैं नहीं लिख सकता। मुझमें एकाग्रता नहीं रह गयी है।"

"तो फिर आप बोल कर क्यों नहीं लिखवाते? आप मुझसे लिखवाइए। प्रयत्न तो करके देखिए। शायद आरम्भ में बोलक़र लिखवाने से काम चल जाए और तब आप स्वयं ही लिख पाएं। कृपया आप लिखवाने का प्रयत्न कीजिए। मेरे लिए ही आप यह कीजिए।"

वह उठ खड़े हुए। चेहरा उनका आह्लाद और आश्चर्य से खिल उठा, फिर मन ही मन कुछ सोचना शुरू कर दिया।

"तुम्हारे लिए? क्या सचमुच तुम यह सोचते हो कि वह किसी के लिए उपयोगी हो सकेगी? कि मैं एक बुढ़ा आदमी अगर अब कुछ लिखूँ, तो कोई उसे पसन्द करेगा?"

स्पष्ट था कि मेरा सुझाव उन्हें रुचा था। उनके शब्द अधिकाधिक सजीव और आशाप्रद होते गये।

"क्या सचमुच तुम यह सोचते हो कि वह कोई अच्छी रचना होगी? ठीक। हम प्रयत्न करेंगे। जवानी हमेशा ठीक कहती है। युवकों की सलाह मानने वाले बुद्धिमान होते हैं?"

विजयोल्लास के मेरे उद्‌गारों ने शायद उन्हें अनुप्राणित कर दिया था। वह लड़कों की तरह उत्साह में भर कर जल्दी-जल्दी चहलकदमी करने लगे, फिर हमने तय किया कि रोज़ शाम भोजन के बाद नौ बजे हम अपना काम करेंगे। दूसरी शाम से हमने काम शुरू कर दिया?

मैं इन घण्टों का वर्णन कैसे करूँ? सारे दिन मैं उनकी प्रतीक्षा करता रहता। दोपहर-भर मेरी धमनियाँ अधैर्य से धड़का करतीं। रात होने तक मैं मुश्किल से ही समय काट पाता था। खाना खाते ही हम अध्ययन-कक्ष में पहुँच जाते। मैं उनकी मेज़ पर बैठ जाता और वह मेरे पीछे घूमते रहते, आरम्भ में अपने विषय को उपयुक्त शब्द देने के लिए। वह कोई सशक्त रूपक खोज रहे होते, किसी नाज़ुक स्थिति का वर्णन कर रहे होते। यह आरम्भिक बिन्दु होते थे, जब बढ़ते आवेश के साथ वह किसी नाटकीय दृश्य को तेज़ी से ढालने लगते। तब उनकी रचना का निर्झर पूरी शक्ति के साथ बह निकलता। मुझे अब भी-ऐसी पंक्तियाँ याद हैं, जो किसी अतुकान्त कविता-सी प्रतीत होती हों। ऐसे अंश याद हैं, जो होमर की कविता की याद दिलाते हैं। वॉल्ट व्हिटमैन के अनगढ़ रूखे गीतों की तरह जो छोटे-छोटे झरनों की तरह बह निकलते हैं।

यह पहला अवसर था, जब मुझ जैसे अनगढ़ युवक ने रचना की गहराइयों के दृश्य देखे थे। मैंने देखा कि कैसे एक आकारहीन और ऊष्णतम विचार आन्तरिक उद्वेग की कड़ाही से उफन, पिघल कर बाहर आता था। कैसे वह ठण्डाने के साथ-साथ रूप ग्रहण करता था। कैसे वह सम्पूर्णता तक पहुँचता था। और कैसे उसकी लम्बाई, उसका अर्थ स्पष्ट हो जाता था! जैसे किसी घण्टी की मोगरी अन्ततः घण्टी से टकरा कर उसमें ध्वनि उत्पन्न कर दे, उसी प्रकार रचना विचारक के मन की कल्पनाओं को अभिव्यक्ति दे देती थी। जैसे लय में से प्रत्येक पंक्ति उभरती है जैसे कल्पना-प्रसूत सौन्दर्य रेखांकित होकर चित्र बन जाता है, वैसे ही मेरे अध्यापक की रचना आगे बढ़ती गयी। बिना किसी विशेष चातुरी, विशेष श्रम के। जैसे कोई विजय गान सागर पर लहरा रहा हों, जैसे उस निःसीम का प्रत्यक्ष, सांसारिक स्वरूप लहरों पर दूर-दूर से बहा चला आ रहा हो, ऊँचाइयों की ओर देखते हुए, गहराइयों को छिपाते हुए; और उन

गहराइयों और ऊँचाइयों के बीच खेलते हुए (अर्थमय होते हुए भी अर्थ से शून्य), मानव-भाग्य को बिना किसी भंगुर, भौतिक जहाज़ के ही वहन किये हुए। सागर के इस रूपक के बाद ही एक ट्रेजेडी का सुन्दर वर्णन था, जो एक आदि-शक्ति की तरह हमारे रक्त में नशे की तरह छायी रहती है।

तब कल्पना एक विशेष देश पर एकाग्र हो गयी। हमारी दृष्टि के सम्मुख इंगलैण्ड आ खड़ा हुआ। उस तूफानी पानी से घिरा वह द्वीप में महासागर हिलोरें लेता है। शीतल और स्वच्छ पानी वहाँ के निवासियों की आँखों में छाया की तरह बिछ जाता है। उस धरती का हर निवासी एक सागरजीवी है, स्वयं एक द्वीप है। समुद्र के तूफानों और खतरों ने अपने जिन्ह छोड़ दिये हैं। आज भी वे इन अंग्रेज़ों में सजीव हैं, जिनके पूर्वज शताब्दियों तक समुद्र डाकुओं के नेता और समुद्री डाकू रहे थे। अब इस द्वीप पर शान्ति छायी हुई है, किन्तु वहाँ के निवासी, जो तूफानों के अभ्यस्त हो चुके हैं, समुद्री जीवन के लिए तड़पते हैं। जब उन्हें वह प्राप्त नहीं होता, तो वे वैसी तुफ़ानी जोश अपने खेलों में उत्पन्न कर लेते हैं। वे पशुओं के दंगल के लिए लकड़ी के अखाड़े बनाते हैं। मुर्गी की लड़ाई या कि कुत्तों द्वारा भालुओं को चीरे जाते देखकर वहाँ के दर्शकों का भय-विलास पूरे जंगली रूप में प्रोत्साहित होता है। शीघ्र ही फिर इन्द्रियों के कुछ सुधरे, सधे तनाव की मांग होती है, जो मानवीय-संघर्षों के दर्शन से पूर्ण की जाती है। इस प्रकार मध्ययुग की धार्मिक रूढ़ियों में से मानव के द्वन्द्र का नाटक तैयार होता है, जिसमें प्रारम्भिक दिनों के साहसपूर्ण कार्य और यात्राएँ अभिनीत होती हैं, यात्राएँ वास्तविक समुद्र पर नहीं, वरन मनुष्य की भावनाओं के मानसिक सागर पर। एक नवीनता, भावनाओं के ज्वार का एक अन्य महासागर और आत्मा का ज्वार, जिस पानी पर वे इससे पूर्व हवाओं और लहरों की दया पर तैरते थे, उसे पार करने का दृढ़ निश्चय। ये हैं आकांक्षाएँ इस एंग्लो-सेक्सन जाति के वंशजों की। यह है एलिज़ाबेथी नाटक का प्रादुर्भाव।

अब जब उन्होंने इस बर्बर आदिकाल का वर्णन आरम्भ किया, तो उनकी भाषा और भी सुन्दर व अलंकारिक हो गयी और स्वर में शक्ति आ गयी। वह स्वर स्पष्ट और मधुर होता गया। वक्ता को भावनाओं ने इस क़द्र विचलित कर दिया था कि वह कमरा भी छोटा प्रतीत होने लगा। मैंने वहाँ सागर की गर्जन और हवाओं की साँय-साँय सुनी। मैं तूफानों से घिर गया था। मेज़ पर झुक कर अपने प्रिय के लिए लिखते हुए मुझे लगा कि एक बार फिर मैं अपने घर के पास बालू के टीले पर खड़ा लहरों का शोर सुन रहा हूँ और आंधी तथा तूफ़ान का सामना हो जाने के कारण मेरे लिए श्वास लेना भी कठिन हो गया है। आश्चर्य से अभिभूत, चौंका हुआ और फिर भी हर्षविभोर होकर मैंने अपने जीवन में पहली बार उस भय को समझा, जो ऐसे व्यक्ति और ऐसे शक्तिशाली शब्द के जन्म पर पनपता है।

किसी सुन्दर क्षण में, जब प्रेरणा ऐश्वर्यपूर्वक वैज्ञानिकता को पीछे छोड़कर भागी जा रही थी और जब विचार काव्य-रचना में ढलते जा रहे थे, मैं थकावट से चूर हो गया था। मेरी थकान अपने अध्यापक की थकान से भिन्न थी। वे तनाव से मुक्त हो चुके थे, किन्तु मैं, जिस पर उनके

विचारों की लहरें टकरा रही थीं, उनसे पिट गया था चूर-चूर हो गया था। दोनों ही के लिए नींद और आराम को सम्भव बनाने के लिए हलकी-सी बातचीत आवश्यक थीं। उनसे अलग होने पर मैं अपने शॉर्टहैण्ड नोट को अक्सर पढ़ लिया करता था। कितना अद्भुत था वह! अभी वे चिन्ह शब्दों में भी नहीं ढाले जा सके थे कि मेरी साँस, मेरी आवाज़ सभी किसी और के हो गये। मैं एक नक़लची हो गया था। मैंने अपने आपको उनकी नक़ल करते हुए अनुभव किया, जैसे वही मेरे अपने मुख से बोल रहे हों।

यह सब अब से चालीस वर्ष पूर्व घटा था, किन्तु आज भी जब अपने किसी भाषण के बीच मैं तेज़ी से बोलने लगता हूँ, तो मुझे एकदम लगने लगता है कि अरे, यह तो मैं नहीं बोल रहा। मैं उन मृत व्यक्तियों का स्वर पहचान लेता हूँ, उनका, जो अब मात्र मेरे होंठों के मार्ग से ही सांस ले सकते हैं। जब भी मैं उत्साहित होती हूँ, मैं 'वह' बन जाता हूँ। डिक्टेशन के उन घण्टों ने मुझ पर जीवन-भर के लिए चिन्ह अंकित कर दिये थे।

काम बढ़ता गया और मेरे चारों ओर जंगल की तरह घिर गया। संसार के बाह्य दृश्य मेरे लिए समाप्त हो गए। मैं अपने ही भीतर बन्द हो गया। अपने घर के अंधेरे के पीछे, उस रचना कार्य के घने पत्तों के मर्मर के पीछे, उस व्यक्ति की स्पष्ट और सहृदय उपस्थिति में।

कॉलेज की पढ़ाई के कुछेक घण्टों के अतिरिक्त मेरा सारा दिन उन्हीं के लिए बीतता था। मैं भोजन भी उनके तथा उनकी पत्नी के साथ ही करता था। दिन में और रात में, मेरे कमरे और उनके घर के बीच संदेश आते जाते रहते थे। हमारे पास एक-दूसरे के घर की चाबियाँ थीं, ताकि आवश्यकता पड़ने पर बहरी गृहस्वामिनी को कष्ट दिए बिना हम एक-दूसरे के पास आ जा सकें। जितना ही मैं इस नयी सृष्टि में व्यस्त होता जा रहा था; बाह्य संसार से मेरा सम्बन्ध समाप्त होता जाता था। उस आन्तरिक सृष्टि की ऊष्णता अनुभव करने के साथ-साथ मैं अपने अध्यापक के एकाकी अस्तित्व का रूखापन भी सहन करता था।

मेरे साथी मेरे प्रति उपेक्षा का व्यवहार करने लगे थे, बल्कि वे मुझ से घृणा करते थे। यदि उन्होंने चुपचाप मेरे प्रति कोई निश्चत मत भी बना लिया हो, तो मैं कह नहीं सकता, या हो सकता है कि अध्यापक के मेरे प्रति अतिरिक्त स्नेह के कारण वे ईर्ष्यालु हो उठे हों। कुछ भी हो, उनका मेरे साथ कोई सरोकार नहीं रह गया था। दोपहर की बहस के समय भी वे मुझसे नहीं बोलते थे। लगता था कि सबने एकमत होकर यह निश्चय किया है। यहाँ तक कि विश्वविद्यालय के अन्य प्राध्यापक भी मेरे प्रति शत्रुता बरतते थे। एक बार जब मैंने रोमन साहित्य के प्राध्यापक से किसी विषय पर कुछ पूछा, तो उन्होंने मुझे इस व्यंग्यपूर्ण आक्षेप के साथ घुड़क दिया, "तुम तो उस प्राध्यापक के घनिष्ठ हो। तुम्हें तो इस विषय में सब कुछ जानना चाहिए।" मैं व्यर्थ ही अपने दिमाग को उलझाता रहा कि क्यों मेरे साथ इस प्रकार का व्यवहार किया जाता है, किन्तु उलझन ज्यों-को-त्यों बनी रही। मैं दो एकाकियों से सम्बद्ध होकर स्वयं भी एकाकी हो गया था।

इस सारे सामाजिक बहिष्कार से मुझे ज़रा भी पीड़ा नहीं होती थी, क्योंकि मेरी सारी रुचि आध्यात्मिक संसार में केन्द्रित हो गयी थी, किन्तु समय के साथ-साथ इस कार्य के भार का मेरे मस्तिष्क पर बहुत बुरा प्रभाव पड़ा।

शरीर की ही भाँति मस्तिष्क में भी बिकार होते हैं और हफ्तों तक बिना विश्राम किए मानसिक कार्यों में व्यस्त रहने वालों को इसका दुष्परिणाम झेलना ही पड़ता है। मैंने अपनी ज़िन्दगी के तरीकों को इतने झटके से बदला था, एक छोर से दूसरे छोर की ओर बेतहाशा दौड़ पड़ा था और अब क्षुब्ध प्रकृति अपना अधिकार मांग रही थी।

बर्लिन में मैं स्वच्छन्दतापूर्वक औरतों के पीछे दौड़ा करता था और इस प्रकार पर्याप्त व्यायाम हो जाता था। साथ ही उस मनोरंजन के कारण कोई तनाव शेष नहीं रह जाता था, किन्तु अब इस एकान्तिक गम्भीर वातावरण में मेरी अतिरिक्त रूप से उत्तेजित इन्द्रियां दब रही थीं। शाम की डिक्टेशन के बाद मैं आधी रात के बाद तक अपनी इच्छा से नोट्स तैयार करता रहता था, ताकि जल्दी-से-जल्दी अपने प्यारे अध्यापक को तैयार पाण्डुलिपि दे सकूं। इसके बावजूद और शायद इसी की वजह से बिस्तर पर भी मुझे नींद नहीं आती थी। इसके अतिरिक्त कक्षाओं में भी भाषणों के नोट्स लेने में शक्ति की आवश्यकता थी, फिर अपने प्रिय अध्यापक के साथ बातचीत भी करनी होती थी। उसमें भी शक्ति कम नहीं लगती थी, क्योंकि मैं प्रतिक्षण, प्रतिपल उनकी बात सुनने-समझने में अपना सारा ध्यान लगा देता था।

अन्ततः मेरा शरीर थकावट के चिह्न प्रकट करने लगा। मुझे बार-बार बेहोशी के दौरे आने लगे। यह स्पष्ट चेतावनी थी, किन्तु मैं इसकी भी उपेक्षा करता रहा और बहुत अधिक थक गया। मेरी नसें बुरी तरह दुखने लगीं। मेरी एकाग्रता नष्ट होने लगी।

इस ओर सबसे पहले मेरे अध्यापक की पत्नी ने ध्यान दिया। मैंने कई बार उसे मेरी ओर ध्यान से देखते देखा था, फिर वह इस प्रकार ताने देने लगी कि एक ही बार में संसार को जीतने की इच्छा और प्रयत्न करना भूल है, फिर वह और स्पष्ट हुई। एक रविवार को, जब मैं व्याकरण पढ़ रहा था, उसने मेरी किताब छीन ली।

"आज के लिए बहुत हो गया। तुम जैसा एक जवान और फुर्तीला आदमी कैसे अपने आपको इस प्रकार दास बना सका है? मेरे पति को आदर्श मत समझो। वह तो बूढ़े हो चुके हैं। तुम्हें अपने तरीकों से जीना चाहिए।"

अपने पति के विषय में बात करते समय वह जैसे सदा ही घृणा से सिकुड़ती रहती। इससे मेरे श्रद्धा-भाव को आघात लगता और मेरा क्रोध भड़क उठता। मैं सोचता कि वह ईर्ष्या के कारण मुझे उनसे दूर रखने का प्रयत्न करती है और मेरे उत्साह की हंसी उड़ाती है। यदि कभी शाम को मेरे अध्यापक देर तक लिखवाते रहते, तो वह लगातार दरवाज़ा खटखटाती रहती और बग़ैर उनकी नाराज़गी की चिन्ता किए, हमारा काम बन्द करवाने का प्रयत्न करती रहती।

एक बार जब उसने मुझे बहुत ही थका हुआ देखा, तो कहने लगी, "यदि ऐसे ही चलता रहा, तो तुम्हारी नसें फट जाएंगी। इतने से दिनों में उन्होंने तुम पर कितना भयानक प्रभाव

डाला है! ऐसे तो तुम अपना सारा स्वास्थ्य चौपट कर लोगे। यह मुझसे सहन नहीं होता। ···और फिर···" वाक्य अधूरा छोड़ कर उसने क्रोध में अपने होंठ भींच लिए।

यह सच था कि मुझे आराम का समय ही नहीं दिया जा रहा था। मैं जितना ही अधिक उनका कार्य करता, उतनी ही निरपेक्षता से वह मेरी सहायता स्वीकार कर लेते। शायद ही कभी मुझे धन्यवाद का कोई शब्द कहा हो। सुबह जब जल्दी ही मैं उन्हें आधी रात तक लिखी गई पाण्डुलिपि देता, तो वह उसे रूखाई से इन शब्दों के साथ स्वीकार कर लेते, "कल भी कर सकते थे।"

कभी उत्साह में भरकर मैं बिना मांगे उन्हें अपनी सेवाएं अर्पित करता, तो वह मुझे कड़वाहट के साथ रोक देते। अपमानित और परेशान हो जब मैं अपने में डूब जाता, तो मुझे सहलाने के लिए वह एक बार प्यार से मुस्करा देते, किन्तु ऐसे क्षण बहुत ही कम होते थे, बहुत ही कम। रूखेपन और स्नेह के, आत्मीयता और निरपेक्षता के इन अवसरों ने मुझे बुरी तरह विचलित कर दिया कि मेरी इच्छा हुई···नहीं, मैं कैसे कह सकता हूं कि मैंने क्या चाहा? ···एक पुरुष जब किसी स्त्री के प्रति आकर्षित होता है और यह आकर्षण ऐसा हो कि पुरुष उस स्त्री को पवित्रता का प्रतिरूप मानकर श्रद्धा करे, अपने अवचेतन में उसकी इच्छाएं शारीरिक तृप्ति की ओर अग्रसर हों, तो शारीरिक अधिकार उसकी अन्तर्कल्पना में प्रतिमूर्त होता जाता है, किन्तु जब यह आकर्षण आध्यात्मिक धरातल पर हो और एक पुरुष को लेकर हो, तो वह संतोष कहां से प्राप्त होगा? बेचैन, व्याकुल कल्पना उस श्रद्धेय के आस-पास भड़कती है, किन्तु चरम समर्पण का क्षण नहीं आ पाता। कभी उसका स्रोत नहीं सूखता। वह बहती ही रहती है। यह सब अस्थिर होता है, जैसे कि आत्मा स्वयं। इसलिए मैं कभी उनका सामीप्य नहीं पा सका। वह कभी अपनी गम्भीरता का चोला तोड़ देते, तो भी मैं जानता था कि किसी भी क्षण वह फिर मुझे दूर झटक देंगे।

इस प्रकार की मानसिक ऊहापोह ने मुझे बहुत परेशान कर रखा था। किसी अंश विशेष पर ध्यान केन्द्रित करते हुए वह मात्र एक उचटी दृष्टि डालकर पुस्तक को लापरवाही से एक ओर रख देते या जब हम मस्त होकर बातें कर रहे होते अथवा कभी वे प्यार से मेरे कंधों पर अपने हाथ रखे होते, तो एकाएक उठ कर रूखाई से कहते, "अब, तुम यहां से जाओ। बहुत देर हो गयी है, गुड नाइट!"

उनके ऐसे व्यवहार से अचकचाकर प्राय: ही मैं मूर्खतापूर्ण हरकतें करने लगता था। इस प्रकार की छोटी-छोटी बातें कभी-कभी घण्टों और दिनों तक मुझे पीड़ा देती थीं। अब जब मैं यह सब कह रहा हूं, तो उस समय का अनुभूत मेरा द्वन्द्व, मेरी पीड़ा, अब भी मुझे उसी प्रकार तोड़ने लगते हैं। यह यन्त्रणा तो दिन-ब-दिन दोहरायी जाती थी। उनके द्वारा तिल भर भी निकट खींचा जाकर मैं हर्ष-विभोर हो उठता और झटके जाने पर कांप जाता। हर क्षण मुझे विचलित करने के लिए पर्याप्त था।

अब एक विशेष उल्लेखनीय घटना घटी। जब भी मैं उनके व्यवहार से दु:खी होता, तो सान्त्वना के लिए उनकी पत्नी के पास दौड़ पड़ता। शायद अनजाने ही मैं उस ओर इसलिए बढ़

रहा था कि वह भी मेरी ही तरह उसी व्यक्ति के इतने निकट रहने के कारण पीड़ित थी। खैर, कुछ भी हो, ऐसे क्षणों में काम की नहीं, मैत्रीपूर्ण बातों की आवश्यकता होती थी, किसी ऐसे व्यक्ति के संसर्ग की, जो सहायक भले ही न हो सके, कम-से-कम मेरी पीड़ा को तो समझ सके। आमतौर पर तो वह हंसकर मेरी बातों को टाल देती थी, या फिर यह कह कर कि अब तक मुझे उनकी उन आदतों का आदी हो जाना चाहिए था। कभी-कभी वह बात को काफ़ी गम्भीरता से लेती और सामने पहुंचने पर मुझे आश्चर्य भरी आंखों से, बल्कि आंसू भीगी आंखों से मुझे देखने लगती। वह इन सब यातनादायी स्थितियों से दब कर बोल तक नहीं पाती। उसका चेहरा भावावेश के कारण जैसे कांप-कांप उठता। स्पष्ट ही उसे अपने विचारों को अपने तई रखने में शक्ति लगा देनी पड़ती। उस दम्पति की यह समान विशेषता थी, किन्तु जब भी मेरे अध्यापक मुझे रूखेपन से दुत्कार-फटकार देते, तो वह प्रायः मज़ाक पर उतर आती या छेड़-छाड़ करती कि मैं शीघ्र ही वहां से हट जाता।

मात्र एक बार ही मैं उसे कुछ बोलने के लिए प्रस्तुत कर सका था। उस सुबह जब मैं अपने अध्यापक के पास उनकी पाण्डुलिपि लेकर गया, तो मैं यह कहने से अपने आप को नहीं रोक सका कि उनके मार्लो के वर्णन ने मुझे बहुत ही प्रभावित किया है कि संसार में कोई और इतने अधिकारपूर्वक वैसा नहीं लिख सका है।

इस पर उन्होंने अपने होंठ काटे, पाण्डुलिपि को मेज़ पर फेंक कर घृणा से कहा, "ऐसी बेवकूफ़ी की बातें मत करो। अभी तुम मास्टरी के विषय में समझते ही क्या हो?"

ये शब्द (जो मैं जानता हूं कि मात्र अपने आपको छिपाने के ही लिए बोले गये थे) मेरा पूरा दिन व्यर्थ करने के लिए पर्याप्त थे। उस दोपहर जब मैं उनकी पत्नी के पास था, तो मुझे जैसे हिस्टीरिया का दौरा आया और मैंने उसके हाथ पकड़ कर कहा, "मुझे बताओ, वह मुझसे घृणा क्यों करते हैं? वह क्यों ऐसा करते हैं? मैंने उनका क्या बिगाड़ा है? क्यों वह मेरी हर बात पर झुंझला उठते हैं? मेरी सहायता करो। बताओ, मैं क्या करूं? क्यों वह मुझे देखना भी पसन्द नहीं करते? बताओ, कृपया मुझे बता दो!"

इस विस्फोट पर उसने हैरान होकर मुझे देखा, "वह तुम्हें देखना भी पसन्द नहीं करते?" बोलते-बोलते वह हँसी, एक तीखी और कड़वी हँसी, जिसने मुझे चौंका दिया, "वह तुम्हें देखना भी पसन्द नहीं करते?" उसने दोहराया और गुस्से में मुझे घूरने लगी, फिर आगे झुकी। उसकी मुखाकृति कोमल हो उठी और पहली बार उसने मेरे बाल सहलाएं, "तुम सचमुच बच्चे हो। एक छोटे, मूर्ख बच्चे। तुम कुछ नहीं समझते। कुछ नहीं जानते और यह अच्छा ही है। यदि ऐसा न होता, तो तुम और भी दुखी हो जाते।"

वह वहां से चली गयी। मैंने व्यर्थ ही सान्त्वना चाही थी। किसी दुःस्वप्न की अंधेरी गलियों में जकड़ा मैं मुक्ति के लिए, चेतना के लिए छटपटाता रहा। उस पहेली को सुलझाने के लिए मैं छटपटाता रहा।

चार महीने बीत गए थे और वह सत्र समाप्ति पर था। मैं पास आ रही छुट्टियों की भयपूर्वक प्रतीक्षा कर रहा था, क्योंकि अपने इस पापमोचन तीर्थ को पसन्द करता था, जबकि

मेरा अर्थमय घरू जीवन मेरे लिए एक निर्वासित और वंचक के रूप में ही व्यतीत होना था। मैं अपने माता-पिता से यह कहना चाह रहा था कि एक विशेष कार्यवश मुझे यहीं रहना होगा। मधुर सम्बन्धों को बनाए रखने के लिए झूठ और छल का अच्छा उपयोग किया जा सकता था, किन्तु बिछुड़ने का दिन और पल इससे बहुत पहले ही आ पहुंचे थे।

वह भाग्यशाली डूबती हुई शाम कितनी सुन्दर थी। कितनी अमूल्य! मैं दम्पति के साथ खाना खा रहा था। खिड़कियां खुली हुई थीं और उनमें से अंधेरे में डूबते आकाश को देखा जा सकता था, जिसमें बड़े-बड़े बादल तैर रहे थे। इन बड़े-बड़े ढेरों में से निर्मल, पवित्र-सा कुछ विकीर्णित हो रहा था, किसी के अन्तर्तम को टोहते हुए, प्रोत्साहित करते हुए। मैं और अध्यापक पत्नी, दोनों खुश होकर गप्प लड़ा रहे थे। वे स्वयं चुप थे, किन्तु उनकी चुप्पी में शान्ति थी। छिपी नज़र से मैंने देखा कि उस समय वे स्वयं भी शान्त थे। दिमाग़ कार्यरत था, किन्तु बेचैन नहीं। उनकी गतिविधि गर्मी के उन बादलों की तरह थी, जो इधर-उधर उड़ रहे हों।

बार-बार वह अपने शराब के गिलास को उठाकर रोशनी के सामने पकड़ते और उसके रंग को देखकर आह्लादित हो उठते। अपनी हरकतों पर जब उन्होंने मुझे खुश होते देखा, तो मुस्कराकर अभिवादन स्वरूप अपने गिलास को मेरी ओर लहरा दिया। शायद ही कभी मैंने उन्हें इतना उल्लसित देखा हो। उस समय वे बहुत ही प्रसन्न थे, जैसे कोई दूरस्थ संगीत या किन्हीं अदृश्य वक्ताओं की बातें सुन रहे हों। उनके होंठ जो आमतौर ऐंठे-से रहते थे, उस समय बिल्कुल शान्त और स्थिर थे और मस्तक कोमल। मुझे वह सदा से अधिक प्रिय लगे। उन्हें इतना सन्तुष्ट देख पाना आश्चर्यजनक था।

क्या यह संतोष इस ग्रीष्मकालीन गीली शाम के कारण था? या फिर अन्तर की किसी शान्ति का परिणाम? मैं कुछ नहीं कह सकता। इस समय तक मैं उनके चेहरे को एक खुली पुस्तक की तरह पढ़ सकता था और मुझे विश्वास हो गया था कि अवश्य ही किसी दयालु देवता ने उनकी चिन्ताओं को हर लिया है।

आकस्मिक उत्साह से वे उठ खड़े हुए और मुझे अपने अध्ययन-कक्ष में बुलाया। आलमारी में से एक और बोतल निकाली और प्रसन्न मन से अपने साथ ले गए। मेरी ही तरह उनकी पत्नी भी उनके इस अजीब व्यवहार से प्रभावित थी। अपनी सिलाई के बीच वह उत्सुकता से हमें कमरे से जाते समय देखती रही।

हमेशा की तरह अध्ययन-कक्ष में शेड वाले लैम्प का मद्धिम प्रकाश फैला था और मेरी प्रतीक्षा में मेज़ पर पड़े सफ़ेद कागज़ पर सुनहरी घेरा खिंचा था। मैंने पाण्डुलिपि में से अन्तिम वाक्य पढ़े। आगे बढ़ने के लिए यह आवश्यक था, किन्तु रोज़ की तरह आज प्रतिक्रिया तुरत नहीं हुई। एक गहरा सन्नाटा कमरे में छाया रहा। मात्र उनके क़दमों की आहट ही वहां सुनाई दे रही थी। तब अपने स्वर में भावुकता भरकर उन्होंने कहा, "एक बार फिर पढ़ो।"

उसके बाद उन्होंने जल्दी-जल्दी लिखवाना शुरू कर दिया। कुछ ही वाक्यों में दृश्य पूरा हो गया। वह नाटक के सांस्कृतिक पृष्ठभूमि के विषय में लिखवा रहे थे, उस काल का पूर्व-चित्र दे

रहे थे, उसके इतिहास की रूपरेखा। अब वे थियेटर की ओर बढ़े। उन्होंने बताया कि मध्ययुग के घुमक्कड़ अभिनेता कैसे अन्त में एक जगह टिके! कैसे उन्होंने अपने लिए स्थायी, सुविधादायक घर बनाए! 'दी कर्टन थियेटर', 'दी रोज़', 'दी फॉरच्यून' तथा अन्य बढ़इयों ने और बड़े थियेटर बनाए, बड़े नाटकों के उपयुक्त। यह सब टैम्स के दक्षिण तट पर हुआ। उसके पुल की नींव कीचड़ में थी, बाहर एक षट्कोणी आकृति और अन्दर से गोल। ऋतुओं के प्रभाव के लिए खुला मंच, किन्तु ऊपर से ढका हुआ था।

यह था ग्लोब थिएटर, जिस पर नाटक सम्राट शेक्सपियर अभिनय करता था। लाल झण्डा लहराते हुए, समुद्र द्वारा बाहर फेंके गए एक अजीब जहाज़ की तरह वह टेम्स के कीचड़ में खड़ा है। जन-साधारण के शोर-गुल से वातावरण गूंज रहा है। मंच को देखकर गैलरियों में खड़े दर्शक हंस रहे हैं, बतिया रहे हैं, बेचैनी से वे नाटक आरम्भ होने के लिए शोर मचाते हैं। तालियां पीटते हैं। अपनी तलवारों से फर्श को ठोकते हैं। अन्त में दो मशलों द्वारा मंच पर प्रकाश होता है। विचित्र वेशी आकृतियां कॉमेडी के अभिनय के लिए प्रकटती हैं। तब (मैं उनके सही-सही शब्द बता सकता हूं) वहां अकस्मात् ही उक्तियों का तूफ़ान घुमड़ने लगता है, भावनाओं का असीम सागर उमड़ने लगता है, जिसकी लहरें लकड़ी के तट से होकर सब कालों, मानस-मन के सब प्रदेशों में फैल जाती हैं। अखूट लहरें, अथाह लहरें। दुखान्त भी और सुखान्त भी। मानव-जाति का आदर्श, मानव-जाति का यथार्थ। इंगलिश थियेटर, शेक्सपियर का नाटक।

इन शक्तिशाली चित्र के साथ शब्दों की धारा समाप्त हो गयी, फिर मौन का एक लम्बा अन्तराल। मैं यह देखने को मुड़ा कि क्या गड़बड़ी हो गयी है। मेरा शिक्षक ऐसे भाव में खड़ा था, जिससे मैं अब तक बखूबी परिचित हो गया था। थकान का भाव, एक हाथ से मेज़ का कोना थामे हुए। उनके इस ढंग से मैं चौंक गया। डरा कि कुछ कष्ट, कोई दर्द तो नहीं हो गया। लपक कर मैं उठा और व्याकुल हो पूछने लगा कि क्या मैं लिखना रोक दूं? सांस रोक कर उन्होंने मुझे घूरा, फिर भी कोई गति नहीं हुई। अन्त में उनका तनाव ढीला हुआ। आंखों में फिर चमक आयी। वह यह कहते हुए मेरी ओर पलटे, "तुम समझे नहीं।"

"क्या आशय है आपका?" मैंने पूछा।

उन्होंने गहरी सांस ली और कोमलता से मुस्कराये। ऐसी मुस्कराहट, जो महीनों से उनके चेहरे से लुप्त हो गयी थी। बोले, "पहला भाग पूरा हो गया?"

उल्लास और आश्चर्य के मारे मेरा मन चिल्लाने को हो गया। काम में मैं इतना डूबा था कि मुझे पुस्तक की प्रगति का पता ही नहीं चला। एक सुन्दर स्वप्न पूर्ण हो गया था। मंच तैयार था, मार्लो, बेन जॉन्सन और शेक्सपियर के प्रवेश के लिए। काम की प्रथम वर्षगाँठ आ गयी थी। एक सौ सत्तर अच्छी तरह लिखे गये पृष्ठों का यह आरम्भिक अंश बहुत कठिन कार्य था। आगे का कार्य सहज था, क्योंकि अब रचना प्रक्रिया को आसानी से आगे बढ़ाया जा सकता था। अब तक तो ऐतिहासिक तथ्यों के तालमेल का ध्यान रखना पड़ रहा था। सबसे बड़ी बात यह है कि अब अपनी कहूं, जो हमारी रचना को पूरी कर सके।

क्या मैं चिल्ला उठी था? क्या मैं उल्लास, गर्व और आनन्द में भरकर नाच उठा था? मुझे कुछ याद नहीं। अवश्य मेरे उत्साह ने कोई अजीब अनपेक्षित रुप लिया होगा, क्योंकि जब मैंने पांडुलिपि के पन्ने समेट कर उन्हें हाथों में तोला, प्यार से उन पर उंगलियां फिराईं और अन्दाज़ लगाने लगा कि अब कितनी जल्दी हम उसे पूर्ण कर लेंगे, तो वे मुझे देखते हुए खुलकर मुस्करा रहे थे। उनका गौरव और उनकी कृतज्ञता यद्यपि बंधी हुई थी, उनकी भावनाएं मुझमें प्रतिच्छायित हो रही थीं और वे बहुत ही प्रसन्न हो मुझे देख रहे थे, फिर वे मेरे बहुत पास आए। दोनों हाथ फैला कर मेरे हाथ पकड़ कर वे स्थिरता पूर्वक मुझे घूरते खड़े रहे। उन क्षणों में मेरा रोम-रोम नाच रहा था।

फिर उन्होंने बोलना आरम्भ किया, "मैं जानता हूं मैं इसे कभी नहीं आरम्भ करता, किन्तु तुम्हारे कारण मैंने यह किया। तुमने मुझे आवश्यक प्रेरणा दी। तुम ही हो, जिसने मेरे उजाड़ अस्तित्व के अवशेषों को साकार किया। किसी अन्य ने मेरे लिए इतना नहीं किया। किसी ने इतनी सच्चाई से मेरी सहायता नहीं की। मेरे प्यारे बच्चे, यह तुम हो, जिसके प्रति मैं बहुत-बहुत आभारी हूं। आओ, हम घण्टे भर के लिए भाई बन जाएं।"

उन्होंने मुझे मेज़ पर खींच लिया और वहां पड़ी बोतल को उठाया। वे अपने साथ दो गिलास लाए थे, इस छोटे से उत्सव के लिए, अपने आभार प्रदर्शन के लिए। मैं खुशी के मारे कांपने लगा, क्योंकि सम्पूर्णता की भावना से अधिक और कुछ हमें प्रभावित नहीं करता। घनिष्ठता के जो संकेत वे प्रकट कर रहे थे, भ्रातृत्व की भावना, जो वर्षों की खाई को पाट देने वाली थी, ये सब मेरे लिए कितने मूल्यवान थे!

तभी हमारे उत्सव में एक बाधा आई। शराब की बोतल और गिलास तो तैयार थे, किन्तु कॉर्क ओपनर लाना भूल गए थे। वे उसे लाने के लिए उठे, किन्तु उन्हें रोक कर मैं स्वयं भोजन के कमरे से ले आने के लिए उठा। मैंने द्वार खोला, जिसके पीछे गहरा अंधेरा था। मैं जल्दी-जल्दी जा रहा था। अंधेरे में मैं किसी कोमल आकृति से टकरा गया। यह मेरे शिक्षक की पत्नी थी, जो द्वार पर खड़ी हमारी बातें सुन रही थी। इस प्रकार पकड़ी जाकर भी वह कुछ नहीं बोली। मैं स्वयं भी चुप था। क्षण-भर दोनों स्तब्ध खड़े रहे, फिर मैंने उनकी पदचाप भोजन के कमरे की ओर जाते सुनीं। वहां उसने रोशनी कर दी और मेरी तरफ़ मुंह कर खड़ी हो गयी। उसके गाल पीले पड़ गए थे। वह आंखों ही आंखों से मुझे टटोल रही थी। उसकी नज़रें चेतावनी व धमकी के बीच का-सा भाव दर्शा रही थीं। वह एक शब्द भी नहीं बोली। कार्क ओपनर खोजते समय मेरे हाथ कांप रहे थे। मैं दो बार उसके पास से निकला और दोनों ही बार मैंने उसे कठोरता से घूरते हुए पाया। छिपकर बात सुनते हुए पकड़ी जाकर भी उसके चेहरे पर लज्जा का लेशमात्र भी नहीं था। उलटे निडर हो कर देख रही थी। उसकी आंखें चमक रही थी। उसके तरीकों से स्पष्ट था कि वह अब भी इसी प्रकार सुनती रहेगी। मैं इससे असमंजस में पड़ गया। उसकी दृढ़ता और चेतावनी भरी दृष्टि से मैं जैसे घबरा गया।

अध्ययन-कक्ष में लौटने तक मेरा उल्लास परेशानी में बदल चुका था, किन्तु मेरे अध्यापक पहले की ही तरह खुश थे। मैं उन्हें सदैव ऐसा ही देखना चाहता था, उनके चेहरे को सब

चिन्ताओं से मुक्त। अब जब मेरी मनोकामना पूरी हुई थी, तो मेरा उल्लास बह चुका था। मैं एक शब्द भी नहीं बोल सका। जब उन्होंने मुझे धन्यवाद दिया, तो मैं ठण्डा पड़ गया। वह अब भी आत्मीयता के साथ बोल रहे थे। हमने गिलास टकराए। मुझे अपनी बांहों में घेर कर वे मुझे सोफे की ओर ले गए, जहां हम पास-पास बैठे गए। उनके हाथ मेरे हाथों में थे। यह पहला अवसर था कि वे मेरे पति इतने खुले थे। मैं कुछ नहीं कह सका। अनचाहे ही मैं दरवाज़े की ओर टकटकी बांधे रहा, सोचते हुए कि वह अब भी द्वार पर कान लगाए है। मैंने सोचा, वह सुन रही है, पर यह सब आज ही क्यों हुआ?

अब मेरे अध्यापक ने कहना आरम्भ किया, "मैं तुम्हें अपने विषय में बताना चाहता हूं। अपनी युवावस्था की कहानी।"

अदृश्य श्रोता के विचार ने मुझे झकझोर दिया और मैंने इतने झटके से उन्हें रोक दिया कि वे आश्चर्य से मुझे घूरने लगे।

"आज नहीं। आज नहीं। मुझे क्षमा कर दीजिये।"

चौंक कर वे मुझे देखने लगे। स्पष्ट ही उन्हें आघात पहुंचा था, "बात क्या है?" उन्होंने पूछा।

"मैं थक गया हूं। मुझे क्षमा कर दीजिए। मैं बहुत थक गया हूं। सोचता हूं, अब मैं चला जाऊं।" मैंने फिर दरवाज़े की ओर नज़र डाली, जिसकी दूसरी तरफ एक विपक्षीं और ईर्ष्यालु-श्रोता का चित्र मेरी कल्पना में उभर रहा था।

मैं चलने के लिए उठ खड़ा हुआ। वे भी सोफे से उठे। उनके चेहरे पर मुर्दनी छा रही थी और वे बेहद थके हुए दीख रहे थे, "क्या तुम सचमुच जा रहे हो, आज ही? हमेशा की जगह, आज भी?"

वे मेरा हाथ पकड़े थे, जो उनके हाथों में शिथिल पड़ा था। अचानक उन्होंने उसे पत्थर की तरह छोड़ दिया। वे बुदबुदाये, "कैसी अजीब बात है, मैंने एक बार तुमसे जी खोल कर बात करना चाहा था। कैसी बात है!"

उन्होंने गहरी आह भरी और वह आह उस कमरे में किसी तितली की एक उदास उड़ान जैसी प्रतीत हुई। मैं लज्जा और अकथनीय व्याकुलता से जैसे घुट गया। चुपचाप बाहर निकलकर धीरे से दरवाज़ा बन्द कर दिया।

जल्दी-जल्दी सीढ़ियां चढ़कर, मैं निढाल हो अपने बिस्तर पर पड़ गया, किन्तु सो नहीं सका। सोचता रहा, मेरी ही तरह वे दोनों भी तो जागे पड़े होंगे, यदि वे बिस्तर पर चले गये हैं, तो (बिना देखे ही मैंने देखा और बिना सुने ही सुना) अधिक सम्भावना यही है कि वे अपने अध्ययन-कक्ष में चहल-क़दमी कर रहे होंगे और उनकी पत्नी कहीं गुमसुम बैठी होगी, कुछ सोच रही होगी। कुछ भी हो, वे सो नहीं सके होंगे। उनके जागे होने के विचार ने मुझे विचलित कर दिया।

मैंने अपना कम्बल उतार फेंका। मेरे हाथ जल रहे थे। मैं पूरा ही जल रहा था। मैं उस भेद के इतना निकट पहुंच गया था। मैंने उसकी गर्म सांस अपने गालों पर महसूस की। अब वह

फिर बहुत दूर चला गया था। उसकी छाया, उसकी मौन अभेद्य छाया, अब भी मंडरा रही थी। सारे घर पर मंडराती हुई, बिल्ली की तरह चुपचाप फर्नीचर पर झपटती, फिर लौट जाती, अपने विद्युतमय बालों को हर चीज़ से रगड़ती। गर्म और फिर भी प्रेतात्मा-सी। वह अंधेरे में से मुझे घूर रही थी, अभी-अभी मेरे अध्यापक के कोमल हाथों की तरह और अभी उनकी पत्नी की धमकाती हुई आंखों की तरह कठोर।

मुझे उनके भेद को जानकर क्या करना था? क्यों वे दोनों ही मुझे अपनी भावनाओं के तूफान के बीच अंधकार में लिपटा देखकर सन्तुष्ट रहना चाहते हैं? क्यों वे दोनों मुझे अपने क्रोध और घृणा से उलझाते हैं?

अब भी मैं उसी बुखार से जकड़ा था। बिस्तर से उछलकर मैंने खिड़की खोल दी। मैं शान्त सोए शहर को देखने लगा। कुछ खिड़कियों में शान्त रोशनियां चमक रही थीं। आरामदायक कमरों में बैठे लोग आराम से बातें कर रहे होंगे या शायद कुछ पढ़ रहे होंगे, गा रहे होंगे, संगीत सुन रहे होंगे, अन्य कमरों में जोड़े शान्ति के साथ सो रहे होंगे। इन सब शान्त छतों पर शान्ति चाँदी के कोहरे में लिपटे चाँद की तरह सो रही थी। गिरजाघर की घड़ी के ग्यारह घण्टों ने रात्रि को नहीं तोड़ा, किन्तु इस घर में, हमारे इस घर में बेचैन जागना बिछा था, बेचैन विचारों में उलझा। व्यर्थ ही मैं उस वातावरण में भरी उलझी फुसफुसाहटों को समझने का प्रयत्न करता रहा।

अचानक मेरे कान खड़े हो गए। यह सीढ़ियों पर ही किसी के पैरों की आहट आ रही है न! हां, कोई जल्दी-जल्दी चढ़ रहा है। कोई आ रहा है मेरे ही पास। मेरे अतिरिक्त, यहां इस मंज़िल पर मात्र बहरी मकान-मालकिन ही है, जिसके पास कोई नहीं आता और वह स्वयं तो कभी की सो गई होगी। क्या यह मेरे अध्यापक हैं? उसके कदम बड़े तेज़ थे, द्रुत, दृढ़ और चोरों की तरह दबे हुए। यह तो कोई आक्रामक है, कोई अपराधी होगा, मित्र नहीं।

मैं व्याकुल हो सुनने लगा। रात यद्यपि गर्म थी, मुझे ठण्ड-सी लगने लगी। मैंने धीरे से ताला खुलने की आहट सुनी। यह चालाक अतिथि मेरे ही दरवाज़े पर है। मुझे अपने नंगे पैरों के नीचे एक सरसराहट महसूस हुई। लगा कि बाहर का द्वार खुल गया है। मेरे अध्यापक के अतिरिक्त किसी के पास भी यहां की चाबी नहीं थी। अगर यह वही हैं, तो क्यों इतना डर रहे हैं? क्या वे मेरे लिए व्याकुल थे? क्या वे इसीलिए मेरे पास आए हैं? क्यों वह अनिमन्त्रित अतिथि कमरे से बाहर ठहरा है? एक रात्रि के अतिथि की तरह मैं स्थिर खड़ा रहा, क्योंकि भय से अपंग हो गया था। मैं चिल्लाना चाहता था, किन्तु मेरी जीभ तालू से चिपक गई। मैंने द्वार खोलना चाहा, किन्तु मेरे पैर फ़र्श से चिपक गए। मात्र मेरे कमरें के द्वार ने ही मुझे उस आक्रामक से अलग कर रखा था, किन्तु वह बाहर अस्थिर खड़ा था, जबकि अन्दर मैं प्राणहीन-सा खड़ा रहा।

तब दरवाज़े पर थपथपाहट हुई। सवा ग्यारह बजे। आवाज़ से मुझे कुछ राहत मिली। मैं हिला। मैंने दरवाज़ा खोल दिया। हां, यह वही थे। मेरे अध्यापक। हाथ में एक मोमबत्ती लिए

हुए। खुले द्वार से मोमबत्ती के प्रकाश की धार अन्दर फैल गयी। मेरे अध्यापक की परछाईं दीवार पर एक शराबी की तरह लुढ़कने लगी। मुझे देखकर वे इस प्रकार चौंके, जैसे ठण्डी हवा के झोंके से किसी की नींद टूट जाए। वे जाग भी न सके और कांपते हुए अपने लबादे को और ज़ोर से लपेट लिया। वे फिर पीछे खिसके और जलती बत्ती से मोम उनके हाथ पर टपक गया। मैं बुरी तरह डर गया।

"क्या बात है?" मैंने घबराकर पूछा।

उन्होंने बिना कुछ बोले, मुझे देखा। कमरे में आकर मोमबत्ती को अलमारी पर रख दिया। लौ स्थिर हो गयी और परछाइयों का वह खेल भी समाप्त हो गया। कुछ देर रुककर वे बड़बड़ाए, "मैं चाहता था··· मैं चाहता था···।"

शब्द उनके गले में ही अटक गए। वे रंगे हाथों पकड़े गए चोर की तरह देखने लगे। स्थिति असह्य थी। हम एक-दूसरे के सामने खड़े थे। दोनों ही आवेग से भरे। मैं अपनी रात की कमीज़ में कांपता हुआ! वे परेशान, लज्जित-से!

एकाएक साहस बटोरकर वे मेरे निकट आए। मुस्कुराए, एक दुष्ट अमानवीय मुस्कराहट। उनकी आंखें चमक पैदा करने लगीं, जबकि होंठ कसकर भिचें रहे। चेहरा एक हास्यास्पद नक़ाब की तरह। तब वे फिर बोले, "मैं यह कहना चाहता था कि मेरी आत्मीयता···एक भूल थी···अच्छा हो कि···एक अध्यापक और विद्यार्थी के बीच वह ठीक नहीं···तुम समझ गये होगे?···हमें अपनी आवश्यक दूरी बनाये रखनी चाहिए।

वह मुझे ऐसे देखने लगे, मानो मुझसे घृणा करते हों? वे काफ़ी द्वेष से भरे दीख रहे थे। हाथ उनके किसी गिद्ध के पंजों की तरह लग रहे थे। मैं उनसे दूर हो गया। क्या वे पागल हो गये हैं? क्या नशे में धुत हैं? वे वहां खड़े रहे। अब उनकी मुट्ठियां बंध गयीं, जैसे अभी मुझ पर झपट पड़ेंगे, मेरा मुँह पीट डालेंगे।

यह भयानक दृश्य शीघ्र ही समाप्त हो गया। उनके चेहरे से पहले वाला शत्रुता का भाव मिट गया। वे मुड़े। कुछ बुदबुदाये। स्वर से लगा कि क्षमा मांग रहे हैं। मोमबत्ती उठाई। एक काली और मृत दैत्य की तरह उनकी परछाई फिर दीवार पर फिसली और वे द्वार से बाहर हो गये। वे लौट गये और मैं एक शब्द भी नहीं बोल सका। उन्होंने अपने पीछे मेरे कमरे का द्वार बन्द कर दिया। जब वे जल्दी-जल्दी नीचे उतरे तो लकड़ी की सीढ़ी फिर चरमराने लगी।

मैं इस रात को कभी भूल सकूंगा? उस क्रोध को निराशा में बदलते देखने की बात? विचार मेरे दिमाग में रॉकेट की तरह फटने लगे। परिणाम कुछ नहीं मिलता। मैं बार-बार अपने आप से पूछता रहा, "क्यों वे मुझे दुःख देते हैं? क्यों वे मुझसे इतनी घृणा करते हैं कि मात्र अपनी घृणा प्रकटने वे इतनी रात गए, यहां ऊपर मेरे कमरे में आये? क्या मैंने ही ऐसा कुछ किया है? अब मैं क्या करूं? मैं जब अपना अपराध ही नहीं जानता, तो उसका निराकरण भी कैसे करूं?" मैं बेचैनी से करवटें बदलता रहा। कभी उठ खड़ा होता, फिर लेट जाता। मैं किसी भी तरह उन सारी घटनाओं से पीछा नहीं छुड़ा सका। मेरे शिक्षक, उनका आना, लौट जाना, और पीछे दीवार पर फिसलती हुई उनकी दैत्याकार परछाई!

सवेरे जब मैं उचटी नींद से जागा तो पहली बात मेरे दिमाग में यही आई कि मैं स्वप्न देख रहा था, किन्तु आलमारी पर मोम की बूंदें जमी थीं और वे घटना की सच्चाई पर मुझे विश्वास दिलाने को पर्याप्त थीं। पिछली रात का वह आगन्तुक, दिन के प्रकाश में भी उस कमरे में मंडरा रहा था।

उस सुबह मैं बाहर ही नहीं निकला। उनसे भेंट में मुझे भय लग रहा था। काम करने की, पढ़ने-लिखने की व्यर्थ कोशिशें कमरे की दीवारों से घिरा मैं करता रहा। मैं इतना विचलित हो गया कि मेरे हाथ पीपल के पत्तों की तरह कांप रहे थे। क्या करूं मैं? ओफ़ मैं क्या करूं? ···जैसे-जैसे मैं सोचता गया, मेरा सिर-दर्द बढ़ता गया। एक ही बात मैं सोचता रहा कि जब तक पूरा साहस न बटोर लूं, उनका सामना नहीं कर सकूंगा, नहीं करूंगा। मैं फिर लेट गया। भूखा-प्यासा, बिना नहाये-धोये। एक बार फिर मैंने सारी स्थितियों पर सोचा। अब वे कहां होंगे? क्या कर रहे होंगे? क्या वे भी मेरी ही तरह उद्वेगों से उलझ रहे होंगे?

मैं उसी तरह बेचैन पड़ा रहा। बारह बज गए। सीढ़ियों पर पैरों की आहट सुनाई दी। मैं फिर सहम गया, किन्तु यह पदचाप कोमल और तेज़ थी। किसी ने दरवाज़ा खटखटाया। मैं उठा, किन्तु मैंने दरवाज़ा नहीं खोला।

कौन है यह?

"तुम खाना खाने नीचे क्यों नहीं आते?" उनकी पत्नी ने हैरानी के स्वर में पूछा, "तुम्हारी तबीयत तो ख़राब नहीं है?"

"नहीं-नहीं, मैं अभी आया।" मैंने जल्दी से विरोध किया।

जल्दी-ज़ल्दी कपड़े पहनने और नीचे जाने के अतिरिक्त अब मैं कर ही क्या सकता था?

खाने के कमरे में मात्र दो ही थालियां रखी थीं। एक पर वह स्वयं बैठी थीं। उसने धीरे से पूछा, "तुम पहले नीचे क्यों नहीं आए?" मेरे अध्यापक की जगह खाली थी। मुझे अपने सिर में खून दौड़ता प्रतीत हुआ। उनकी अनुपस्थिति का कारण क्या था? क्या वे भी मेरी ही तरह मुझसे मिलना टाल रहे थे? क्या वे स्वयं पर लज्जित थे? या वे अब कभी मेरे साथ एक मेज़ पर नहीं बैठेंगे?

अन्ततः मैंने साहस बटोर कर पूछ ही लिया कि क्या मेरे प्रोफेसर खाने पर नहीं आ रहे? उसने आश्चर्य से मुझे देखा, "तुम्हें पता नहीं कि वे सवेरे बाहर चले गये?"

"चले गए हैं? कहाँ?"

उसका चेहरा काला पड़ गया।

"उन्होंने मुझे बताना ठीक नहीं समझा। शायद सदा की ही तरह कहीं गये होंगे," फिर उसने प्रश्न की मुद्रा में मुझे देखा, "लेकिन यह कैसे कि तुम्हें पता नहीं है? कल रात वे तुम्हारे पास आए तो थे। मैंने सोचा कि तुमसे विदा लेने गये हैं। आश्चर्य कि उन्होंने तुम्हें भी नहीं बताया?"

"मुझसे विदा लेने?" इस चीख़ के साथ पिछले घण्टों का मेरा सारा तनाव ढीला पड़ गया। मैं सुबह उठा और फिर बच्चे की तरह रो पड़ा। आंसू मेरे गालों पर बहने लगे। इस विस्फोट से मुझे कुछ चैन मिला, किन्तु तभी मुझे अपने आप पर शर्म आने लगी।

"हद है। आख़िर तुम्हें हो क्या गया है?" वह मेरे पास आई और मुझे सोफ़े पर ले ग़यी।

"लेट जाओ और होश में आओ।" उसने मेरे हाथ थपथपाए, फिर, सिर और मैं सुबकता रहा।

"रोलेण्ड, अपने आपको दुखी मत करो। मैं सब जानती हूं। मैंने सब कुछ देखा-समझा है।" वह मेरे बाल थपथपाती रही। तब उसका कण्ठ-स्वर कठोर हो गया, "हां, मैं सब जानती हूं। वे उत्तेजित कर सकते हैं। मुझसे अधिक कौन उन्हें जानेगा? मैं तुम्हें चेताना चाहती थी। तुम तो अंधे हो। उन्हें जानते नहीं। तुम सिर्फ बच्चे हो। आज भी तुम नहीं समझ रहे हो। या समझने लगे हो? यदि हां, तो तुम दोनों के ही लिए यह अच्छा है।"

वह मुझ पर झुकी थी और जैसे किसी पाताल की गहराई से आवाज आ रही थी। उसका स्पर्श मुझे सहला रहा था। जानकर अच्छा लगा कि कोई तो है, जो मुझे समझता है। यह और भी अच्छा था कि एक नारी मेरी चिन्ता कर रही थी, यद्यपि यह चिन्ता मातृत्व से पूर्ण थी। एक बार फिर मैंने अपना मानसिक-सन्तुलन खो दिया। आवेश में मैंने उसे अपने अध्यापक के व्यवहार के विषय में सब कुछ बता दिया। कैसे उन्होंने मुझे बार-बार पीड़ा दी थी, सहलाया था। अन्ततः वे मेरे प्रति कितने कठोर हो गये थे, जब कि मेरा कोई अपराध नहीं था। मेरे इतने सम्मान और स्नेह के उपरान्त भी उन्होंने मुझे पीड़ा पहुंचाई थी। और कैसे मैंने उन्हें प्यार करते हुए भी घृणा की, और घृणा करते हुए भी प्यार। बोलते-बोलते मेरा आवेश बढ़ गया। उसने मुझे बड़ी कठिनाई से शान्त किया। वह चुप बैठी रही। लगा कि वह सब कुछ समझ गई है। मुझसे भी अधिक।

कुछ क्षणों के बाद वह यह कहते हुए खड़ी हो गयी, "खैर, तुम बहुत दिन बच्चे रह लिए। अब तुम्हें आदमी बनना चाहिए। बैठो और खाना खाओ! कोई बड़ी बात नहीं हुई। मात्र एक गलतफहमी, जो समय के साथ समाप्त हो जाएगी।" वह बोलती गयी, "उसे समाप्त होना ही चाहिए। मैं अब उन्हें ऐसा अधिक नहीं करने दूंगी। उन्हें अपने आप पर नियन्त्रण करना सीखना ही होगा। तुम इतने अच्छे हो कि चाहती हूं, उनके खेल का शिकार न बनो। मैं इस विषय में उनसे बात करूंगी। अब सब कुछ मुझ पर छोड़ दो। बस, अब तुम खाना खाओ।"

मैंने उसकी आज्ञा मान ली। वह विभिन्न विषयों पर बात करती रही और मैं कृतज्ञ-भाव से सुनता रहा कि वह मेरे बचपने को भूल गयी थी।

दूसरे दिन रविवार था। उसने कहा कि उसने इंस्ट्रक्टर डब्ल्यू और उनकी पत्नी के साथ, पास ही एक झील पर घूमने जाने का प्रबन्ध किया है और मुझे भी साथ चलना है। इस प्रकार मैं एक दिन के लिए अपनी पुस्तकों को भूलकर कुछ मुक्त हो सकूंगा, क्योंकि मैं अधिक काम से पीड़ित था। घूमने और तैरने से मैं शीघ्र ही ठीक हो जाऊंगा।

मैंने साथ जाने का वायदा किया। एकाकीपन की घुटन की अपेक्षा कुछ भी अच्छा था। कुछ भी, उन यातनादायी विचारों के व्यूह से मुक्त होने के लिए।

"सारा दिन अपने कमरे में मुंह बनाए मत बैठे रहो। घूमो, जब तक थक नहीं जाओ। जाओ, और कहीं मनोरंजन करो।" उसने मुझे आदेश-सा दिया। मुझे ख़ुशी हुई कि कैसे वह मुझे इतना समझ रही है! मेरे लिए प्राय: अनजान होते हुए भी जानती है कि मुझे क्या चाहिए, समझती है कि किस बात से मुझे पीड़ा होती है, जबकि वे, मेरे अध्यापक, मुझे गलत समझ कर, मात्र यातना देते रहे हैं।

मैंने कहा कि मैं अवश्य उसकी बात मानूंगा। जब मैंने कृतज्ञता के साथ उसकी ओर देखा, तो उसके चेहरे पर एक नया ही भाव दिखाई दिया। अब तक उसका चेहरा मज़ाक उड़ाता-सा किसी युवक, हठी युवक की तरह कुछ-कुछ उद्दण्ड और अहंकारी प्रतीत होता था। आज वह दया तथा स्नेह से भरी थी। उसे मैंने इस रूप में पहले कभी नहीं देखा था। स्वाभाविक ही था कि मैं स्वयं पूछता, "क्यों मेरे अध्यापक के पास यह दृष्टि नहीं है? क्यों चोट करते समय उन्हें पता नहीं चलता? क्यों नहीं उन्होंने कभी कोमलता से मेरे बाल थपथपाए? जैसे इसने अभी किया था।" इस विचार पर मैंने धीरे से उसके हाथ चूम लिए, किन्तु उसने तुरन्त उन्हें खींच लिया।

"अब अपने आपको अधिक दु:खी मत करो।" उसकी आवाज कुछ-कुछ लड़खड़ा रही थी, फिर उसकी मुद्रा कठोर हो गयी। वह धीमे स्वर में बोली, "विश्वास करो, वे इस योग्य नहीं हैं।"

यह स्वर फुसफुसाहट से अधिक नहीं था, किन्तु उसने एक नया डंक चुभो दिया।

उस दिन शाम तक मेरा व्यवहार इतना असंगत रहा कि वर्षों तक मैं उसके विषय में सोचना भी नहीं सह सका। जब भी मैंने वैसा करना आरम्भ किया, एक आन्तरिक विवेक ने उसे मेरे दिमाग़ से दूर कर दिया। आज मैं अपने इस अपराधी आचरण के लिए लज्जित नहीं हूं, क्योंकि अब मैं एक भावुक जवानी की मन:स्थिति को समझ सकता हूं, जो अपनी ही भावनाओं की पतली-सी बर्फ की तह पर तेज़ी के साथ स्केटिंग करना चाहती थी।

एक बहुत ही लम्बे रास्ते के छोर पर मैं अपने आपको एक ऐसी आकृति के रूप में कल्पित करता हूं, जिसे मैं दूरबीन से देखता हूं। वह सीढ़ियों पर से अपने कमरे में जाता है। नहीं जानता कि उसे वहां जाकर क्या करना है? वह कपड़े बदलता है। एक नया और निश्चित आचरण अख्तियार करता है। उत्साह के साथ सीढ़ियां उतर कर वह गली में पहुंच जाता है। हां, वह मैं ही था। मैं अपने आपको पहचानता हूं। मैं उस मूर्ख युवक के, उस बेचारे प्रेत-युवक के सारे विचार जानता हूं। मुझे याद है कि कैसे यह शीशे के सामने जाकर अपने आप से बोला था, "उसकी ऐसी की तैसी। जहन्नुम में जाए, साला! बुढ़ाऊ! गुर्गा! वह ठीक कहती है। मौज करो। खुश रहो। यही करना चाहिए।"

इसी आवेश में मैं बाहर गया। मैंने अपनी सारी चिन्ताएं उतार फेंकी थीं। मैं सचमुच मन से कायर था। इस विश्वास से मैं दूर भाग रहा था कि मेरी खुशी वस्तुतः खुशी थी ही नहीं और मन

से मैं ठण्डा पड़ गया था। मुझे याद है कि कैसे मैं अपने हाथ में बेंत पकड़े, आगे बढ़ता गया, हर मिलने वाले विद्यार्थी को घृणा से देखते हुए। मेरी इच्छा झगड़ा करने की हो रही थी और मैं सबसे पहले मिलने वाले पर अपना रोष उंडेल देना चाहता था। भाग्यवश किसी ने मुझ पर ध्यान नहीं दिया।

मैं एक कैफ़े में पहुंचा, जहां बहुत-से साथी शाम की चर्चाएं किया करते थे। अनिमन्त्रित ही उनके बीच बैठने को तैयार होकर मैं झगड़े का बहाना खोजने लगा। एक बार फिर मेरा झगड़े का इरादा निष्फल हुआ। मौसम बहुत प्यारा था और अधिकांश लोग बाहर गए हुए थे। दो या तीन थे, सो उन्होंने भी बड़े ही मैत्रीपूर्ण ढंग से मेरा स्वागत किया और मुझे झगड़े का लेश मात्र भी अवसर नहीं दिया। इस प्रकार निराश होकर मैं वहां कुछ ही देर रुका, फिर मैं शहर के बाहर एक शराबखाने में पहुंच गया, जिसकी प्रतिष्ठा संदिग्ध थी। वह ऐसी जगह थी, जहां औरतें बाजे बजाती थीं और निम्न श्रेणी के व्यक्ति नशे-पानी के बीच बहुत ही सस्ते प्रकार के मंनोरंजन के लिए एकत्रित होते थे। मैंने ऊपर तले दो तीन गिलास लुढ़का लिये, दो रंगीन बदचलन औरतों को अपने पास बैठने बुला लिया। इस प्रकार अपने आपको प्रत्यक्षत: बदनाम बनाने में मुझे बड़ा विकृत आनन्द मिल रहा था। इस छोटे-से शहर में मुझे सभी शक्ल से पहचानते थे। सभी जानते थे कि मैं प्रोफेसर के. का प्रिय छात्र हूं। इस प्रकार मैं अपने आपको और (जैसी कि मूर्खतावश मैंने सोचा) अपने अध्यापक को मिलाकर उनके सम्मुख प्रस्तुत करने की कल्पना से आनन्दित होता रहा। मैं सोच रहा था कि उपस्थित व्यक्तियों को यह दिखा दूंगा कि अपने अध्यापक की रत्ती-भर भी परवाह नहीं करता। अत: उनके सामने ही मैं निर्लज्जतापूर्वक उन वेश्याओं में से एक से प्रेम निवेदन करने लगा। नशे के कारण मेरा रोष और द्वेष भड़क रहा था। हमने बियर, ब्राण्डी और एक अन्य शराब को मिलाकर कॉकटेल बना लिया था, अत: नशा और भी तेज़ हो गया। हम इतने उच्छृंखल हो गये कि हमने कई कुर्सियाँ उलट दीं। आस-पास के व्यक्ति उठकर हम से दूर हो गए। इस सब के उपरान्त भी मुझे लेश मात्र शर्म नहीं आई। "मैं उसे बता दूंगा कि मैं उनकी जरा भी परवाह नहीं करता। मैं कोई कमज़ोर दिल इन्सान नहीं हूं।" मैंने मेज़ पर घूंसे मारने शुरू कर दिए, उनमें से दो तीन के काँच भी टूट गये। मैं, और शराब के लिए चिल्लाने लगा।

अन्त में दो लड़कियों के हाथों में हाथ डाले मैं बाहर निकला और मुख्य मार्ग की ओर चल दिया, जहां उस समय (तब नौ बज रहे थे) विद्यार्थी और लड़कियां, दुकानदार और सिपाही आराम से घूमते हुए दिन-भर की घटनाओं पर चर्चाएँ कर रहे थे।

हम तीनों ने मिलकर उस मुख्य मार्ग पर इतना उत्पात मचाया कि पुलिस वालों ने हमें असभ्य आचरण के लिए टोका। इसके बाद मुझे पता नहीं क्या हुआ? इतना ही याद आ रहा है कि उन दोनों वेश्याओं से ऊबकर मैंने किसी प्रकार पिण्ड छुड़ाया और ब्राण्डी मिश्रित कॉफी पीने चला गया। वहां से निकलकर मैं विश्वविद्यालय भवन के सामने अपने अध्यापक के विरोध में गन्दी-गन्दी गालियां बकने लगा। विद्यार्थियों की बड़ी भीड़ को इसमें बड़ा आनन्द आ रहा था। मेरी आन्तरिक इच्छा यही थी कि मैं स्वयं को अधिक से अधिक घृणित सिद्ध कर,

अपने अध्यापक को अधिक से अधिक चोट पहुंचाऊं। मैंने फिर किसी वेश्यालय में जाना चाहा, किन्तु मैं इतनी पी चुका था कि मार्ग खोजना कठिन हो गया और किसी तरह घिसटता हुआ मैं घर पहुंच गया।

कई घण्टों के लिए मैं सब के लिए मर गया। जागा, तब कमरे में धूप थी। आरम्भ में मुझे याद ही नहीं आया कि क्यों इतना तेज़ सिर-दर्द हो रहा है और क्यों गला इतना सूख रहा है? धीरे-धीरे मुझे पिछली शाम की घटनाएं याद आने लगीं। मैं अब स्वयं पर लज्जित हो रहा था, किन्तु शीघ्र ही मैंने लज्जा की भावना को दबा दिया। "मैं अब अधिक लज्जित नहीं होऊंगा। सारा दोष उसी का है। मेरा कोई अपराध नहीं है। मैं अपने आपको अब तक मूर्ख बनाता रहा हूं, मात्र उसके लिए। उसी बदमिजाज स्वार्थी के लिए। लगातार इतने सप्ताह तक इस प्रकार दिन-रात एक करने के बाद एक विद्यार्थी के लिए पागल हो जाना क्या स्वाभाविक नहीं था?" इन सब तर्कों से भी न तो मेरा सिर-दर्द कम हुआ, न बेचैनी कम हुई। शारीरिक और मानसिक दोनों ही प्रकार से मेरी बड़ी बुरी दशा थी।

किन्तु आश्चर्य कि नीचे जाते समय, जब कि मैं उस दिन की पिकनिक के विषय में सोच रहा था कि अपने अध्यापक के दरवाज़े तक पहुंचते-पहुंचते उनकी आकृति फिर मेरे दिमाग़ में कौंध गयी और साथ ही कल की यातना और निराशा फिर मुझे घेर बैठी। अन्दर उनकी पत्नी मिली। उसने मुझे हैरानी से देखा। उसके भाव तिरस्कार से भरे न होकर सहृदयता से भरे थे।

"रोलेण्ड, कल तुमने क्यों इतनी बेवकूफ़ी की हरकतें कीं? क्यों तुम अपने आपको इस प्रकार तोड़ रहे हो?" मैं ठिठक गया। मुझे आशा नहीं कि इतनी जल्दी उसने मेरे कल के व्यवहार के विषय में सुन लिया होगा, किन्तु उसने सान्त्वना दी, "आज हम समझदारी से काम लेंगे। श्रीमान डब्ल्यू और उनकी पत्नी दस बजे आ रहे हैं। उनके आते ही हम चल पड़ेंगे। झील पर खूब घूमेंगे और अपनी सब मूर्खताएं धो डालेंगे।"

मूर्खतावश मैं एक व्यर्थ प्रश्न कर बैठा, "क्या वे आपस आ गये हैं?"

उसने मौन भाव से मेरी ओर देखा। मैं समझ गया कि मेरा प्रश्न बेतुका था।

श्रीमान् डब्ल्यू एक युवा डॉक्टर थे। यहूदी होने के कारण उस नगर में कुछ अकेले-से थे, क्योंकि मेरे अध्यापक और उनकी पत्नी भी बहिष्कृत-से थे, अत: दोनों परिवारों में घनिष्ठता हो गयी थी। श्रीमती डब्ल्यू एक हँसोड़ स्त्री थी। कहा जा सकता है कि मूर्ख थी, किन्तु पिकनिक के लिए वह एक अच्छी साथी थी। रेलगाड़ी में पूरे घण्टे-भर हम खाते, हँसते और गप्प मारते रहे। अपने अध्यापक के साथ पिछले हफ्तों इतना व्यस्त रहा था कि मेरा बात करने का अभ्यास ही जैसे छूट गया था। अब इस परिवर्तन का मुझ पर बड़ा स्वस्थ प्रभाव पड़ा। इस उल्लासमय वातावरण में मैं अपनी सारी निराशा और पीड़ा भूल गया। सिर-दर्द मिटता जा रहा था। स्टेशन से झील तक श्रीमती डब्ल्यू ने, जो अभी लड़की-सी ही थी, मुझे दौड़कर चलने को उकसाया। मैं शीघ्र ही पहले वाला शैतान उत्साही युवक बन गया।

हमने दो नावें किराए पर लीं। मैंने अपने अध्यापक की पत्नी के साथ एक नाव की पतवार संभाली। दूसरी में युवा दम्पति बैठ गये। हम एक-दूसरे से आगे निकलने के लिए दौड़ लगाने लगे। मैं अच्छा खिवैया था, अतः आगे रहा। जुलाई की धूप में हम पसीने से तर हो रहे थे। और इस प्रकार दौड़ रहे थे, जैसे जीवन का दारोमदार ही उस दौड़ पर निर्भर हो। हमारा लक्ष्य झील में धँसी ज़मीन की जीभ थी। मेरी साथी, जो इस दौड़ में मग्न थी, खुश थी कि मैं आगे था। जब हमारी नाव लक्ष्य पर पहले पहुंच गयी, तो वह विजयोल्लास में खूब हंसी।

जब मैं ज़मीन पर उतरा, तो इस दौड़ के नशे और जीत से ताजी हवा और धूप से मदहोश हो रहा था। मैं बहुत ही थक गया था। दिल बुरी तरह धड़क रहा था। कपड़े पसीने से तर हो चुके थे। श्रीमान् डब्ल्यू की स्थिति भी मुझसे अच्छी नहीं थी। हमारी प्रशंसा करने की जगह हमारे साथी हमें दुष्टतापूर्वक चिढ़ाने लगे, क्योंकि हम सांस भी ठीक से नहीं ले पा रहे थे। अब तैरने का समय हो गया था। पानी के पास ही एक घनी झाड़ी थी, जहां हम कपड़े बदल सकते थे। दोनों स्त्रियां हम पुरुषों की अपेक्षा तेज थीं। वे हमसे पहले ही पानी में पहुंच गयीं। श्रीमान् डब्ल्यू भी मुझसे कम थके होने के कारण उनके पीछे-पीछे ही पहुंच गए। कोई जल्दी तो थी नहीं, अतः मैं कुछ देर के लिए छाया में लेट गया। तभी पानी में से पुकार आयी, "रोलेण्ड! रोलेण्ड! तुम नहीं आ रहे हो क्या? वह तैराकी की दौड़ लगाना चाहते हैं।"

मैं ज़रा भी नहीं हिला। लगा कि मैं इसी प्रकार हज़ारों वर्षों तक पड़ा रह सकता हूं। हवा खाते हुए पत्तियों से छनती धूप में।

झील से तेज़ हंसी उभरी और तब श्रीमान् डब्ल्यू की आवाज, "वह सत्याग्रह कर रहा है। उसे पकड़ कर लाना पड़ेगा। जाओ और उस आलसी को पकड़ लाओ।"

मैंने पास ही सरसराहट सुनी और फिर अपने अध्यापक की पत्नी की आवाज़, "आओ रोलेण्ड, जल्दी करो। हम उन्हें दिखा दें कि हम तैराकी में भी उन्हें पछाड़ सकते हैं।"

मैंने उत्तर नहीं दिया। उसे हैरान करने में मुझे मज़ा आ रहा था।

"हाय, आखिर तुम हो कहाँ?" मैंने उसके नंगे पैरों की आहट सुनी और तब वह मेरे पास पहुँच गयी। उसकी गीली तैराकी की पोशाक उसकी लड़कों की-सी आकृति से चिपट रही थी।

"यहां पड़े हो तुम! इतने आलसी क्यों हो गए हो? और लोग तैर रहे हैं और लगभग टापू तक पहुंच गए हैं।"

मैं आराम से पसर गया, यह कहते हुए, "मैं यहां बड़े आराम से हूं। फिर आऊंगा।"

वह मुंह के आगे हाथों की नली बनाकर चिल्लाई, "यह नहीं आएगा।"

श्रीमान् डब्ल्यू उत्तर में चिल्लाए, "आलसी कहीं का! घसीट लाओ पानी में?"

अधीरता के साथ वह बोली, "चलो ना। तुम मेरे चैम्पियन हो और तुम्हें मुझे अपमानित नहीं करना चाहिए।"

मैंने सुस्ती से जम्हाई ली। इस पर आधी मजाक में और आधी हैरानी से उसने झाड़ी से एक टहनी तोड़ ली और मेरे हाथ में उसे गड़ाते हुए बोली, "आलसी, उठ, खड़ा हो जा।"

चमड़ी में काफ़ी चुभन महसूसने के उपरान्त भी मैं नहीं हिला। ढीठ तो मैं था ही, अब मैं खीज के साथ-साथ मजाक के मूड में आ गया था।

गुस्साते हुए वह आदेश के स्वर में बोली, "चलो, एकदम उठ खड़े हो। जल्दी करो।"

फिर भी मैं नहीं हिला, तो उसने वह टहनी और जोर से चुभा दी। खींझकर मैं उठ खड़ा हुआ और उससे टहनी छीनने का प्रयत्न करने लगा। वह पीछे हटी तो मैंने उसकी कलाई पकड़ ली। क्षण-भर में ही हम उस टहनी के लिए गुत्थम-गुत्था हो गए। टहनी को उसके हाथ से गिराने के लिए मैंने उसका हाथ ऐंठ दिया। उसे कस कर पकड़े-पकड़े ही वह मुझ से दूर हटने की कोशिश कर रही थी। तभी तड़ाक से उसकी तैराकी की पोशाक की कंधे की पट्टी टूट गयी और उसका एक गुलाबी फूल खुल गया।

मैं बस देखता रह गया। इस दृश्य में मेरी नसें तनने लगीं। लजा कर मैंने उसकी कलाई छोड़ दी। वह भी लजा कर हट गयी और अपने बालों की पिन से उसे ठीक करने लगी। मैं चुपचाप सिमटा हुआ खड़ा रहा। वह भी एक शब्द नहीं बोली। उसी क्षण से हमारे सम्बन्धों में एक असहजता आ गयी।

"हलो, हलो! अरे तुम हो कहाँ?" झील के उस पार से आवाज गूंजी।

"आ रहा हूं।" कहते हुए मैं पानी में कूद पड़ा।

अब मैं बिल्कुल ठीक था। श्रीमान् डब्ल्यू के साथ मैंने कई दौड़ें लगायीं, फिर हमने कपड़े बदले। दोनों स्त्रियां पहले ही से तैयार थीं और साथ लायी गयी टोकरियां खोल रही थीं। हम चारों खूब प्रसन्न थे, किन्तु मैं और वह आंखें नहीं मिला पा रहे थे।

शाम शीघ्र ही बीत गयी। झील के आस-पास और जंगल में घूमते-भटकते हम काफ़ी थक गए। डब्ल्यू दम्पति ने अकेले होने का अवसर खोज लिया। उनका इस प्रकार अलग हो जाना हम दोनों को अच्छा नहीं लग रहा था, क्योंकि दिन की घटना अब भी हमें बेचैन किए जा रही थी। घर लौटने के समय हम सभी ख़ूब खुश थे।

घर के दरवाज़े पर हमारे साथियों ने हमसे विदा ली। घर में घुसते ही मेरे अध्यापक की स्मृति ने मेरे दिमाग को आ घेरा। मैं सोचने लगा कि वह आ तो नहीं गए।

वह जैसे मुझे पकड़ते हुए बोली, "चलो देखें, वह लौट आए क्या?"

अध्ययन-कक्ष खाली था। एक बार फिर पुरानी कड़वाहट मेरे दिमाग़ को झकझोरने लगी। वे क्यों चले गये हैं? क्यों उन्होंने मुझे छोड़ दिया है? मैं पश्चाताप से भर गया। साथ ही उन्हें पीड़ा देने की भी इच्छा होती रही।

उनकी पत्नी भी मेरे पीछे-पीछे वहीं पहुंची।

"तुम खाने के लिए ठहरोगे? आज शाम तुम्हें अकेले नहीं रहना है।"

कैसे उसे पता चल गया कि मैं ऊपर के ख़ाली कमरे से, चरमराती सीढ़ियों से और उन भयंकर विचारों से डर रहा था? वह मेरे मस्तिष्क में उमड़ रहे तूफ़ान को पढ़ सकती थी। मेरी हर भावना को समझ सकती थी।

मैं परेशान था। अपने से, अपनी भावनाओं से मैं डर रहा था। मन हुआ कि भोजन के लिए मना कर दूं, किन्तु साहस नहीं हुआ।

मैंने सदा ही व्यभिचार से घृणा की है। इसलिए नहीं कि वह कठिन है, न ही पाखण्ड या रूढ़ नैतिकता के प्रति अति श्रद्धा के कारण, बल्कि इसलिए कि व्यभिचार अक्सर अंधेरे में चोरी करने के समान है। मेरा विरोध इसलिए है कि ऐसे क्षणों में प्रायः हर स्त्री अपने पति के अंतर के भेदों को धोखा देती है। वह डिलाएला बन जाती है और किसी अजनबी या अपनी प्रेमी के सामने अपने पति की शक्ति अथवा असमर्थताओं के गुप्त भेद खोल देती है। ऐसे में स्त्रियों का समर्पण करना मुझे विश्वासघात नहीं लगता, बल्कि यह कि वह जब ऐसा करती हैं, तो पति के नंगेपन को उघाड़कर अजनबी की प्रश्नमय, घृणापूर्ण आंखों के सम्मुख रखते हुए वे अपने आपको ठीक समझती हैं।

अपनी निराशा के अतिरेक में मैंने अपने अध्यापक की पत्नी के आलिंगनों की शरण ली थी। यह मेरे लिए बड़ी सान्त्वना सिद्ध हुई और तब अनजाने ही अधिक तीव्रता से यह भावना ज़्यादा प्रचण्ड हो गयी, किन्तु इसे भी मैं अपने जीवन का निम्नतम कार्य नहीं मानता। मैं नहीं सोचता कि हम अपने व्यवहार के लिए दोषी हैं। हम बिना सोचे-समझे ही एक जलती खाड़ी में कूद पड़े थे।

मैं जिस कारण से अपने को दोषी कहता हूं, वह यह कि आवेशपूर्ण चुम्बनों के बीच मैंने उसे उसके पति से विश्वासघात करने दिया। उसके विवाहित जीवन की आन्तरिक बातें प्रकट करने दीं। क्यों मैंने उसे यह कहने का अवसर दिया कि वर्षों से उसके पति ने इसके साथ शारीरिक सम्बन्ध समाप्त कर दिये हैं? क्यों मैंने उसे कुछ भयानक संकेत देने दिए? क्यों मैंने उसे यह सब कहने से नहीं रोका?

सच्चाई यह है कि मैं स्वयं सब कुछ जानना चाहता था। मैं अपने अध्यापक के प्रति, उनकी अपनी पत्नी के प्रति किए गए सभी दुर्व्यवहारों के कारण इतना उत्सुक था कि मन से चाहता था, वह, जो मेरी ही तरह पीड़ित थी, अपनी उपेक्षा की सभी बातें मुझे बता दे। तब वह क्षण आया कि समान घृणा से भर कर हमने वह सब किया, जिस पर प्यार नाम का आवरण पड़ा हुआ था। जब हमारे शरीर एक-दूसरे के लिए तड़प रहे थे, एक-दूसरे को खोज रहे थे, तो हम सिर्फ़ उसी एक व्यक्ति के विषय में सोचने और बोलने लगे।

उसकी बतायी गई हर बात मुझे चाकू की तरह काटती रही और मैं बुरी तरह लज्जित होता रहा कि जहां मुझे घृणा करनी थी, मैंने प्यार किया। अब मेरा शरीर मेरे वश में नहीं था। वह आवेश और वासना में डूब गया। कांपते हुए मैंने उन होंठों को चूम लिया, जो उस व्यक्ति के साथ विश्वासघात कर रहे थे, जो मेरे लिए कल तक सारी दुनिया से बढ़कर प्रिय था।

अगली सुबह मैं कड़वाहट और लज्जा से भरा ऊपर पहुंचा। उसके शरीर की गर्मी से मुक्त होते ही यथार्थ और अपने विश्वासघात की भावना ने मेरे प्राणों को आ घेरा। मैं अब कभी अपने अध्यापक से आंखें नहीं मिला सकूंगा। कभी उनका हाथ नहीं छू सकूंगा। मैंने उन्हें नहीं लूटा था। स्वयं को ही लूट कर अपने अमूल्य अधिकारों से वंचित कर लिया था।

मैं विदा की तैयारी में ही था कि मैंने सीढ़ियों की चरमराहट सुनी, एक परिचित पदचाप। मैं शायद बुरी तरह पीला पड़ गया था, क्योंकि वे मुझे देखकर एकदम चौंक पड़े, "क्या बात है मेरे बच्चे? बीमार तो नहीं हो तुम?" मैं पीछे हट गया। निकट आने पर मैंने उन्हें रोक दिया।

घबराकर वे बोले, "क्या बात है? तुम्हें क्या हो गया है? या···या···तुम अब भी मुझसे रुष्ट हो?"

मैं खिड़की से बाहर देखने लगा। उनसे आंखें मिला पाना मेरे लिए असम्भव हो रहा था। उनका स्नेहिल स्वर मेरे हृदय में चुभ रहा था। मैं लज्जित था। लज्जा से जला जा रहा था। मैं लज्जा के मारे बेहोश होने को था।

वे आश्चर्य में डूबे, उलझे खड़े रहे। अन्त में उन्होंने फुसफुसाहट के से स्वर में एक अजीब प्रश्न किया, "क्या किसी ने तुम्हें मेरे विषय में कुछ बताया है?"

मैंने बिना उनकी ओर देखे गर्दन हिला कर मना कर दिया, किन्तु वे अड़े रहे।

"मुझे बताओ। मुझसे छिपाओ मत। क्या किसी ने, किसी ने भी तुम्हें मेरे विषय में कुछ कहा है?"

मैंने फिर मना किया। वे समझ नहीं पा रहे थे कि क्या करें? तभी उन्हें मेरी विदाई की तैयारी का आभास मिला।

"रोलेण्ड, तुम जा रहे हो?"

अन्ततः मैं बोलने की स्थिति में आया, "हां, मुझे चले जाना चाहिए। मुझे दुःख है। मैं कुछ कह नहीं सकता। मैं लिख दूंगा।"

वे शान्त-स्थिर खड़े रहे। तब उनका थकान का भाव उभरने लगा, "शायद यही ठीक है, रोलेण्ड। हां-हां, यही तुम्हारे और हम सब के लिए उचित है, किन्तु जाने से पूर्व मैं तुमसे बात करना चाहूंगा। शाम सात बजे आना। हम एक-दूसरे से पुरुषों की तरह विदा लेंगे। भागो मत। बोलने के बजाए, लिखो मत। वह बचपना होगा, जो ठीक नहीं है।···फिर मैं जो कहना चाहता हूं, लिख नहीं सकता। वह मुझे कहना ही होगा। तुम आओगे? आओगे न?"

मैंने स्वीकृति में सिर हिलाया। अब भी मैं खिड़की से बाहर ही देख रहा था। मैं प्रातःकाल का सौन्दर्य नहीं देख पा रहा था। मेरे और सृष्टि के बीच एक मोटा, काला पर्दा तना था।

शाम सात बजे मैंने अपने प्रिय कमरे में अन्तिम बार प्रवेश किया। पर्दे खिंचे हुए थे और उनकी मोटी सलवटों में से डूबते दिन का मद्धिम प्रकाश प्रवेश कर रहा था, मेज़ पर रखे शेड वाले लैम्प की धुंधली रोशनी मे मैं मात्र संगमरमर की मूर्ति की हलकी चमक और आलमारी के कांचों में पुस्तकों की धुंधली परछाई-सी ही देख सका। यह कमरा स्मृतियों से भरा था। यहीं सर्वप्रथम मैंने शब्दों का जादू पहचाना था। पहली बार आत्मिक आनन्द और उल्लास अनुभव किया था।

विदाई की उस वेला का चित्र अब भी मेरे मन में कितना स्पष्ट है। मैं अपने अध्यापक की वह श्रद्धास्पद आकृति देखता हूं। वे धीरे-धीरे अपनी कुर्सी से उठते हैं। वे मुझसे भेंट करने आगे

बढ़ते हैं। उनका मस्तिष्क पीड़ा के कारण सफ़ेद होकर चमक रहा है और सफ़ेद लटों के मुकुट से ढका है। अब उनका हाथ मेरे हाथों को टटोल रहा है। वे मेरे इतने निकट हैं कि मैं उस धुंधलके में भी अपनी आंखों में देखती उनकी आंखों को देख सकता हूं। वे हाथ पकड़ कर मुझे कुर्सी पर बिठा देते हैं।

"प्यारे रोलेण्ड, यहां बैठो। आओ, हमें अब पुरूषों की तरह एक-दूसरे से स्पष्ट बातें करनी हैं। मैं तुम पर कोई दबाव नहीं डालूंगा, किन्तु निश्चय ही यह श्रेयस्कर होगा कि तुम्हारे जाने से पूर्व हम सारी बातों को साफ़ कर लें। अब बताओ कि तुम क्यों जा रहे हो? क्या तुम उस रात की घटना के कारण मुझसे नाराज़ हो? मैंने आंखों से ही मना कर दिया। सच यह विचार ही मेरे लिए भयानक था कि वे, जिनके प्रति मैंने विश्वासघात किया है, मेरी विदाई के अपराध को ओढ़ लें।"

"क्या मैंने जाने या अनजाने तुम्हारे प्रति कोई अपराध किया है? मैं जानता हूं कि मेरा व्यवहार कई बार कड़वा हो जाता है। मैं जानता हूं कि मैंने अपनी जगह तुम्हें परेशान किया है। दुःख दिया है। मैंने कभी इतनी सहायता के उपरान्त भी तुम्हें पर्याप्त धन्यवाद नहीं दिया। मैं यह सब खूब अच्छी तरह समझता हूं, हमेशा समझता रहा हूं, उस समय भी, जब मैं तुम्हें अघाता था। क्या इसीलिए तुम जा रहे हो? रोलेण्ड, मुझे बता दो। मुझे बता दो, रोलेण्ड ताकि विदाई के समय हमारे बीच कोई छिपावट न रह जाए।"

मैंने फिर अपना सिर हिला दिया। मैं अब भी कुछ नहीं बोल पा रहा था। अब उनका कण्ठ-स्वर भी लड़खड़ाने लगा था, "या ̈ मैं एक बार फिर तुमसे पूछना चाहूंगा कि तुम्हें किसी ने मेरे विषय में कुछ बताया है, जो तुम्हें हीन लगा हो, असह्य लगा हो और जिसके कारण तुम मुझ से घृणा करने लगे हो?"

"नहीं! नहीं! नहीं!" शब्द सुबकियों की तरह फूट पड़े।

उनके स्वर में परेशानी झलक आई, "तब फिर बात क्या है? और कुछ क्या हो सकता है? क्या तुम काम से थक गए हो? या कोई और आकर्षण है? कोई औरत? क्या वह कोई औरत है?"

मैं कुछ नहीं बोला। इस बार मेरा मौन कुछ और तरह का रहा होगा। समर्थनपूर्ण वह आगे झुके और फुसफुसाहट के से स्वर में बिना किसी आवेश या क्रोध के कोमलता से बोले, "क्या वह कोई औरत है? क्या वह मेरी पत्नी है?"

अब भी मैंने कुछ नहीं कहा। वे समझ गए। अब अवश्य ही विस्फोट होगा। वे मुझ पर झपट पड़ेंगे। शायद मुझे पीटें। मैं सोचता हूं कि मैंने चाहा था, वे ऐसा करें। मैं एक चोर था, बेईमान था, विश्वासघाती था। उनके लिए यही उचित था कि वे मुझे अपने घर से निकाल बाहर करते।

आश्चर्य! उन्होंने कुछ नहीं किया। कुछ रुककर वे बुदबुदाए (और उनके स्वर में मुक्ति का भाव था), "मैंने भी कुछ ऐसा ही सोचा था।"

उन्होंने कमरे में दो चक्कर लगाए, फिर मेरे सामने रुककर ऐसे स्वर में बोले, जिसमें घृणा मिली थी, "तो उसी ने तुम्हारे हृदय को चोट पहुंचाई है? उसने तुम्हें यह नहीं बताया कि वह अपनी हर इच्छा के लिए स्वतन्त्र है? वह जो चाहे कर सकती है? कि मेरा उस पर कोई अधिकार नहीं है। उसे किसी बात के लिए रोकने का मुझे अधिकार नहीं है। वैसी इच्छा भी नहीं है मेरी। क्यों वह सभी जगह अपनी टांग अड़ाना चाहती है? किसके लिए? तुम एक अच्छे लड़के हो, तुम जानते हो। तुम हमारे साथ घनिष्ठ सम्पर्क में रह रहे थे। वह कैसे तुमसे प्यार किए बिना रह सकती थी? कैसे रह सकती थी वह? मैं स्वयं····" उनकी आवाज़ कांप गयी। क्षण-भर को वे रुके। मेरे पास ही वे झुके कि उनकी सांस भरे गाल पर लहरा गयी। मैंने उनकी परीक्षक दृष्टि से अपने आपको आवृत्त होते महसूस किया। वे मेरे इतने निकट थे कि अंधेरे के उपरान्त भी मैं उनकी आंखों की अजीब चमक देख पा रहा था, जो मैंने बहुत कम देखी थी। वे पास आते गए। तब बुदबुदा कर बोले, "रोलेण्ड, मैं स्वयं तुमसे प्यार करने लगा हूं।"

क्या मैं हिला था? क्या मैं अनजाने ही पीछे हटा था? मैंने अवश्य ही आश्चर्य का संकेत प्रकट किया होगा। अवश्य ही पीछे हटने की हरकत की होगी, क्योंकि वे इस प्रकार मुझसे दूर हो गए, जैसे उन्हें रोका गया हो। उनकी आंखों की चमक बुझ गयी, "क्या अब तुम मुझसे घृणा करते हो? क्या मैं तुम्हें घृणा योग्य दीखता हूं?"

क्यों मैं एक शब्द भी नहीं बोल सका? क्यों मैं वहाँ गूंगा बना बैठा रहा? बिना सोचे, हिचकिचाते हुए, मूर्ख की तरह? क्यों मैंने उन्हें प्यार से कोई उत्तर नहीं दिया, उनके झूठे वहम से उन्हें मुक्त करने को? मेरा दिमाग़ चकरा रहा था। अब मुझे जैसे सारी उलझनों का उत्तर मिल रहा था। मैं अब उनके मेरी ओर हलके क़दमों से आगे बढ़ने और तुरत ही बुरी तरह पीछे हट जाने का आशय समझ रहा था। उस रात उनके मेरे पास आने को मैंने उनका क्रोध समझा था, किन्तु अब समझ में आया कि वह मेरे असहयोग के कारण उपजी घोर निराशा थी।

प्यार? मैं सदा जानता रहा था कि वे मुझे प्यार करते हैं, किन्तु ऐसा प्यार जो बड़ा संकोची है। जो कभी आगे बढ़ता था और कभी एकदम रूद्ध हो जाता था। प्यार के कई रूप होते हैं। इस समय मैं उनके प्यार को उनको बातों के माध्यम से पा रहा था। जब मैं पहली बार उनके इस भाव को समझा, तो मैं कुछ ऐसे भय से भर गया, जो एक ही साथ मधुर भी था, भयानक भी। मैं उनकी विनम्रता से अपने आपको बहुत छोटा अनुभव कर रहा था। मेरी सहानुभूति उमड़ी जा रही थी, फिर भी मैं वहाँ सकुचाते, घबराते और काँपते हुए बैठा रहा। उनके भावावेशपूर्ण उद्‌गारों का उत्तर देने को मुझे कोई शब्द नहीं मिल रहे थे।

वे एक कुर्सी में धँस गए।

"यह तुम्हें इतना भयानक लगता है? इतना भयानक?" वे बुदबुदाए, "जब अपने आपको इतने लम्बे समय तक रोकने के बाद मैंने तुम्हें सब कुछ बता दिया है, तो तुम मुझे क्षमा नहीं कर सकते? यह आवश्यक था कि तुम सब कुछ जान जाओ। तुम्हें सब कुछ बताकर ही मुझे मुक्ति मिलेगी। बहुत छिपा चुका मैं अब तक। अनन्त मौन और छिपाव से अच्छा है, सब कुछ का अन्त।"

कोमल और उदास शब्द। वे मुझे हृदय तक बेध गए। इस प्रकार रूखे मौन से भरे बैठे रहने पर लज्जित था। उस व्यक्ति का सामना करने में मुझे लज्जा आ रही थी, जिससे मैंने इतना कुछ पाया था और जो मेरे सम्मुख अपने आपको हीन कह रहा था। मैं सान्त्वना का एक शब्द कहने को तड़प रहा था, किन्तु मेरे होंठ काँप रहे थे। उनसे कोई शब्द नहीं फूट रहा था। मैं शायद दयनीय बन गया था, क्योंकि इतनी निराशा के बाद भी उन्होंने मुझे प्रोत्साहित करने का प्रयत्न किया, "रोलेण्ड, साहस बटोरो! तुम बहुत अच्छे लड़के हो। क्या यह तुम्हें इतना भयानक लगता है? अब तो सब कुछ समाप्त हो गया है। मैंने तुम्हें सब कुछ बता दिया है। अब हमें सहज रूप से एक दूसरे से विदा लेने दो, जैसे दो पुरुष लेते हैं, दो मित्र लेते हैं।"

अब भी मैं कोई उत्तर नहीं दे सका। तब उन्होंने मेरी बाँह छूकर कहा, "आओ, प्यारे रोलेण्ड, मेरे पास बैठो। तुम जानते हो कि अब मैं अपने को सहज और मुक्त अनुभव कर रहा हूँ। अन्ततः सारी स्थिति स्पष्ट हो गई है। आरम्भ में मैं डरा था कि तुम अपने प्रति मेरी चिन्ता को समझ जाओगे? फिर मैंने चाहा कि तुम समझ जाओ, ताकि मैं स्वीकारोक्ति से बच जाऊं। खैर, अब सब समाप्त हो गया है। अब मैं तुमसे मुक्त होकर बात कर सकता हूँ। तुम मेरे लिए इतने प्रिय हो, जितना, मेरे अब तक के जीवन में कोई नहीं रहा। किसी ने मुझे इतनी गहराई से प्रभावित नहीं किया। इसीलिए जाने से पूर्व तुम मेरे विषय में वह सब जान पाओगे जो कोई कभी नहीं जान सका। साथ बितायी गयी घड़ियों में तुम्हारे मौन प्रश्न मेरे लिए मुखर रहे हैं। तुम मेरे जीवन की गाथा सुनोगे? सुनना चाहोगे?"

मैं अब भी नहीं बोल सका, किन्तु वे मेरा उत्तर समझ गए।

"पास आओ, बिल्कुल पास। मैं अपनी बात जोर से नहीं कह सकता।"

मैं श्रद्धा से आगे झुक गया। एक क्षण तक प्रतीक्षा में मैं पूरी उत्सुकता से उनकी ओर देखता, ठहरा रहा। तब वे फिर उठ खड़े हुए।

"नहीं, ऐसे नहीं। तुम मुझे देखते रहोगे तो मैं कुछ भी नहीं कह सकूँगा।

उन्होंने हाथ बढ़ाकर लैम्प बुझा दिया। कमरा अंधेरे में डूब गया। मुझे लगा कि वे पास ही हैं। बीच-बीच में मैं उनकी सांस तक अनुभव कर रहा था। अंधेरे में उनका स्वर उभरा।

उस शाम के बाद से, जब उस व्यक्ति ने, जिसे मैं इतनी श्रद्धा करता था, अपने जीवन के गूढ़तम भेद मेरे सम्मुख खोले थे। चालीस वर्ष पूर्व की उस शाम की बात से पुस्तकों में लिखी सारी कहानियाँ, मंच पर अभिनीत सारी ट्रेजेडी, मुझे कितनी तुच्छ और महत्त्वहीन लगती रही है। वह शायद उनकी काहिली, कायरता या कि संकुचित दृष्टि के ही कारण है क्रि वे सभी जीवन की कुछ बाह्य रेखाओं मात्र को चित्रित कर सन्तुष्ट हो लेते हैं। क्या इसीलिए वे कभी हृदय की गहराई तक नहीं पहुँच पाते? जहाँ भावनाओं की भीषण वास्तविकताओं और अंधकार को विदीर्ण करने वाले मद्धिम प्रकाश की जड़ें हैं। क्या इन आदिम प्रवृत्तियों की आग और संहारक शक्ति इन लेखकों को डरा देती है? क्या वे खौलते हुए रक्त के ताप से झुलसने लगते हैं? क्या वे मनुष्य जाति की कमज़ोरियों को छूते हुए अपने नाजुक हाथों के गन्दे होने से डरते हैं? या फिर ऐसा है कि उनकी कमज़ोर दृष्टि, दिन के प्रकाश की आदी, ऐसे खतरनाक गह्वरों

के अंधकार की गहराई तक पहुँचने में ही असमर्थ है? साधुओं के लिए भी अपनी गुप्त बातों को प्रकट करने जैसा सुख अन्य नहीं है। कोई भी पुलक इतनी शक्तिशाली नहीं, जितनी खतरों में होती है। कोई निराशा इतनी पवित्र नहीं है, जितनी अपनी यातना को खोलते समय शर्म को रोकने पर होती है।

अब एक साथी मानव मेरे सम्मुख अपने आपको नंगा कर रहा था। अपने भग्न हृदय की व्यथा-कथा मुझे सुनाने को व्यग्र था। वक्ता एक कोड़े खाने वाले की तरह अपनी उस स्पष्ट स्वीकारोक्ति में जंगली आनन्द पा रहा था, जिसे वह वर्षों से संसार की दृष्टि से छिपाता रहा था।

सिर्फ वही इस स्वीकारोक्ति के उन्माद को समझ सकता है, जिसने वर्षों तक अपने शर्मनाक भेद को छिपाए रखा हो। मेरे सामने वाला व्यक्ति अपने जीवन को बूँद-बूँद करके निचोड़ रहा था और मैं जो अभी मात्र एक लड़का ही था, पहली बार मानव की भावनाओं की अतल गहराइयों में झाँक रहा था।

आरम्भ में उनका स्वर कमरे में अशरीरी बनकर तैर गया। आवेश का एक सघन कुहासा! गुप्त घटनाओं की दुर्बोध व्याख्या! इस नाजुक संयम के बीच भी मुझे आने वाले तूफान का आभास मिल गया।

आरम्भ में एक डरपोक और थके बालक का चित्र उभरा, जो अपने स्कूल के साथियों से यदा-कदा ही कोई बात करता था, किन्तु जो जब-तब, अबूझ शक्तियों से प्रेरित होकर इस या उस की ओर आकर्षित हो बढ़ने लगता था। विशेषतः उनकी ओर, जो विशेष सुन्दर होते थे। उनमें से किसी ने निर्दयता से उसके स्नेह को दुत्कारा, तो दूसरे ने उसे कोई घृणित विशेषण देकर कम गहरे घायल नहीं किया। इससे भी बुरी बात यह है कि जिनकी ओर वह बढ़ा था, उन्होंने औरों के कान भरे। परिणाम था, उसको सामूहिक बहिष्कार। सवेरे स्कूल जाना उसके लिए सलीब पर चढ़ना हो गया। रात भी दिन की तरह बुरी थी। आरम्भ में उसकी इच्छाएँ पूर्णत: सपनों में ही प्रकट होती थीं। इन इच्छाओं की अधपकी अभिव्यक्ति के प्रति स्कूल के साथियों के व्यवहर ने उसकी इच्छाओं के लिए पागल, दुराचारी और अपराधी समझने को विवश कर दिया। वह शर्म से भर गया। अपने आपको हीन समझने लगा।

उस अंधेरे में उनका स्वर हिचकिचाहट से भरता गया और लगा कि वह भी मौन में डूब जाएगा। तब एक आह के साथ उन्होंने फिर शक्ति संजोई। मेरे सामने नयी कल्पना-कृतियाँ उभरीं। वह लड़का अब बर्लिन विश्वविद्यालय का छात्र बन गया। अन्त में बड़े शहर के शोरगुल में अब तक दबी अपनी इच्छाओं की पूर्ति का अवसर पा गया, किन्तु वह इच्छापूर्ति घृणा में बदल गयी, उत्सुकता और उत्कण्ठाओं से विषैली हो गयी। किसी अंधेरी गली के कोने में या इसी प्रकार की गन्दी, छिपी जगहों में छिपकर किए गए अपराध कितने भयानक होते थे! यह आनन्द कितना अस्थिर, कितना दयनीय होता था। यह खतरा भयानक था। कई बार ब्लैक-मेलिंग के अवसर आए।

उसके दिन उन विद्यार्थियों के बीच बीतते थे, जो बौद्धिक जीवन में रुचि ले रहे थे, किन्तु शामें उसे शहर की सरहदों में ले जाती थीं। वह अप्रतिष्ठित व्यक्तियों का साथ खोजता, पुलिस वालों की आँखों से बचकर कई बार वे जगह बदबूदार शराबखानों में होतीं, जिनके आशंका से भरे दरवाज़ों में वे ही प्रवेश पा सकते थे, जो एक विशेष मुस्कुराहट का संकेत देते थे।

अब वह एक प्रशिक्षक हो गया था। उसे दैनिक जीवन में शिष्टाचार की औपचारिकताएँ निभानी पड़ती थीं। बार-बार वह अपने आपको संयमित करने का प्रयत्न करता और फिर उन्हीं खतरनाक रास्तों की ओर मुड़ जाता। इसी प्रकार दस, बारह, पन्द्रह वर्ष संघर्ष में बीत गए, वर्जित फल के आनन्द में। निरन्तर शर्म में।

तीस वर्ष की आयु में उसने एक बार जी तोड़ प्रयत्न किया कि सहज जीवन जी सके। वह एक लड़की से परिचित हो गया, जो उसे पूर्णत: समझे-जाने बिना उसकी ओर आकर्षित हो गयी थी। वह लड़कों की तरह की थी। यौवन की अह्लादमयी ढिठाई से ओत-प्रोत। उसकी उन विशेषताओं ने उसे छल लिया। परिचय की छोटी-सी अवधि में ही उसे विश्वास हो गया कि स्त्रियों के प्रति विरोध पर उसने विजय पा ली है। इस आशा में कि इस प्रकार के सहज सम्बन्धों से उसकी अस्वाभाविक प्रवृत्तियों का सदा के लिए अन्त हो जाएगा, उसने उस लड़की से विवाह कर लिया, आरम्भ में ही उसके सम्मुख सम्पूर्ण स्वीकारोक्ति के बाद।

कुछ सप्ताह तक वह इस विश्वास में फूला रहा कि उस गन्दी दुनिया को जाने वाला मार्ग सदा के लिए बन्द हो गया है, किन्तु शीघ्र ही स्पष्ट हो गया कि वह भूल रहा था। तब तक उसकी पत्नी भी, जो उसी की तरह भ्रम में थी, उसके लिए मात्र सम्मान की एक ओट भर रह गयी, जिसके पीछे वह अपनी अजीब प्रवृत्तियों में संलग्न रहा, जो फिर उभर आई थीं।

अब वह एक ऐसे पद पर नियुक्त हो गया, जहाँ उसकी अजीब प्रवृत्तियाँ उसके लिए दुःखदायी सिद्ध होने लगीं। प्रोफेसर होने के नाते वह असंख्य युवकों के सम्पर्क में आया। दुर्भाग्यवश इनमें से अनेक उसके प्रति अगाध श्रद्धा रखते थे, अध्यापक के आवरण के पीछे छिपे असली चेहरे को पहचाने बिना। यदि वह कभी स्नेह से उनके कंधों पर हाथ रख देता, तो वे बहुत प्रसन्न होते, उत्साह से भर जाते। उसकी स्थिति बड़ी अजीब हो गयी थी। वह निरन्तर अपनी कमज़ोरी से लड़ रहा था। जब लालच उसे बुरी तरह जकड़ लेता, तो वह उन दूरस्थ स्थानों में शरण लेता।

यह स्थिति मुझे दुर्बोध्य प्रतीत होती थी। अब मैं अपने अध्यापक का अपने आपसे भागने का अर्थ समझा, जो कि खतरों में जाता था, उस प्यार के लिए, जिसके लिए वह ललक रहा था, वेश्याओं के दलदल में उसे पाने के लिए।

इस प्रकार के दोहरे जीवन में वे कई बार खतरों में फँसते-फँसते किसी प्रकार बच निकले थें, किन्तु वे सन्देह से नहीं बच सके। छोटे से उस यूनिवर्सिटी टाउन में कानाफूसियाँ होने लगी थीं। साथी उन्हें सदैव सन्देहपूर्ण दृष्टि से देखते थे। अन्त में उन्हें नितान्त एकाकी छोड़ कर दूर हो गए।

इस एकाकीपन में भी, इस बहिष्कार में भी वे सदैव यही सोचते रहते कि उन पर निगाहें रखी जा रही हैं।

किन्तु अब तक वे इन सब बातों के अभ्यस्त हो गए थे। उन्होंने जीवन के दिन और रात के पक्षों में अन्तर करना ही छोड़ दिया था। तभी मैं उनके जीवन में पहुंचा। मैं एक ऐसा युवक था, जिसमें उनके स्नेहपूर्ण प्रशंसा का भाव था। जो उनके हर शब्द पर मुग्ध था। जो आत्म-बलिदान के लिए उत्सुक था। वयस्क अध्यापक ने आह्लादित होकर और साथ ही भयभीत होकर महसूस किया कि वे लड़के के निश्छल स्नेह के योग्य नहीं है। एक बार फिर यौवन का दूत आया, सुन्दर और भावुक! उसके लिए जान देने को तत्पर, सहानुभूति के साथ उससे सम्बद्ध उसके स्नेह का प्यासा, किसी भी भय की आशंका से मुक्त! अपने आकर्षण से अनभिज्ञ कि उसका प्रवेश घावों को भर देगा। इस प्रकार बहुत देर में चिर प्रतीक्षित अतिथि घर आया था।

नवागन्तुक के इस वर्णन के साथ मेरे अध्यापक के कंठ-स्वर ने शक्ति एकत्रित की। उनका स्वर अंधेरे में चमकता हुआ प्रतीत हुआ। भावों ने शब्दों को संगीत के पंख पहना दिए। मैं सहानुभूति से काँप गया, अपने आप को भूलकर मात्र अपने अध्यापक के विषय में सोचते हुए। तब यह समझने पर मुझे जैसे एक थप्पड़ लगा कि जिस युवा और उत्साही व्यक्ति की बात की जा रही थी, वह ···वह वास्तव में ···मैं स्वयं ही था। अपना चित्र उनकी आँखों के माध्यम से देखकर मैं लजा गया। मैं अपने आपको जैसे लपटों के दर्पण में देख रहा था। मैंने अपनी प्रतिमूर्ति को अगाध स्नेह की चमकती हुई ज्योति में लिपटा देखा कि उसकी प्रतिच्छाया ने मुझे चकाचौंध कर दिया।

यह मैं था। मैं अपने आप को पहचाने बिना नहीं रह सका। मुझ तक पहुँचने का उत्साह। उसके निकट होने की अंधी चाह। लोलुप हर्षोन्माद, जो शुद्ध आत्मिक सम्बन्धों से सन्तुष्ट नहीं था। मैंने अपनी ही शक्ति से अनभिज्ञ उस युवक को देखा, जिसने इस थके, एकाकी विचारक के मस्तिष्क में सृजन के बीज अंकुरित कर दिए थे। उसकी आत्मा को फिर प्रकाशित किया था। आश्चर्य से मैंने देखा कि उनके लिए मेरा कितना महत्त्व था! तभी मैं समझा कि उन्होंने अपनी इच्छाओं को कितना अधिक दबाया था, मुझसे अधिक नहीं घुलने के लिए, मुझे पवित्र स्नेह देने के लिए। उनकी ओर बढ़ते कदमों की प्रतिक्रिया स्वरूप अपनी आन्तरिक प्रवृत्ति के भड़कने की आशंका से वे भयभीत थे। इसीलिए उन्होंने मुझे व्यंग्य बाणों से छेदा था। इसीलिए वे प्रायः ही मेरे प्रति इतना रूखा व्यवहार कर जाते थे, मुझे बुरी तरह व्यथित कर देते थे और उससे भी अधिक स्वयं को। अब मैं समझ रहा था कि अपनी अन्तर्प्रवृत्तियों को रोकने में उन्होंने कितना श्रम किया था, कष्ट पाया था। चरमराती सीढ़ी से मेरे कमरे में आकर उन्होंने ऐसे शब्दों में अपने स्नेह को झुठलाया था, जिनसे मैं गहरे तक घायल हो गया था, किन्तु वे शब्द जो उन्होंने हमारी मित्रता की रक्षा के लिए कहे थे।

उस अंधेरे में वह स्वर मेरे हृदय में पैठा जा रहा था। वैसा कंठ-स्वर मैंने पहले कभी नहीं सुना था, न ही कभी बाद में। जीवन में केवल एक बार, एक व्यक्ति दूसरे से ऐसी बातें कह सकता था।

और फिर वह स्वर सदा के लिए शान्त हो गया।

स्वर रुक गया। मैं समझ गया कि बात समाप्त हो गई है। मुझे सिर्फ अपना हाथ बढ़ाकर उन्हें छूना था। मैं उन्हें सान्त्वना देने को तड़प रहा था।

मेज़ की ओर घूमकर उन्होंने फिर रोशनी की। वे धीरे से मेरे निकट आए। वृद्ध अजीब व्यक्ति!

"अलविदा रोलेण्ड! सब समाप्त हो गया। मुझे खुशी है कि तुम आए, किन्तु अब हम दोनों के लिए शुभ है कि तुम चले जाओ, अलविदा!"

"मैं अपने आप को संभालने में असमर्थ, व्यर्थ ही विदाई की पीड़ा को बढ़ाते हुए रुका रहा। वे बुरी तरह कुर्सी में धंस गये। उनकी पीठ मेरी ओर थी। वह शून्य में ताक रहे थे। धीरे-धीरे उनका सिर आगे झुक गया। अन्त में अचानक से उनका मस्तक उनके हाथों में डूब गया, जो मेज़ पर बंधे पड़े थे।

सहानुभूति से मैं भर गया। पास खिसका। तब मेरी ओर पीठ किए ही सीधे होकर और हाथों से अपना चेहरा ढके-ढके ही लड़खड़ाते हुए वे फुसफुसाए, "जाओ, जाओ! पास मत आओ! ईश्वर के लिए जाओ! एकदम चले जाओ!"

मैंने उन्हें फिर कभी नहीं देखा। उन्होंने मुझे कभी कुछ नहीं लिखा। उनकी श्रेष्ठ रचना कभी प्रकाशित नहीं हुई। मुझे सन्देह है कि मेरे अतिरिक्त किसी को उनका नाम भी याद है, फिर भी मैं वैसे ही अनुभव करता हूँ, जैसे अपनी युवावस्था में करता था कि वे मेरे लिए माता, पिता, पत्नी और अपने बच्चों से भी अधिक थे कि मैं उन्हें संसार में किसी से भी अधिक प्यार करता था।

● ● ●